中國語言文字研究輯刊

二七編

第 **5** 冊

馬王堆簡帛文字形體研究（上）

陳皓渝 著

花木蘭文化事業有限公司

國家圖書館出版品預行編目資料

馬王堆簡帛文字形體研究（上）／陳皓渝 著 -- 初版 -- 新北
市：花木蘭文化事業有限公司，2024〔民113〕
目 4+220 面；21×29.7 公分
（中國語言文字研究輯刊　二七編；第 5 冊）
ISBN 978-626-344-831-5（精裝）
1.CST：簡牘文字 2.CST：帛書 3.CST：研究考訂
802.08　　　　　　　　　　　　　　　　113009382

ISBN-978-626-344-831-5

中國語言文字研究輯刊
二七編　第 五 冊　　　　　ISBN：978-626-344-831-5

馬王堆簡帛文字形體研究（上）

作　　　者　陳皓渝
總 編 輯　杜潔祥
副總編輯　楊嘉樂
編輯主任　許郁翎
編　　　輯　潘玟靜、蔡正宣　美術編輯　陳逸婷
出　　　版　花木蘭文化事業有限公司
發 行 人　高小娟
聯絡地址　235 新北市中和區中安街七二號十三樓
　　　　　　電話：02-2923-1455／傳真：02-2923-1452
網　　　址　http://www.huamulan.tw 信箱 service@huamulans.com
印　　　刷　普羅文化出版廣告事業
初　　　版　2024 年 9 月
定　　　價　二七編 13 冊（精裝）新台幣 42,000 元　　版權所有・請勿翻印

馬王堆簡帛文字形體研究（上）

陳皓渝 著

作者簡介

陳皓渝，國立高雄師範大學文學碩士。

提　要

　　本論文以馬王堆簡帛文字為材料，研究其形體變化，旨在了解早期隸書對秦系字或古文字的改變。因馬王堆簡帛為出土自西漢初年之馬王堆漢墓，各篇文獻書寫年代約在戰國晚期至西漢初期，正處於古文字轉變為今文字的隸變階段，為研究早期隸書的重要材料。至於研究方法則以比較法、分析法為主，比較對象除馬王堆簡帛本身的文字外，亦援甲金文、秦簡等古文字，以此分析文字歷史演變過程，及同時期的字形差異，並分別以「簡省與增繁」、「結構改易」、「訛誤與混同」、「合文書寫」、「書寫筆畫」五個面向分章討論。

　　藉此五大面向分析，本論文歸結馬王堆簡帛文字的形體變化方式外，另知其研究價值有五，即「了解早期隸書的形體」、「了解後世文字的淵源」、「了解筆畫形貌與寫法」、「重探『隸變』的意涵」、「反映古人的語言認知」。另亦從書寫過程的角度討論，發現早期隸書對古文字的影響，與書寫過程有密切關聯，此直接反映在筆畫的分合、長短、曲直，或字形寫法、筆畫形貌、筆順的改變等。

目次

凡　例

一、材料與圖版出處

（一）本論文係以湖南省長沙馬王堆漢墓出土之簡帛為研究材料，故引用簡帛文字之圖版，皆出自湖南省博物館、復旦大學出土文獻與古文字研究中心編纂，裘錫圭主編：《長沙馬王堆漢墓簡帛集成》（北京：中華書局，2014年），為行文方便，故不在每次引用圖版時下當頁注，僅於圖版後標注其所出之文獻篇章簡稱及編號，標點符號皆以篇名號。以下為各文獻篇章簡稱：

篇　名	簡　稱	篇　名	簡　稱
周易	周	二三子問	二
繫辭	繫	衷	衷
要	要	繆和	繆
昭力	昭	喪服圖	喪
春秋事語	春	戰國縱橫家書	戰
老子甲本	老甲	五行	五
九主	九	九主圖	九圖
明君	明	德聖	德
經法	經	十六經	十
稱	稱	道原	道
老子乙本	老乙	物則有形圖	物

五星占	星	相馬經	相
宅位宅形吉凶圖	宅	足臂十一脈灸圖	足
陰陽十一脈灸經甲本	陽甲	脈法	脈
陰陽脈死候	候	五十二病方	方
去穀食氣	去	陰陽十一脈灸經乙本	陽乙
導引圖	導	養生方	養
房內記	房	療射工毒方	射
胎產書	胎	太一祝圖	太
卦象圖	卦	地形圖	地
箭道封域圖	箭	府宅圖	府
居葬圖	居	宅位草圖	草
十問	問	合陰陽	合
天文氣象雜占	氣	刑德甲篇	刑甲
刑德乙篇	刑乙	刑德丙篇	刑丙
陰陽五行甲篇	陰甲	陰陽五行乙篇	陰乙
出行占	出	木人占	木
雜禁方	雜	天下至道談	談
一號墓竹簡遣冊	遣一	一號墓竹牌	竹一
一號墓簽牌	牌一	二號墓竹簡	竹二
三號墓竹簡遣冊	遣三	三號墓簽牌	牌三

　　（二）本論文中，所引甲骨文皆出自劉釗、洪颺、張新俊編纂：《新甲骨文編》（福州：福建人民出版社，2009 年），故行文時僅於圖版後標注其資料來源簡稱，標點符號以書名號；所引金文皆出自董蓮池編著：《新金文編》（北京：作家出版社，2011 年），故行文時僅於圖版後標注器名；所引楚簡文字皆出自李守奎編著：《楚文字編》（上海：華東師範大學出版社，2003 年），故行文時僅於圖版後標注簡稱，標點符號皆以書名號；所引秦簡牘文字皆出自方勇編著：《秦簡牘文字編》（福州：福建人民出版社，2012 年），故行文時僅於圖版後標注其資料來源簡稱，標點符號皆以書名號；所引小篆及其重文皆出自〔漢〕許慎撰，〔清〕段玉裁注，李添富總校訂：《新添古音說文解字注》（臺北：洪葉文化事業有限公司，2016 年）。若有其他引用出處，則另以當頁注註明。以下為《新甲骨文編》、《楚文字編》、《秦簡牘文字編》之材料簡稱：

《新甲骨文編》材料簡稱

資料來源	簡　稱	資料來源	簡　稱
《甲骨文合集》	《合》	《英國所藏甲骨集》	《英》
《小屯南地甲骨》	《屯》	《懷特氏等收藏甲骨集》	《懷》
《甲骨文合集補編》	《合補》	《殷墟花園莊東地甲骨》	《花東》

《楚文字編》材料簡稱（本文皆引簡帛文字，故以下僅列簡帛材料）

資料來源	簡　稱	資料來源	簡　稱
曾侯乙墓竹簡	曾	江陵天星觀一號墓卜筮簡	天卜
江陵天星觀一號墓遣策簡	天策	信陽長臺關一號墓竹書簡	信1
信陽長臺關一號墓遣策簡	信2	江陵望山一號墓竹簡	望M1
江陵望山二號墓竹簡	望M2	荊門包山二號墓竹簡	包
荊門郭店一號墓竹簡·老子甲	郭·老甲	荊門郭店一號墓竹簡·老子乙	郭·老乙
荊門郭店一號墓竹簡·老子丙	郭·老丙	荊門郭店一號墓竹簡·太一生水	郭·太
荊門郭店一號墓竹簡·緇衣	郭·緇	荊門郭店一號墓竹簡·魯穆公問子思	郭·魯
荊門郭店一號墓竹簡·窮達以時	郭·窮	荊門郭店一號墓竹簡·五行	郭·五
荊門郭店一號墓竹簡·唐虞之道	郭·唐	荊門郭店一號墓竹簡·忠信之道	郭·忠
荊門郭店一號墓竹簡·成之聞之	郭·成	荊門郭店一號墓竹簡·尊德義	郭·尊
荊門郭店一號墓竹簡·性自命出	郭·性	荊門郭店一號墓竹簡·六德	郭·六
荊門郭店一號墓竹簡·語叢一	郭·語一	荊門郭店一號墓竹簡·語叢二	郭·語二
荊門郭店一號墓竹簡·語叢三	郭·語三	荊門郭店一號墓竹簡·語叢四	郭·語四
江陵九店五六號墓竹簡	九M56	江陵九店六二一號墓竹簡	九M621
江陵秦家嘴一號墓竹簡	秦M1	江陵秦家嘴一三號墓竹簡	秦M13
江陵秦家嘴九九號墓竹簡	秦M99	長沙仰天湖二五號墓竹簡	仰
長沙五里牌四〇六號墓竹簡	牌	長沙楊家灣六號墓竹簡	楊
江陵滕店一號墓竹簡	滕	江陵范家坡二七號墓竹簡	范
江陵磚瓦廠二七〇號墓竹簡	磚	長沙子彈庫帛書	帛
長沙子彈庫帛書殘片	帛殘		

《秦簡牘文字編》材料簡稱

資料來源	簡　稱	資料來源	簡　稱
《出土文獻研究》公佈的青川木牘	青牘	《天水放馬灘秦墓竹簡·日書甲種》	放甲
《天水放馬灘秦墓竹簡·志怪故事》	放志	《睡虎地秦墓竹簡·編年紀》	睡編
《睡虎地秦墓竹簡·語書》	睡語	《睡虎地秦墓竹簡·秦律十八種》	睡律
《睡虎地秦墓竹簡·效律》	睡效	《睡虎地秦墓竹簡·秦律雜抄》	睡雜
《睡虎地秦墓竹簡·法律答問》	睡答	《睡虎地秦墓竹簡·封診式》	睡封
《睡虎地秦墓竹簡·為吏之道》	睡為	《睡虎地秦墓竹簡·日書甲種》	睡甲
《睡虎地秦墓竹簡·日書乙種》	睡乙	《睡虎地秦墓竹簡·殘簡》	睡殘
睡虎地4號秦墓出土6號木牘	睡牘6	睡虎地4號秦墓出土11號木牘	睡牘11
《嶽麓書院藏秦簡·二十七年質日》	嶽二十七質	《嶽麓書院藏秦簡·三十四年質日》	嶽三十四質
《嶽麓書院藏秦簡·三十五年質日》	嶽三十五質	《嶽麓書院藏秦簡·為吏治官及黔首》	嶽為
《嶽麓書院藏秦簡·占夢書》	嶽占	《湖南大學學報》公佈的嶽麓秦簡郡名簡	嶽郡
《文物》公佈的嶽麓秦簡《秦律雜抄》簡	嶽律	《文物》等公佈的其他部分嶽麓秦簡	嶽簡
《江陵嶽山秦漢墓》木牘	嶽牘	《關沮秦漢墓簡牘》竹簡	關簡
《關沮秦漢墓簡牘》木牘	關牘	《龍崗秦簡》竹簡	龍簡
《龍崗秦簡》木牘	龍牘	《里耶發掘報告》竹簡	里

（三）本論文中所用上古音資料，原則以郭錫良《漢字古音手冊》為主。若論及通假情況，且上古音非同聲紐或同韻部者，其通假關係資料原則以白于藍《簡帛古書通假字大系》（簡稱《大系》）及高亨、董治安《古字通假會典》（簡稱《會典》）為主，並於文中直接夾注出處及頁碼，不另加當頁注。

二、論文之行文說明

（一）本論文之注解，除凡例之「一、材料出處」外，皆採「當頁注」；同一章首次引用，悉註明其作者、著作、出版資訊（年代皆以西元紀年），期刊論文則註明其出版日期及期數。

（二）引用出土材料之文字，若有缺漏、訛誤、不清等，以該出土材料之集釋、集成等專著中，所用釋文符號（如【】、〖〗、□、☒等）表示。

（三）本論文表格、圖片之編號，先以「章」為單位，再以「表格或圖片順序」編號，如「表（三－1）」即「第三章之『表1』」，「圖（三－1）」即「第三章之『圖1』」。表格編號皆於表格之上，圖片編號皆於圖片之下。

（四）本論文之第一人稱或用「本文」、「本論文」，在通常情況下皆以「本文」稱之；若欲強調某種情況於本論文中為通則性、普遍性時，則使用「本論文」作第一人稱。

（五）因文字演變現象紛呈，難以逐一臚列，故偏旁或部件有相同演變方式者，僅舉一、二字例代表；引用文字圖版時，若《新甲骨文編》、《新金文編》、《楚文字編》、《秦簡牘文字編》或馬王堆簡帛等無該字形體，則舉「以該字作偏旁的字」為例。至於字例之所謂「甲骨文」皆指商代甲骨文，「金文」原則上指西周金文，除少數字例於《新金文編》無西周金文字例而僅有春秋或戰國金文形體，方以春秋或戰國金文為例。

（六）本論文或引西漢以後文字說明馬王堆簡帛文字對後世影響，故文中「後世隸楷文字」或「隸楷文字」之「隸書」，皆指成熟隸書（皆引東漢以後隸書材料），非指早期隸書（古隸，戰國中晚期至漢文帝、景帝）。

（七）本論文為行文方便，故凡言「詞語」者，皆包含詞、詞組；凡言「以上」、「以下」者，皆包含「以」字之前的數量，如言「兩個以上」即包含「兩個」。

（八）因文字與詞語為不同概念，若行文中需作區分時，則仿裘錫圭《文字學概要·凡例》，以｛｝表示該詞語意義。

（九）本論文引用他人研究成果時，對於前輩師長一律只書其名，而不加「先生」、「師」等字，以便行文。

三、參考文獻及知見目錄

（一）本論文參考文獻係指各章所引用之文獻資料，分作「專書」、「引用論文」、「電子資源」三大類。「專書」分成「傳統文獻」、「近人論著」，前者依《欽定四庫全書》細分經、史、子、集四類，並依該文獻之成書年代排序，後者則依作者姓氏筆畫數分類（筆畫數相同者則依其部首，相同姓氏則依名字筆畫數多寡排序），再依出版年代排序；「引用論文」分「期刊論文」、「學位論文」，前者一律依出刊時間排序，後者先依年代，再依作者姓名筆畫數排序（同

近人論著編排方式）。

　　（二）本論文附錄之「知見目錄」係臚列馬王堆簡帛自出土以來，迄今之相關研究成果，資料搜尋方式主要利用「臺灣博碩士論文知識加值系統」、「中國知網」，以「馬王堆簡帛」、「馬王堆帛書」、「馬王堆漢墓」為關鍵詞搜索；至於因資料庫所收論文年代上限可能未包含早期馬王堆簡帛研究，故本論文以能力所及盡量查詢齊全，若有未盡之處，祈請指教。

第一章　緒　論

第一節　研究目的

　　「文字」的定義，就裘錫圭《文字學概要》所言有廣狹義之別，狹義者為「文字是記錄語言的符號」，廣義者為「人們用來傳遞資訊的、表示一定意義的圖畫和符號，都可以稱為文字」。〔註1〕張桂光《漢字學簡論》認可《辭海》對「文字」的定義：「文字是記錄語言的書寫符號系統，是擴大語言在時間和空間上的交際功能的輔助工具。」〔註2〕其後亦說解文字如何記錄語言，其一為文字體系中的每個文字形體，須與該語言的詞有固定的音、義關係；其二為這些形、音、義三者具備的符號，依其語言的規則排列，將該語言的詞句準確記錄，能符合這兩項特徵的即為「文字」。〔註3〕若就張桂光所言，其「文字」的定義與裘錫圭狹義的「文字」相近；然張桂光亦指出單以「文字是記錄語言的符號」一語為「文字」的定義，或有不足之處，其舉景頗族的樹葉信為證，認為景頗族以實物（樹葉）代表某些詞語，雖符合「記錄語言的符號」，但不認可實物符號可稱作「文字」。〔註4〕是而本論文所謂「文字」，採取「記錄語

〔註1〕裘錫圭：《文字學概要》（臺北：萬卷樓圖書股份有限公司，2015年），頁1。
〔註2〕張桂光：《漢字學簡論（第2版）》（廣州：廣東高等教育出版社，2017年），頁1。
〔註3〕張桂光：《漢字學簡論（第2版）》，頁2。
〔註4〕張桂光：《漢字學簡論（第2版）》，頁2～3。

言的符號」之狹義定義，同時也限定該符號須與其所記錄之語言的詞語，有固定的音、義關係，且依該語言的詞法、句法等規則記錄，能精確而完整表達該語言之詞語、語句的符號。

另外，文字既為一種符號，便需討論其作為符號的「能指」與「所指」。〔註5〕符號的「能指」，即符號的形式，對於文字而言則指文字的形體，通常為視覺所接收的符號，少數如盲文以觸覺所接收的符號；符號的「所指」，即該符號的形式所指向的意義，對於文字而言則為該文字形體所表示的音、義。因此本論文所謂的「文字形體」或「字形」、「形體」，皆指文字在記錄語言時，所使用的符號形式。裘錫圭《文字學概要》提出兩種層次的符號，即文字為語言的符號，與文字本身所用的符號是不同的概念，對於後者其以「字符」表示〔註6〕，即本論文所謂「形體」。至於「寫法」一詞，本論文在使用上與「形體」略有不同，「寫法」就字面義係指書寫文字形體的方法，因此較著重在書寫的動作或書寫的過程，而「形體」僅指文字所用的符號本身。若以王寧《漢字構形學導論》所舉漢字學的分支，其中專門研究文字形體的演變，則屬「漢字構形學」；而研究書寫漢字形體時，受不同時空、工具、用途等因素造成文字形體的變異者，則屬「漢字字體學」，二者雖密不可分但仍有區別。〔註7〕本論文的「形體」一詞大抵屬構形學範疇，而「寫法」一詞牽涉字體學範疇，但寫法也會影響文字形體（常見於文字形體的訛誤，詳見第四章〈形體訛誤與混同分析〉）。是以本論文論題不言「構形」，寔因內容同時牽涉構形學與字體學，而構形學、字體學皆與文字形體有關，故論題採用「形體」一詞，以求題目所指能完全涵蓋本論文研究內容。

「漢字」即記錄漢語的文字，其歷史淵遠流長。在時間的洪流中，漢字形

〔註5〕 符號的能指、所指之相關說解，為索緒爾首先提出。「語言符號連結的不是事物和名稱，而是概念和音響形象。……如果我們用一些彼此呼應同時又互相對立的名稱來表示這三個概念（本文按：即符號、概念、音響形象），那麼歧義就可以消除。我們建議保留用符號這個詞表示整體，用所指和能指分別代替概念和音響形象。」雖此段文字是用以說明語言的聲音（能指）及其所指向的意義與概念（所指），但亦可用於文字符號，文字的形體即能指，其所示的意義與概念即所指。〔瑞士〕費爾迪南·德·索緒爾著，沙·巴利、阿·薛施藹、阿·里德林格合作編印，高明凱譯，岑麒祥、葉蜚聲校注：《普通語言學教程》（北京：商務印書館，2007年），頁101～102。

〔註6〕 裘錫圭：《文字學概要》，頁13～14。

〔註7〕 王寧：《漢字構形學導論》（北京：商務印書館，2015年），頁2～3。

體也經歷多次改變，如戰國文字雖承襲商周甲金文而來，但形體與甲金文或有不同，且各系之間的文字形體更是迥異；其後雖有秦統一而書同文，文字準以小篆，但因文書記錄的實際需求而發展出隸書，與小篆形體有別；漢興之後，隸書漸起，由此又發展出草書、楷書等文字。正因漢字幾經變化，以致今日所用的文字，雖為商周甲金文一脈相傳，但形體殊迥，可能難以觀察不同時期文字形體對應、演變的關係。如今日楷書「春」字，其隸書為「春」〔註8〕、「泰」〔註9〕，小篆為「𣊋」，秦簡作「春」（《睡乙》224 參）、「𦫳」（《嶽為》25 正參），甲骨文作「𣎳」（《合》11533 賓組）、「𣏌」（《懷》752 賓組）〔註10〕，其中隸書、楷書形體較為相近，但楷書與甲金文、小篆形體之間的演變關係難明。是以研究漢字形體，歸納其演變方式，有助於了解古今文字形體的演變關係。

　　所謂「古文字」、「今文字」，如黃德寬《古文字學》云：「古文字是與今文字相對的概念，它最早出現於漢代。漢代通行的字體是隸書，即當時的文字，隸書以前的文字就叫古文或古文字。」〔註11〕或如裘錫圭《文字學概要》：「漢字字體演變的過程可以分成兩個大階段，即古文字階段和隸、楷階段。前一階段起自商代終於秦代，後一階段起自漢代一直延續到現代。」〔註12〕另如朱葆華《中國文字發展史·秦漢文字卷》所言：「小篆是古文字的最後表現形態」〔註13〕，皆可得知古文字與今文字（裘錫圭之隸、楷文字）的分界，以時間而言在秦漢時期，秦代小篆為古文字發展最後的階段，而隸書則為今文字的開端。

　　雖古、今文字於文字學而言，係漢字發展的兩個階段，但於兩漢則不單視作文字形體的演變，而受政治、經學等因素，對於古、今文字有不同認知，甚而有「今古文之爭」。如皮錫瑞《經學歷史·經學昌明時代》提及：

　　今古文所以分，其先由於文字之異。今文者，今所謂隸書，世所傳

〔註8〕范韌庵等編著：《中國隸書大字典》（上海：上海書畫出版社，1991 年），頁 567。
〔註9〕范韌庵等編著：《中國隸書大字典》，頁 567。
〔註10〕照理應依時代先後排列，即應以甲骨文、秦簡、小篆、隸書排序，此處係本文為凸顯古今文字之形體差異，故以今人較為熟悉的楷書形體為先，再以隸書、小篆、秦簡、甲骨文之距今愈遠的方式排序。
〔註11〕黃德寬：《古文字學》（上海：上海古籍出版社，2015 年），頁 1。
〔註12〕裘錫圭：《文字學概要》，頁 55。
〔註13〕臧克和主編，朱葆華著：《中國文字發展史·秦漢文字卷》（上海：華東師範大學出版社，2014 年），頁 2。

《熹平石經》及孔廟等處漢碑是也；古文者，今所謂籀書，世所傳岐陽石鼓及《說文》所載古文是也。……漢初發藏以授生徒，必改為通行之今文，乃便學者誦習，故漢立博士十四，皆今文家，而當古文未興之前，未嘗別立今文之名。……至劉歆始增置《古文尚書》、《毛詩》、《周官》、《左氏春秋》，既立學官，必創說解。後漢衛宏、賈逵、馬融又遞為增補以行於世，遂與今文分道揚鑣。……前漢今文說，專明大義微言；後漢雜古文，多詳章句訓詁。〔註14〕

可知西漢五經傳承，因其記錄所用文字為隸書，故當時無今古文之別；武帝時孔壁古文問世，至西漢末劉歆請立古文經為學官，並與當時儒生發生衝突而有「今古文之爭」〔註15〕；同時今文學家與古文學家對五經的說解不同〔註16〕，故皮氏言其「分道揚鑣」〔註17〕。由此可知於兩漢經學而言，古、今文字係由文字形體的不同，擴大影響至思想、政治等。

　　至於隸書的興起，察班固《漢書‧藝文志》：「是時（按：秦朝）始造隸書矣，起於官獄多事，苟趨省易，施之於徒隸也。」〔註18〕又《說文解字‧敘》：「秦燒滅經書，滌除舊典，大發吏卒，興戍役，官獄職務緐。初有隸書，以趣約易，而古文由此絕矣。」〔註19〕可知班、許以為隸書源自秦朝，因秦朝官府事務繁雜，為提高文書記錄的效率，將文字簡化為隸書；許慎又云：「四曰『左書』，即秦隸書，秦始皇帝使下杜人程邈所作也。」〔註20〕即隸書係始皇命程邈

〔註14〕〔清〕皮錫瑞著：《經學歷史》（北京：朝華出版社，2019年），頁36～37。

〔註15〕兩漢「今古文之爭」依裴普賢《經學概述‧經學派別》之說共四次，第一次為西漢末劉歆請立學官，第二次為東漢韓歆請立《費氏易》、《左氏春秋》博士，第三次為白虎觀會議，第四次為古文學家鄭玄、服虔與今文學家羊弼、何休針對《公羊傳》、《左傳》的辯駁。裴普賢：《經學概述》（臺北：三民書局股份有限公司，2006年），頁211～213。

〔註16〕裴普賢《經學概述‧經學派別》整理二者差異，有「書本的歧異」，如字體、篇數、內容三大不同；亦有「主張的不同」，如今、古文學家對六經排列次序不同，或如今文學家之闡明微言大義、古文學家之重視訓詁，又如今文學家推崇孔子而古文學家推崇周公等。裴普賢：《經學概述》，頁226～227。

〔註17〕〔清〕皮錫瑞著：《經學歷史》，頁37。

〔註18〕〔漢〕班固撰，〔唐〕顏師古注，〔清〕王先謙補注：《漢書補注》（臺北：藝文印書館，1996年），頁886。

〔註19〕〔漢〕許慎撰，〔清〕段玉裁注，李添富總校訂：《新添古音說文解字注》（臺北：洪葉文化事業有限公司，2016年），頁765。

〔註20〕「秦始皇帝使下杜人程邈所作也」之句本在「三曰『篆書』，即小篆」之下，段〈注〉：「按此十三字當在下文『「左書」，即秦隸書』之下。」故本文為引述方便，將此句

所作，後世亦多沿此說，如南朝宋羊欣〈采古來能書人名〉〔註21〕、北魏江式〈論書表〉〔註22〕、唐代顏師古注《漢書》〔註23〕等，但文字的創造、改易，應非一人一時可致。

對於「程邈作隸」之說持否定態度者，如酈道元《水經注・穀水》：「臨淄人發古冢，得銅棺，前和外隱起為隸字，言齊太公六世孫胡公之棺也。唯三字是古，隸同今書，證知隸自出古，非始于秦。」〔註24〕其以當時盜墓所掘之文物為據，認為該墓之棺上文字大多與當時文字形體相同，證明隸書應早於秦朝。然此說問題在於文字演變雖有改易，但亦有沿用者，如「日」字甲金文、小篆、隸書甚至楷書形體大致相近，若因古文物上的文字形體與今日所用文字形體相近，遂而判定某書體文字起源更早，其論證或嫌不足。

唐蘭《中國文字學》對於「隸書」的起源，認為應以戰國時期六國文字的日漸草率為先導，在秦朝書同文後民間的趨簡心理仍未革除，因此書寫時打破小篆的結構，變為草率、通俗的形體寫法。〔註25〕近代則因考古發掘，許多戰國中晚期秦國簡牘問世，如放馬灘秦簡、睡虎地秦簡等，當中便有隸書特徵的文字形體。至於郭沫若〈古代文字之辯證的發展〉認為戰國的六國文字亦有趨向隸書的意味，如楚簡的文字形體簡略、形態扁平與後世隸書接近〔註26〕；裘錫圭《文字學概要》亦採郭沫若之說，並舉齊陶文為例，指出若秦未統一六國，六國文字的俗體也會演變成類似隸書的新字體。〔註27〕是而可知「隸書」起源於戰國中晚期，且就歷史事實而言，應承襲秦系文字發展而來。

依段氏之意移至「秦隸書」之下。〔漢〕許慎撰，〔清〕段玉裁注，李添富總校訂：《新添古音說文解字注》，頁768～769。

〔註21〕「秦獄吏程邈……增減大篆體，去其繁複，始皇善之，出為御史，名書曰隸書。」〔南朝宋〕羊欣，〔南朝齊〕王僧虔錄：〈采古來能書人名〉，收錄於〔唐〕張彥遠集：《法書要錄》（北京：中華書局，1985年），頁5。

〔註22〕「隸書者，始皇時衙吏下邽程邈附於小篆所作也。」〔北魏〕江式：〈論書表〉，收錄於〔唐〕張彥遠集：《法書要錄》，頁34。

〔註23〕「師古曰：『……隸書亦程邈所獻，主於徒隸，從簡易也。』」〔漢〕班固撰，〔唐〕顏師古注，〔清〕王先謙補注：《漢書補注》，頁886。

〔註24〕〔北魏〕酈道元注，王國維校：《水經注校》（臺北：新文豐出版公司，1987年），頁550。

〔註25〕唐蘭：《中國文字學》（臺北：洪氏出版社，1980年），頁165。

〔註26〕郭沫若：〈古代文字之辯證的發展〉，《考古學報》1972年第1期（1972年），頁1～13。

〔註27〕裘錫圭：《文字學概要》，頁88。

　　然而「隸書」一詞於漢代以後所指略有變化，牽涉的詞語有「古隸」、「今隸」、「八分」等。裘錫圭指出漢隸之前的隸書為「秦隸」，又稱「古隸」，但「古隸」亦可指相對於楷書別名的「今隸」而來，即一般所謂的隸書，至於「八分」則指漢隸。〔註28〕唐朝有將楷書稱作隸書的情況，如《唐六典·秘書省》：「校書郎、正字掌讎校典籍，刊正文字」〔註29〕下〈注〉云：

> 字體有五：一曰古文，廢而不用；二曰大篆，惟於《石經》載之；
> 三曰小篆，謂印璽、幡旌、碑碣所用；四曰八分，謂《石經》、碑碣
> 所用；五曰隸書，謂典籍、表奏及公私文疏所用。〔註30〕

其「八分」應指漢代通行之隸書，而「隸書」則指今日之楷書；此前有「楷書手八十人」〔註31〕句下云：「隋煬帝秘書省置楷書郎，員二十人，從第九品，掌抄寫御書。」〔註32〕其「御書」應包含於前述之典籍、表奏、公私文疏之類，而隋代的「楷書郎」之名已示其以楷書文字抄寫；又〈門下省〉記弘文館置學生三十人，〈注〉云：「有二十四人入館，敕虞世南、歐陽詢教示楷法」〔註33〕，虞世南、歐陽詢皆為初唐知名楷書書家，其所謂「楷法」應即楷書書寫之法。是而可知，唐代「隸書」應指今日之「楷書」。又清人劉熙載《藝概·書概》云：

> 小篆，秦篆也；八分，漢隸也。秦無小篆之名，漢無八分之名，名
> 之者皆後人也。後人以籀篆為大，故小秦篆；以正書為隸，故八分
> 為漢隸耳。……未有正書以前，八分但名為隸；既有正書以後，隸
> 不得不名八分。名八分者，所以別於今隸（按：即楷書）也。〔註34〕

〔註28〕裘錫圭：《文字學概要》，頁98。

〔註29〕〔唐〕李隆基撰，〔唐〕李林甫注，〔日本〕廣池千九郎校注，內田智雄補訂：《大唐六典》（西安：三秦出版社，1991年），頁221。

〔註30〕〔唐〕李隆基撰，〔唐〕李林甫注，〔日本〕廣池千九郎校注，內田智雄補訂：《大唐六典》，頁221。

〔註31〕〔唐〕李隆基撰，〔唐〕李林甫注，〔日本〕廣池千九郎校注，內田智雄補訂：《大唐六典》，頁217。

〔註32〕〔唐〕李隆基撰，〔唐〕李林甫注，〔日本〕廣池千九郎校注，內田智雄補訂：《大唐六典》，頁217。

〔註33〕〔唐〕李隆基撰，〔唐〕李林甫注，〔日本〕廣池千九郎校注，內田智雄補訂：《大唐六典》，頁193。

〔註34〕〔清〕劉熙載撰，劉立人、陳文和點校：《劉熙載集》（上海：華東師範大學出版社，1993年），頁158～159。

認為漢代無「八分」之名，稱當時通行的文字為「隸書」；而後人以「隸書」指稱「楷書」後，改以「八分」指稱原先隸書所指之漢代通行文字。由此可知「隸書」、「八分」之議，源於漢代以降，「隸書」一詞所指不同而來。

　　因此為求明確，本論文所謂「隸書」採當前對於隸書的認識，即起源於秦國、通行於兩漢的文字，且不使用「古隸」、「今隸」、「八分」等詞（除引用文字外）；對於由隸書發展而來，成熟於唐代而沿用至今的正規文字，則以「楷書」稱之，以免混淆。

　　綜上所述，隸書為今文字的開端，上承商周以來的古文字，下啟後世之草書、楷書等文字，可知隸書是漢字由古文字轉為今文字的重要關鍵，因此隸書形體對於文字學研究有其重要意義。同時，若欲清楚認識古今文字的轉變，研究對象應限定在早期隸書，因文字演變並非一刀兩斷，而為漸進發展，早期隸書去古未遠，但形體又與古文字有所不同，此時的隸書可觀察古今文字的過渡。是而本論文選定西漢初年的馬王堆漢墓簡帛為研究材料，針對其文字形體，了解漢初隸書轉變古今文字的過程。

第二節　研究材料

　　馬王堆漢墓簡帛（本論文皆稱「馬王堆簡帛」）係一九七〇年代，於湖南省長沙市發掘的三座西漢初年墓葬，為漢初長沙國丞相軑侯利蒼、其妻辛追及其子二代軑侯利豨的墓葬，當中出土豐富的陪葬器物，如絲織品、漆器、樂器、兵器、帛畫、帛書、簡牘等。除二號墓出土一枚竹簡外，其餘帛書、簡牘皆出自一號墓與三號墓。〔註35〕馬王堆簡帛內容涉及戰國至漢初的歷史、哲學、醫學等領域，對於研究中國古代學術、醫學、社會文化等皆有重要的貢獻；同時因簡帛出自西漢初期墓葬，亦為研究早期隸書的重要材料。

　　馬王堆簡帛的文獻，依《長沙馬王堆漢墓簡帛集成》（簡稱《集成》）有〈周易經傳〉、〈喪服圖〉、〈春秋事語〉、〈戰國縱橫家書〉、〈老子甲本〉、〈五行〉、〈九主〉、〈明君〉、〈德聖〉、〈九主圖〉、〈經法〉、〈十六經〉、〈稱〉、〈道原〉、〈老子乙本〉、〈物則有形圖〉、〈五星占〉、〈天文氣象雜占〉、〈刑德甲篇〉、〈刑

〔註35〕湖南省博物館、復旦大學出土文獻與古文字研究中心編纂，裘錫圭主編：〈長沙馬王堆漢墓簡帛出土與整理情況回顧〉，《長沙馬王堆漢墓簡帛集成》（北京：中華書局，2014 年），第壹冊，頁 1。

德乙篇〉、〈刑德丙篇〉、〈陰陽五行甲篇〉、〈陰陽五行乙篇〉、〈出行占〉、〈木人占〉、〈相馬經〉、〈宅位宅形吉凶圖〉、〈足臂十一脈灸經〉、〈陰陽十一脈灸經甲本〉、〈脈法〉、〈陰陽脈死候〉、〈五十二病方〉、〈去穀食氣〉、〈陰陽十一脈灸經乙本〉、〈導引圖〉、〈養生方〉、〈房內記〉、〈療射工毒方〉、〈胎產書〉、〈太一祝圖〉、〈卦象圖〉、〈地形圖〉、〈箭道封域圖〉、〈府宅圖〉、〈居葬圖〉、〈宅位草圖〉、〈十問〉、〈合陰陽〉、〈雜禁方〉、〈天下至道談〉、〈一號墓竹簡遣冊〉、〈一號墓竹牌〉、〈一號墓簽牌〉、〈二號墓竹簡〉、〈三號墓竹簡遣冊〉、〈三號墓簽牌〉〔註36〕，當中〈周易經傳〉有〈周易〉、〈二三子問〉、〈繫辭〉、〈衷〉、〈要〉、〈繆和〉、〈昭力〉等篇，總共約 923 枚竹簡與木牘、120 枚竹牌與簽牌、近 60 種帛書，總字數超過十二萬字。

如此豐富的文獻，雖同出於西漢初年的馬王堆三座墓葬，但並非皆寫成於同一年代，馬王堆簡帛各篇文獻年代跨足戰國晚期至西漢初期，正屬早期隸書，更是包含其起源時間，是而文字形體或寫法出現秦隸、漢隸，甚至仍有保留濃厚篆書意味的隸書，對於研究古今文字的轉變是不可多得的材料。對此，須區分各文獻的書寫年代，以利於了解文字形體的演變脈絡。

各篇文獻的書寫年代，至少可知時間下限應在三座墓葬的下葬時間，最早為二號墓，墓主為軑侯利蒼，死於呂后二年（西元前 186 年）；其次為三號墓，亦為出土豐富帛書文獻的墓葬，墓主為利蒼之子，葬於漢文帝十二年（西元前 168 年）；最晚為一號墓，墓主為利蒼之妻辛追，應死於文帝十二年之後。因此一號墓與三號墓的遣冊應在漢文帝時期書寫，而三號墓出土的帛書則應在文帝十二年（西元前 168 年）以前書寫。

以下主要參考陳建明《馬王堆漢墓研究》〔註37〕、《集成》、程鵬萬〈馬王堆帛書抄寫問題研究綜述〉〔註38〕所整理各家學者對簡帛書寫時代的討論，以西漢為界，分作「書寫時代可能為西漢之前者」、「書寫時代可能為西漢之

〔註36〕因各篇文獻有些為今日可見之典籍，有些則為單篇文章，正如《集成》：「這裏所說的『篇』，也可以是一部書」，因諸篇皆收入於《集成》中，為區別《集成》與各篇的關係，故本論文將各篇文獻皆以篇名號表示。湖南省博物館、復旦大學出土文獻與古文字研究中心編纂，裘錫圭主編：〈全書總目〉，《長沙馬王堆漢墓簡帛集成》，第壹冊，頁 1。

〔註37〕陳建明主編：《馬王堆漢墓研究》（長沙：岳麓書社，2013 年），頁 190～568。

〔註38〕程鵬萬：〈馬王堆帛書抄寫問題研究綜述〉，《中國書法》2021 年第 1 期（2021 年 1 月），頁 85～86、89、91～92、95～98、100～102、105～111、114～115。

後者」，並簡述學者對各篇帛書之書寫年代的判定方式。然因馬王堆簡帛各篇文獻文字數量不一，且公布時間頗有差距，因此部分文獻之書寫年代未得學者們討論，而本文因學力有限，不敢輕易判定，故僅整理目前已有討論書寫年代之文獻。

一、書寫時代可能為西漢之前者

　　書寫年代為西漢之前的帛書，最早可能為戰國時期，晚則至漢朝建立之前，但有些帛書書寫年代可能為秦末至漢初，因其時間跨度仍包含西漢之前，故本文亦將此類帛書歸此說明。

　　〈春秋事語〉的書寫年代，學者們根據帛書的不避高祖諱，且由「殹」、「也」的使用情況，加上文字仍保留較多篆書特徵，應該書寫於劉邦稱帝前，可能為秦末至漢興前。

　　〈老子甲〉的字體為古隸，其不避漢高祖諱，故學者推測應書寫於西元前200 年左右。在〈老子甲〉後有四篇文獻，即〈五行〉、〈九主〉、〈明君〉、〈德聖〉。四篇字體一致，帶有篆書特徵，且不避漢高祖諱，故而書寫年代應在漢代之前，因此學者推測可能最晚在戰國時期。

　　〈天文氣象雜占〉的成書與書寫年代，依其文字仍帶有篆書意味的隸書，且內容不避漢高祖諱，因此最遲應不晚於漢朝建立。〈木人占〉的文字仍有篆書風格，內容有「君子登為天子，士登為公」之語，推測書寫年代上限應為戰國晚期，又因其不避高祖諱，故下限應在漢初之前，可能為秦末至漢初的抄本。

　　〈太一祝圖〉又稱〈社神圖〉、〈神祇圖〉、〈太一將行圖〉，若觀其圖像風格，與曾侯乙墓內棺、子彈庫帛書比對，發現風格皆為楚國風格，推測此圖應早於西漢，或為戰國晚期楚人作品，而圖中文字為戰國晚期的篆書。

　　〈陰陽五行甲篇〉又稱〈式法〉，其文字篆書意味明顯，且大量出現楚文字，且避「正」字，「正月」作「端月」，因此應在秦朝書寫，推測或為尚未熟悉秦文字的楚人所抄；但亦有學者認為〈陰陽五行〉是楚系選擇術，底本應為楚國文獻，因此可能為為熟悉楚文字的秦人轉寫而來。然無論為何，此文獻抄寫於秦代應無爭議。

　　醫書類帛書則抄寫在五張帛上，〈卻穀食氣〉、〈陰陽十一脈灸經乙本〉、〈導引圖〉抄寫在同一幅帛上；〈足臂十一脈灸經〉、〈陰陽十一脈灸經甲本〉、

〈脈法〉、〈陰陽脈死候〉、〈五十二病方〉為同一張帛；〈養生方〉、〈雜療方〉（後分為〈房內記〉、〈療射工毒方〉兩篇）、〈胎產書〉則各為一張帛。此五幅帛書的文字接近篆書，或為秦漢之際時抄寫；或參考內容避諱情況，如〈卻穀食氣〉避「正」字，〈胎產書〉第二條中未避呂后諱，因此認為此五幅帛書抄寫年代應在戰國晚期至呂后之前。

二、書寫時代可能為西漢之後者

書寫時代為西漢之後，即書寫於西漢建立（西元前 202 年）之後，直至最晚下葬的一號墓下葬時間（漢文帝十二年之後），總體而言此時期書寫的簡帛皆為西漢初期，正屬漢隸的形成階段〔註39〕，文字大抵已失去篆體特徵，同時筆畫的形貌也開始形成，可說成熟隸書筆畫的起源。

〈周易經傳〉包含〈周易〉、〈二三子問〉、〈繫辭〉、〈衷〉、〈要〉、〈繆和〉、〈昭力〉，皆出自三號墓，而三號墓下葬年代為漢文帝前元十二年（西元前 168年），由此判斷書寫年代下限；文字形體而言，〈周易經傳〉大致符合學者們對於隸書改變篆書或古文字的幾項特徵，即「改曲為直」、「簡省」、「變形」等〔註40〕；且觀帛書行款布局，雖文字左右列未刻意對齊，但可發現文字大小皆相近，且每個字明顯為方塊形，此風格與漢代之後隸書特點頗為類似，因此推測〈周易經傳〉書寫年代應為西漢初年。《集成》認同張政烺之說，認為應在漢文帝初年，約為西元前 180 年至西元前 170 年之間。〔註41〕

〈老子乙〉的文字已明顯為漢隸風格，且避漢高祖諱而不避惠帝，因此書寫年代較〈老子甲〉晚，大約在惠帝至呂后執政時期。在〈老子乙〉前有〈經法〉、〈十六經〉、〈稱〉、〈道原〉，學者對於此四篇是否即《黃帝四經》，以及成書年代有所討論，但就書寫年代則較無分歧，多認為應書寫於漢文帝初年。

〈刑德甲〉文字為古隸，其中有「今皇帝十一年」、「乙巳」之句，推測可能為漢高祖十一年時抄寫；〈刑德乙〉文字明顯為漢隸，出現「丁未，孝惠元」〔註42〕，且未出現呂后、文帝的紀年，推測應在惠帝之後至呂后之間抄寫；至

〔註39〕臧克和主編，朱葆華著：《中國文字發展史·秦漢文字卷》，頁 72～73。
〔註40〕裘錫圭：《文字學概要》，頁 102。臧克和主編，朱葆華著：《中國文字發展史·秦漢文字卷》，頁 90。
〔註41〕湖南省博物館、復旦大學出土文獻與古文字研究中心編纂，裘錫圭主編：《長沙馬王堆漢墓簡帛集成》，第參冊，頁 4。
〔註42〕湖南省博物館、復旦大學出土文獻與古文字研究中心編纂，裘錫圭主編：《長沙馬

於〈刑德丙〉字體較為古樸，與〈刑德甲〉較為相近，而〈刑德甲〉又為〈刑德丙〉增改而來，故應書寫時間下限在高祖十一年前後。

〈戰國縱橫家書〉是由三種不同書手抄寫，文字大體為古隸，其避高祖諱而不避惠帝，大抵書寫於漢惠帝之前。〈陰陽五行乙篇〉則隸書意味較多，學者們認為應在漢高祖十一年或呂后元年間抄寫。〈五星占〉的天象觀測討論及書寫年代，有數種看法〔註43〕，若取大約年代範圍，觀測時間範圍約在秦朝至漢初；書寫年代則依其字體為隸書風格，而據其內容之五星行度年表排至漢文帝前元三年，推測抄寫年代約在文帝初期。

〈相馬經〉從文字書寫角度考察，字體以隸書書寫，且筆畫帶有隸書之波磔特徵，且內容避高祖諱，推測書寫年代應為漢初。〈十問〉、〈天下至道談〉、〈合陰陽〉、〈雜禁方〉四篇醫簡，在內容上〈十問〉因提及「秦昭王」，故知其上限應在昭王之後，且體例與〈天下至道談〉、〈合陰陽〉相近，推測三者成書時代相近；〈雜禁方〉因提及炊器「鎣」，依考古發現可知此器始見於四川新都戰國墓，西漢前期方流行，故知此篇醫簡或成書於秦漢之際；若以避諱情況來看，〈天下至道談〉、〈合陰陽〉皆未避劉盈諱，但〈合陰陽〉避劉恆諱，推測前者或書於惠帝以前，後者或為文帝前期；就文字書體而言，四篇醫簡文字皆有明顯隸書特徵，是而若此四篇醫簡書寫時代相同，依文字特徵則推測應為西漢初期。

〈地形圖〉測繪時間有三種說法，一為「下限在漢文帝初元十二年」，二為「秦始皇二十六年至呂后七年」，三為「秦始皇二十六年至秦始皇三十三年」。〈駐軍圖〉繪製年代爭論頗多，漢高祖或漢惠帝初年、呂后七年至文帝前元十二年、呂后末年、文帝初年，若參照三號墓墓主生卒年歲推斷，在呂后末年至文帝初年（即墓主 25 至 30 歲）較為合理。

總上可知，馬王堆簡帛各篇文獻書寫年代不一，上至戰國晚期，下至漢文帝初期，其書寫文字分類，陳松長將其分作「篆隸」、「古隸」、「漢隸」。〔註44〕然亦有學者提出不同看法，如游國慶〈馬王堆簡牘帛書之書法藝術〉中，指出書法上無「篆隸」一詞，而「古隸」與「漢隸」並列亦有待商榷，且「漢隸」

王堆漢墓簡帛集成》，第伍冊，頁 33。
〔註43〕陳建明主編：《馬王堆漢墓研究》，頁 313～316。
〔註44〕陳松長：〈馬王堆帛書藝術概述〉，《馬王堆帛書藝術》，頁 3。

包含西漢初期的隸書至東漢成熟隸書，跨度過大，故而其將隸書分作秦代隸書之「秦古隸」、西漢隸書之「漢古隸」、東漢成熟隸書之「八分」。〔註45〕

因文字形體及其書寫的表現應為漸進發展，加之戰國晚期至西漢初期為文字隸變階段，反映在各篇文獻上，則可能部分文獻可明確指出其為隸書，而部分文獻則為帶有篆書意味的隸書，甚或有尚未轉變為隸書的篆書，對於後一類文獻則未必能清楚斷定該材料應歸作何種書體。是以本論文對此未作細分，為了解隸變階段的早期隸書的文字形體演變，故將馬王堆簡帛各篇文獻皆視作「早期隸書」，以便於本論文研究。

第三節　研究方法

文字學（特別是古文字學）對於辨明文字的研究方法，可見於唐蘭《古文字學導論》所提之「對照法（比較法）」、「推勘法」、「偏旁的分析」、「歷史的考證」，對照法（比較法）即透過各種材料的文字形體，進行比較、對照從而判斷該字為何字；推勘法即利用文義推測出某字應為何字；偏旁分析係指將某字拆分數個偏旁，依據已知的文字偏旁推測某字為何字；歷史考證即考證該字的歷史演變，尤以對於字形雖可辨認，但在辭例用法卻須釋作他字的情況，意即考證該字的形體或用法演變。〔註46〕

黃德寬《古文字學》提出「字形比較法」、「偏旁分析法」、「辭例歸納法」、「綜合論證法」〔註47〕，前三種與唐蘭之說相近，說解較詳細，指出在使用此三種方法時須具備的條件或應注意的事項，並引其他學者文字考釋為例而加以評論。至於「綜合論證法」，此為黃德寬採納于省吾之說，認為古代的歷史、文化、習俗等，可為文字考釋提供線索，解決疑難字或探索文字本形本義。

本論文雖不以文字考釋為主要研究，但對於字形演變的討論仍不離比較法與分析法，故引二家對於古文字考釋的方法作參考。然觀二家之說，可知其皆針對「古文字」，但本論文研究材料多屬今文字，因此產生研究方法的合適性問題。本論文認為古文字與今文字皆為漢字，且古今文字寔為一脈相傳，許多今

〔註45〕游國慶：〈馬王堆簡牘帛書之書法藝術〉，《故宮文物月刊》203 期（2000 年 2 月），頁 102～129。
〔註46〕唐蘭：《古文字學導論（增訂本）》（濟南：齊魯書社，1981 年），頁 156～202。
〔註47〕黃德寬：《古文字學》，頁 18～35。

文字形體與古文字相似，甚至無甚區別〔註48〕；加之本論文旨在研究早期隸書對於古今文字的轉變，亦需利用古文字材料，因此比較法、分析法仍為重要的研究方法。

　　是以本論文主要研究方法為比較法與分析法，但因二家目的主要在於文字考釋，而本論文則在於了解文字形體演變，故內容與前述二家有所不同。比較法的參照對象為秦簡牘文字，因隸書大抵承襲秦系文字而來，故秦簡牘文字為主要比較對象，而馬王堆簡帛各篇文獻書寫年代不同，亦可進行內部比較；又或引該字的甲金文、楚簡或小篆，以明確其於商周以來的字形演變關係；另於需要時，則援漢簡、東漢碑刻、楷書或草書材料比較，從中觀察馬王堆簡帛乂字對於後世文字的影響。至於分析法雖類似前述之偏旁分析，但並非用於文字考釋，而是作為比較法的輔助方式。因馬王堆簡帛文字眾多，而許多文字或有相同偏旁，故原則上將文字拆分作各偏旁後，以偏旁為單位進行比較以免繁雜。

　　又因書寫過程也可能影響文字形體，故本論文討論字形寫法時，亦就書寫過程分析，包含「書寫用具」、「書寫動作」、「行款章法」等。「書寫用具」即書寫文字的工具（如刀、筆等）與承載文字的材料（如龜甲、獸骨、金石、竹木、紡織品、紙等），不同的書寫用具所產生的筆畫線條亦有差異，如刀刻的甲骨文與毛筆書寫的簡帛文字，二者筆畫線條的形貌截然不同。「書寫動作」即書寫文字時，其執筆與運筆方式等書寫動作，不同的執筆或運筆方式，亦能影響筆畫線條的表現，如運筆時增加提按動作，可產生粗細變化。

　　「行款章法」則牽涉乂字於篇幅中的安排。所謂「行款」，如蔣善國《漢字學》：「行款是文字的書寫順序和排列形式，包含字序和行序。」〔註49〕即文字的直式與橫式書寫、行列的左右排列方式，而古代多為直式書寫、由右至左排列。至於「章法」，楊崇福《書法知識手冊‧章法布局》提及：「一幅書法作品，在字與字之間要有陰陽向背，在行與行之間，要像一棵樹木那樣，枝繁葉茂，彼此相讓，顯出生趣盎然的氣象。」〔註50〕具體作法大抵如其評王獻之〈洛神賦〉所云：「一字中的布白，字與字的布白，行間的布白，三者處理

〔註48〕如數目字或「日」、「木」等字。
〔註49〕蔣善國：《漢字學》（上海：上海教育出版社，1987年），頁68。
〔註50〕楊崇福：《書法知識手冊》（北京：國際文化出版公司，1988年），頁68。

十分精當」〔註51〕，換言之「章法」應指文字的筆畫線條及其外空白處的安排。至於章法安排的原則，應為追求「和諧」、「平衡」，如曹緯初《書學通論·書原》論寫字的表現原則為「總須在均衡之中，又有變化」〔註52〕；啟功《書法概論》更分述甲骨文、金文、小篆的章法：

> 甲骨文的結體比較活潑自由，不象後世一些字體那樣法度嚴謹，但也注意筆道分布的均稱、平衡。……金文的形體結構有疏有密，比甲骨文要方正整齊，筆畫的分布也更講究均勻對稱；……。小篆的章法平正劃一，每個字大小一樣，排列方正，橫豎成行（草篆除外），很能給人以整齊美。〔註53〕

可知甲骨文到小篆，章法應為趨於平衡整齊。然之所以能作到「均勻對稱」、「平正整齊」，或與漢字的「方塊」特徵有關。觀蔣善國《漢字學》論及漢字的特徵：「漢字的字形基本是方塊的……方塊漢字的第一個特點是一字占一格。」〔註54〕其後舉西周青銅器為例，指出漢字方塊特徵於西周末年已完全奠定。〔註55〕

綜上所述，本論文分析字形時，除比較文字形體於甲金文、楚簡、秦簡、小篆等演變關係外，亦就書寫過程之工具與材料、書寫動作、行款章法分析，以期全面了解文字形體的變化及可能原因。

另因馬王堆簡帛為西漢初年材料，屬於上古漢語，故於需要引上古音討論之處，本論文則以郭錫良《漢字古音手冊》〔註56〕為主，該書以王力之說為基礎，列出文字的上古音與中古音之反切、擬音，可清楚掌握上古音演變至中古音的關係。至於其他古音通假關係，則使用白于藍《簡帛古書通假字大系》〔註57〕（簡稱《大系》）或高亨、董治安《古字通假會典》〔註58〕（簡稱《會典》），對於個別字例的通假關係作補充說明。

最後，因馬王堆簡帛內容豐富，文字數量可觀，逐一分析則過於耗時冗贅，

〔註51〕楊崇福：《書法知識手冊》，頁68。
〔註52〕曹緯初：《書學通論》（臺北：正中書局，1975年），頁13。
〔註53〕啟功主編：《書法概論》（北京：北京師範大學出版社，1990年），頁6~13。
〔註54〕蔣善國：《漢字學》，頁65。
〔註55〕蔣善國：《漢字學》，頁65。
〔註56〕郭錫良：《漢字古音手冊》（北京：北京大學出版社，1986年）。
〔註57〕白于藍：《簡帛古書通假字大系》（福州：福建人民出版社，2017年）。
〔註58〕高亨、董治安：《古字通假會典》（北京：齊魯書社，1989年）。

故需透過文字編等工具書以利研究。是以本論文先依《馬王堆漢墓簡帛文字全編》（簡稱《全編》）的整理結果，對字形進行初步分析；再將分析內容分別就「形體簡省與增繁」、「形體結構改易」、「形體訛誤與混同」、「合文」、「筆畫」五大部分說明，一探馬王堆簡帛文字形體的特點，及其對古今文字的承繼與影響。

第四節　文獻探討

　　馬王堆漢墓發掘後，不少學者投入相關研究，無論對墓葬、陪葬品，抑或墓主遺體等，都引發學術界一股熱潮，研究涉及醫學、哲學、歷史、藝術、工藝、文字學等領域。對於出土簡帛的研究，可分作三大類，一為「文獻內容研究」，即馬王堆簡帛各篇文獻的內容研究；二為「語言文字研究」，即文字學、聲韻學、詞彙學、語法學等語言文字相關研究；三為「書法藝術研究」，即針對簡帛文字的書法，探討早期隸書的用筆或行款的特點等。除馬王堆簡帛相關研究外，文字學的概論性研究或隸書相關研究，寔為認識文字構形、隸書的基礎，是而本文亦專節討論。

一、馬王堆簡帛相關研究

　　如前所述，馬王堆簡帛研究成果豐碩，大致上可分作文獻內容、語言文字、書法藝術三大類，但為扣合本論文研究重點，此處僅針對「文字形體」與「書法藝術」兩類說明；至於文獻內容或其他相關研究，可參考陳建明《馬王堆漢墓研究》，該書整理自馬王堆漢墓出土至 2013 年的相關研究，包含墓主、墓葬形制、喪葬棺槨制度、女屍、紡織品、各類陪葬器物、簡牘帛書等；其中第九章〈帛書簡牘〉專錄學者對於各篇文獻的研究〔註59〕，藉此可知馬王堆簡帛的研究現況。

　　以下則針對「文字形體」、「書法藝術」二部分說明。「文字形體」以文字構形、馬王堆簡帛對隸書研究的價值，或文字編等方面為主；「書法藝術」則以馬王堆簡帛的書體、用筆技巧、章法布局等研究成果為主。

（一）文字形體

以下舉出數家針對馬王堆簡帛之文字的各種現象，或與隸書關係的研究，

〔註59〕陳建明主編：《馬王堆漢墓研究》，頁 190～578。

並僅以年代為序，而非期刊論文、學位論文分類排序，惟文字編另行說明，祈能觀察學者對於馬王堆簡帛文字形體研究的發展概況。

裘錫圭〈從馬王堆一號漢墓「遣冊」談關於古隸的一些問題〉將馬王堆一號墓遣冊文字歸作「古隸」，並指出應為當時通行的字體，且有一部份的字形與篆書的正規寫法相近，亦與秦篆的簡率寫法比較，認為隸書是以秦國文字簡率寫法為基礎發展而來的，同時指出文字的方折的筆法對於篆體改作隸書有重要推進作用。〔註60〕

王貴元《馬王堆帛書漢字構形系統研究》以漢字構形理論，先將馬王堆帛書文字區分「異寫字」、「異構字」、「同形字」等情況，目的在於哪些形體寫法應視作同一字，並以此為據將文字拆分成各個構件，分析各構件本身形體的變化與組成合體字的情況；同時以層次架構分明的表格，將其研究內容加以整理，足見其以簡馭繁功夫之深。〔註61〕

蕭世瓊《馬王堆帛書研究》針對當時已公開之馬王堆帛書，討論其文字形體特徵。其指出馬王堆帛書反映當時漢字的使用為開放狀態，且舊的漢字體系雖日漸瓦解，但兩大文字形體的時間非截然不同，同時六國文字對隸變有一定程度的影響等，而隸變即漢字符號化的過程，文字的發展是簡化與繁化並存，但簡化是主要的。至於馬王堆帛書文字形體，反映當時書寫有求簡易便捷的心理、求勻稱美觀的原則等，也催化點、折、撇、捺、鉤等基本筆畫的形成，促進漢字的方塊化和形聲字結體的多樣化，但因隸合和隸分使構字部件減少而趨向符號，導致不能因形見義。〔註62〕

黃文杰〈馬王堆簡帛異構字初探〉針對馬王堆簡帛中的「異構字」為對象，將其異構字的現象分作「改換構件的異構字」、「增加或減省構件的異構字」、「相同構件間的組合位置變換的異構字」三類，並指出馬王堆簡帛的異構字對簡帛釋讀有重要貢獻，同時將異體字分作異寫字與異構字對漢字研究有重要意義。〔註63〕該文區分異寫字與異構字的作法值得參考，因「異體字」的定

〔註60〕裘錫圭：〈從馬王堆一號漢墓「遣冊」談關於古隸的一些問題〉，《考古》1974年第1期（1974年），頁46～55，下轉頁76～77。

〔註61〕原為作者1994年通過之博士論文。王貴元：《馬王堆帛書漢字構形系統研究》（南寧：廣西教育出版社，1999年）。

〔註62〕蕭世瓊：《馬王堆帛書文字研究》（臺北：國立臺灣師範大學國文學系碩士論文，1997年）。

〔註63〕黃文杰：〈馬王堆簡帛異構字初探〉，《中山大學學報（社會科學版）》2009年第4期

義及其所指範圍頗廣，而分作「異寫字」、「異構字」，將文字構形與書寫風格、習慣區別，可明確研究範圍；然文中將《說文解字》視為「正體字」，或有商榷之處，因《說文解字》中收錄許多至今尚未從出土文獻印證的文字，同時許慎為東漢時期，已距秦代兩百餘年，不僅東漢時的文字已非小篆，許慎所參考的材料未必能等同於秦代小篆，是而本文認為將《說文解字》視作正體字未必適當。

張樂《馬王堆簡帛文字的隸變研究》是將馬王堆簡帛文字進行較為全面的研究，其以此為研究對象，了解早期隸書的形體對古文字的改變（隸變）方式，分析出「篆體線條平直化」、「篆體線條筆畫化」、「筆畫的簡化」、「筆畫的繁化」、「結構的簡省」、「結構的繁化」、「結構的變形」等方式。〔註64〕不僅分析文字形體，更討論文字筆畫線條的變化，為本論文研究提供參考方向。然該論文皆以《說文解字》小篆為比較對象，雖小篆為文字形體研究的重要參照，但未必能反映秦代文字演變至漢初早期隸書的真實樣貌。

劉聖美《馬王堆帛書文字研究》與張樂《馬王堆簡帛文字的隸變研究》相近，皆為馬王堆簡帛文字形體研究，其分作文字內部的「增省」、「筆畫變異」、「構件換用」、「構件混寫」、「易置」、「書寫形態的差異」，與文字外部的「文化下移」、「書寫者與書寫風格」、「書寫方式、工具與材料」、「書寫場合」等因素，討論文字形體的演變。〔註65〕不僅從文字內部的因素分析，亦論外部因素對文字演變的影響，惟該論文對筆畫、字形的分析未若《馬王堆簡帛文字的隸變研究》詳盡。

范常喜〈馬王堆簡帛古文遺迹述議〉討論作為今文字時代的馬王堆簡帛，部分文字仍保有古文字的形體特徵（即其所謂「古文遺迹」），其依據形體與篆書的相近程度分作篆體古文、隸體古文，亦論及與戰國文獻相同的通假用法，以此討論馬王堆簡帛之古文遺迹的文字對戰國文字考釋的積極、消極影響，以及釋讀漢初簡帛文字的困難。〔註66〕該文討論早期隸書中保有古文字特徵的現

（2009 年），頁 66～79。

〔註64〕張樂：《馬王堆簡帛文字的隸變研究》（南昌：南昌大學中文系漢語言文字學碩士學位論文，2012 年）。

〔註65〕劉聖美：《馬王堆帛書文字研究》（煙臺：魯東大學漢語言文字學碩士學位論文，2012年）。

〔註66〕范常喜：〈馬王堆簡帛古文遺迹述議〉，《出土文獻研究》第十三輯（2014 年 12 月），頁 158～207。

象，誠然為古今文字轉變時期的正常現象，但「篆體古文」與「隸體古文」之措辭是否有更多研究支持則應謹慎看待，因「篆體」本身即為古文字，而「隸體」與「古文」似有衝突之處。

陳怡彬《馬王堆簡帛用字研究》統計馬王堆簡帛文字使用頻率，分析各篇文獻乃至整批馬王堆簡帛的字頻；另也討論「同聲符的字」（即「通假」）的使用情況，以此觀察馬王堆簡帛特殊的用字情況；同時也與同時期以及戰國時期材料用字情況比較，發現馬王堆簡帛用字大部分與戰國、漢初材料相近，但仍有少數不同，可能為區域性或未成為習慣等因素有關。〔註67〕

魯普平〈馬王堆簡帛訛字類型論析〉整理出馬王堆簡帛 323 組訛字，分作「形近訛字」、「受上下文影響產生的訛字」、「由文本性質而產生的訛字」、「經常連用的字產生的訛字」、「文字先後順序顛倒產生的訛字」、「兩字合文或一字分寫所產生的訛字」、「省寫導致的訛字」、「特殊訛字」等類型，當中以「形近訛字」比例最多。〔註68〕該文對於研究馬王堆簡帛文字形體訛誤有參考價值，而形近而訛在古文字階段便已存在，可知此訛誤現象在文字發展中的重要影響。

林國良《《長沙馬王堆漢墓簡帛集成・老子》文字編暨相關問題研究》主要將馬王堆簡帛之〈老子甲〉、〈老子乙〉整理成文字編，因其以《馬王堆簡帛文字編》、《古老子文字編》之編排方式或有不足，故作馬王堆簡帛〈老子〉文字編；其文字編優點在於圖版放大，且每個字例皆有所在詞例或文句，並針對部分釋文進行校訂。〔註69〕

張嘯東〈西漢馬王堆 M3 出土帛書之間暨與同一墓葬出土簡策字體的綜合分析與關聯性研究〉討論過去學者對於馬王堆簡帛的字形、避諱狀況或紀時等，推測各篇文獻的書寫年代，同時針對字體的概念進行探析，不以篆隸、古隸、今隸稱之，而分作「類古文」、「今文」，前者包含西漢以前楚人傳鈔文獻、西漢初期傳鈔前代文獻，後者為漢惠帝至文帝之間書寫的文獻，同時與

〔註67〕陳怡彬：《馬王堆簡帛用字研究》（上海：華東師範大學漢語言文字學碩士學位論文，2020 年）。

〔註68〕魯普平：〈馬王堆簡帛訛字類型論析〉，《湖南省博物館館刊》第 16 輯（2020 年 9 月），頁 4～13。

〔註69〕林國良：《《長沙馬王堆漢墓簡帛集成・老子》文字編暨相關問題研究》（臺中：國立臺中教育大學語文教育學系碩士論文，2020 年）。

睡虎地秦簡、銀雀山漢簡比較，細論字體之間的關聯性，並反思此前學者提出的字體傳承與起源說法。〔註70〕

　　程鵬萬〈馬王堆帛書抄寫問題研究綜述〉則整理各家學者對各篇文獻書寫年代的說法，以及字體的分類討論，對於全面掌握各篇文獻的書寫年代，提供相當程度的助益。〔註71〕魯普平〈馬王堆簡帛文字「隸定」的統一問題〉係以2014年出版之《長沙馬王堆漢墓簡帛集成》中，文獻隸定的問題作討論，指出9組隸定的問題，為《集成》內容提供修正。〔註72〕

　　在出土材料內容公布後，除先展開文字考釋、內容探討之外，為研究方便，以及欲清楚觀察該批材料文字形體情況，文字編的編修也應運而生，馬王堆簡帛亦然，迄今馬王堆簡帛的文字編有兩種，即陳松長《馬王堆簡帛文字編》、劉釗《馬王堆漢墓簡帛文字全編》。陳松長《馬王堆簡帛文字編》為最早針對馬王堆簡帛的全面性文字編〔註73〕，其收錄單字3226個。〔註74〕該書最大優點在於每個圖版下皆注明該字所出文句，但圖版皆為黑白，而有部分形體不清的情況。

　　劉釗《馬王堆漢墓簡帛文字全編》係以2014年出版之《集成》為基礎，將馬王堆簡帛所有文獻編作文字編。因《馬王堆簡帛文字編》編修之時，仍有部分文獻未公布，有些文字未被釋讀，而《集成》為首次全面整理公開馬王堆簡帛所有文獻，於研究上有重要突破，故而彙集學者們最新或普遍接受的文字釋讀結果的文字編也隨之產生。〔註75〕該書優點除收錄馬王堆簡帛所有文獻，能得知過去可能未公開或未被釋讀的文字，以及修正《馬王堆簡帛文字編》的誤釋文字，圖版更以彩色呈現，較能反映文字形體在簡帛的實際樣貌；但相較《馬王堆簡帛文字編》的編排方式，《全編》雖依《說文解字》體例編排，但未附各

〔註70〕張嘯東：〈西漢馬王堆M3出土帛書之間暨與同一墓葬出土簡策字體的綜合分析與關聯性研究〉，《中國書法》2021年第1期（2021年1月），頁126、128～129、131～134、137～138、140～142、144、147～148、150～152、154～155。

〔註71〕程鵬萬：〈馬王堆帛書抄寫問題研究綜述〉。本文所用版本之出版資訊已見於前文。

〔註72〕魯普平：〈馬王堆簡帛文字「隸定」的統一問題〉，《語文學刊》2021年第2期（2021年4月），頁37～40，下轉頁114。

〔註73〕此處所謂「全面性文字編」，係指並非針對馬王堆簡帛之個別文獻，而是將該出土材料之已公開的文獻進行編纂的文字編。

〔註74〕陳松長：《馬王堆簡帛文字編》（北京：文物出版社，2001年）。

〔註75〕劉釗主編，鄭健飛、李霜潔、程少軒協編：《馬王堆漢墓簡帛文字全編》（北京：中華書局，2020年）。

字頭的小篆形體，而每個圖版下未注明所出文句，對於查找或觀察形體仍有一定不便之處。

（二）書法藝術

有關馬王堆簡帛書法研究，自材料出土逐漸公布後便引起廣泛討論，綜觀諸家之論，書法藝術分析不外乎從筆畫（包含筆畫分類、用筆技巧或特徵）、結構（即單字的偏旁部件安排）、章法（即通篇文字布局安排）討論，或泛論性討論馬王堆簡帛在書法藝術的表現與價值。

陳松長《馬王堆帛書藝術》是早期將馬王堆帛書文字從書法藝術切入討論的專著，其將當時已公開的三號墓帛書依字形分作「篆隸」、「古隸」、「漢隸」。篆隸係保留較多的篆書形體，但筆畫上已出現點畫、波挑等特徵，整體趨於扁形而非長形，故不宜以篆書稱之，而姑且稱作「篆隸」，有〈陰陽五行甲篇〉、〈五十二病方〉、〈足臂十一脈灸經〉、〈養生方〉；古隸則為介於篆書與隸書的字體，長形字已大幅減少，筆畫化的特徵愈加明顯，有〈老子甲〉、〈五行〉、〈春秋事語〉、〈戰國縱橫家書〉、〈刑德甲〉、〈陰陽五行乙篇〉；漢隸則指字形大多為扁平狀，構形較為規範，線條以方折為主，筆畫運用已成熟而固定，有〈相馬經〉、〈五星占〉、〈周易〉、〈黃帝書〉、〈老子乙〉。同時對於其所收帛書各有用筆特徵的討論，對於早期隸書書法的研究，甚至在臨習皆有助益。〔註76〕

歐陽彩蓉《馬王堆簡帛書法初論》以簡明的篇幅概述馬王堆簡帛的書法藝術價值，對於各篇文獻的風格、用筆技巧、章法布局皆有簡單的敘述，再歸納馬王堆簡帛書法特徵，推測特徵背後的可能原因，及其在書法研究的價值。〔註77〕

李憲專《馬王堆帛書醫書卷書法研究》針對馬王堆簡帛之醫書類文獻，討論其書法表現，該論文不僅分析醫書類帛書之書法表現特徵，亦論及文字形體的變異，與文字使用上的通假等，對於今人之書法創作，在文字的區辨與正確書寫提方面供一定的參考。〔註78〕

王忠仁《帛書《戰國縱橫家書》之書法研究》專論〈戰國縱橫家書〉的書

〔註76〕陳松長：《馬王堆帛書藝術》（上海：上海書店出版社，1996年）。

〔註77〕歐陽彩蓉：《馬王堆簡帛書法初論》（北京：中央美術學院書法藝術形式美研究碩士學位論文，2006年）。

〔註78〕李憲專：《馬王堆帛書醫書卷書法研究》（彰化：明道大學國學研究所碩士論文，2010年）。

法藝術，分析筆鋒與線質、筆畫之弧度與斜度、筆畫的鉤連與帶筆等，亦論及單字造形特徵、章法與用墨等，不僅討論〈戰國縱橫家書〉在字形及書法的特點，更分析三位抄手的書寫特徵。〔註 79〕

　　江柏萱《竹帛書《周易》書法比較研究》比較上博簡《周易》與馬王堆簡帛之〈周易〉的字形及其書法，以用筆方式與線條特徵、文字造形與結體特色、個別空間與整體章法分析，比較彼此的書法表現及演變脈絡。〔註 80〕

　　吳弘鈞《馬王堆帛書《式法》書法研究》專以〈式法〉一篇為研究對象，從中分析筆畫的起筆、收筆、運筆，以及文字造型、章法布局等藝術表現特徵；但其於名詞術語等界定較無明確說解，且其「同形字」與「異寫字」相近，與文字學對「同形字」用法不同。〔註 81〕

　　李瀟〈馬王堆帛書《周易》書法特徵賞析〉亦從筆畫、文字結構、章法分析〈周易〉的書法表現，指出其筆法技巧嚴謹，文字呈明顯四角整齊的方塊形，且整體呈扁平狀，雖文字形體保有古隸特徵，但用筆已與成熟的隸書相似，可從中了解漢隸的傳承演變。〔註 82〕

　　陳松長〈《戰國縱橫家書》的書手與書體〉中，首先帶出〈戰國縱橫家書〉由三位書手書寫，且推測為何同一份文獻由三位書手抄寫，卻未抄寫完成而在卷末留下空白篇幅；之後從「筆畫特徵」、「結構特徵」、「章法」分析三位書手的風格差異，對於今人欲臨習此出土文獻提供指引。〔註 83〕

　　孫鶴〈馬王堆帛書的樣態及其波勢芻議〉對於馬王堆帛書所呈現的書法意趣給予高度評價，認為就文字結構而言，其已出現一定程度的規範，同時指出馬王堆簡帛與後世書法藝術審美的異同，以及部分文獻在用筆技巧的討論。〔註 84〕

〔註 79〕 王忠仁：《帛書《戰國縱橫家書》之書法研究》（新北：國立臺灣藝術大學造形藝術研究所碩士論文，2009 年）。

〔註 80〕 江柏萱：《竹帛書《周易》書法比較研究》（新北：國立臺灣藝術大學書畫藝術學系碩士班碩士論文，2012 年）。

〔註 81〕 吳弘鈞：《馬王堆帛書《式法》書法研究》（新北：國立臺灣藝術大學書畫藝術學系碩士班碩士論文，2013 年）。

〔註 82〕 李瀟：〈馬王堆帛書《周易》書法特徵賞析〉，《湖南省博物館館刊》第 16 輯（2020年 9 月），頁 14～22。

〔註 83〕 陳松長：〈《戰國縱橫家書》的書手與書體〉，《中國書法》2021 年第 1 期（2021 年1 月），頁 4～13，下轉頁 77～84。

〔註 84〕 孫鶴：〈馬王堆帛書的樣態及其波勢芻議〉，《中國書法》2021 年第 1 期（2021 年 1月），頁 190～191。

陳典提〈馬王堆帛書對後世書法產生的深遠影響〉除與其他相關研究皆有筆畫、形體討論外，更提及因馬王堆簡帛出土，而有一批以帛書研究為書法創作來源的書法創作者，論其作品表現借鏡自馬王堆簡帛書法特徵之處。〔註85〕

李麗姣《馬王堆簡帛文字筆形變化論析》係針對文字筆畫，探討馬王堆簡帛文字對此前的簡牘文字的筆畫之承繼與改變，其先明確各個筆畫的界定，亦比較「篆隸」、「古隸」、「今隸」的筆畫差異，同時指出筆畫的連斷、長短、曲直、移位等，皆為筆畫變化的因素，與文字結構產生相互影響。〔註86〕

二、字形與隸書概論研究

此節專論文字學或隸書之概論性研究，其中文字學範圍頗大，因此僅針對文字形體（如構形、字體等）之相關研究加以討論。至於隸書相關研究，盡量以隸書起源、隸變、早期隸書、簡帛隸書等相關研究為主，以扣合本論文主旨。

（一）字形相關

文字構形的淵源應始於許慎《說文解字》對於漢字形體的說解，其將9353個小篆的字形分作象形、指事、會意、形聲；更於〈敘〉中提及「六書」的定義及舉例，可謂討論漢字形體與意義關係的濫觴。隨著甲骨文、青銅器乃至各種出土材料的問世，使今人對於漢字構形、演變脈絡有更清楚的認識。

因本論文將馬王堆簡帛視為今文字材料，但文字構形研究最初是因應古文字形體發展而來，故以下所舉文字構形研究，部分係以古文字為對象。然漢字發展為一脈相承，古文字的構形研究對於今文字，甚至對於處在古今文字轉變時期的早期隸書，亦有參考價值，故本文仍將部分古文字構形研究列入說明。

唐蘭《古文字學導論》則針對古文字進行概論性質探討，討論古文字學的範圍及發展、古文字的構成等，同時說明研究古文字與文字考釋的方法、所需知識等，此書又提出「三書說」，係針對六書說法的反思，對於漢字構形理論提供重要思考面向，可謂研究古文字必讀書目。〔註87〕

〔註85〕陳典提：〈馬王堆帛書對後世書法產生的深遠影響〉，《漢字文化》2020 年第 2 期（2020 年 1 月），頁 69～70。

〔註86〕李麗姣：《馬王堆簡帛文字筆形變化論析》（石家莊：河北師範大學漢語言文字學碩士學位論文，2015 年）。

〔註87〕唐蘭：《古文字學導論（增訂本）》，該書 1935 年初版，本文所用版本之出版資訊已見於前文。

　　唐蘭《中國文字學》是對於漢字進行全面探討的專著，詳細探討漢字的起源、特徵、構形、演變等，其中今人對於各類材料的文字所論的簡化、繁化、同化、異化、訛變，多以此為本，當中亦論及隸書等今文字的產生與特徵。〔註88〕

　　裘錫圭《文字學概要》不僅詳細說明漢字起源、發展、構形等，更提出「音符」、「意符」、「記號」之說，對於文字形體的分析提供更為精確的認識；同時對秦漢之際的文字形體演變的說解，有助於認識此時期的文字演變；另如「線條化」、「筆畫化」等相關概念，明確古今文字形體在書寫表現演變的差異；其他如「異體字」、漢字造字方式等說明，皆對本論文研究有所指導。〔註89〕

　　何琳儀《戰國文字通論》是最早針對戰國文字形體進行全面研究的專著，雖戰國時期各國文字形體迥異，但仍從西周、春秋文字發展而來，探討箇中演變關係與脈絡為必要工作，該書細論戰國文字與傳鈔古文關係、文字分域、形體演變、釋讀方法，其中形體演變之簡化、繁化、異化、同化的分類討論，可謂後來形體研究的範例。〔註90〕

　　張桂光《漢字學簡論》除論及漢字的基本認識之外，亦專章說明古今字、異體字、繁簡字、通假字、同形字、同源字的概念；書中亦專節討論秦隸與漢代以後的文字變遷，提供認識隸書的基礎。〔註91〕

　　劉釗《古文字構形學》則是針對甲骨文、金文的形體現象以及構形特點，亦論及秦漢時期的文字材料，總結古文字在構形上的現象，及文字形體在使用上的關聯（分化、訛混），最後整理出古文字演變通用條例，對於文字研究提供相當便利的參考資料。〔註92〕

　　黃德寬《古文字學》亦論古文字與古文字學的內涵，說明古文字的考釋方法，並分析古文字結構類型以及古文字的發展趨勢，更提及古文字基本構形單位，將漢字構形的分析更為細緻，同時概述甲骨文、金文等各種古文字材料的特點，最後整理古文字常用的工具書。〔註93〕該書在構形討論上，特別討論「隸

〔註88〕唐蘭：《中國文字學》，該書1949年初版，本文所用版本之出版資訊已見於前文。
〔註89〕裘錫圭：《文字學概要》，該書1988年出版，1995年由萬卷樓圖書股份有限公司再版，本文所用版本之出版資訊已見於前文。
〔註90〕何琳儀：《戰國文字通論（訂補）》（南京：江蘇教育出版社，2003年）。該書1989年初版。
〔註91〕張桂光：《漢字學簡論（第2版）》，本文所用版本之出版資訊已見於前文。
〔註92〕劉釗：《古文字構形學》（福州：福建人民出版社，2006年）。
〔註93〕黃德寬：《古文字學》，本文所用版本之出版資訊已見於前文。

變」對漢字形體的影響，對於本論文研究有所助益。

王寧《漢字構形學導論》係針對漢字構形的專著，除對於漢字性質的相關說明外，亦指出構形學與字體學的區別，並從筆畫為基礎，逐步討論至構件，以及構件的組成模式，由淺入深建立漢字構形的理論架構。〔註94〕

（二）隸書相關

與前人對隸書的研究，本文針對專以「隸變」、「秦漢隸書」、「簡帛隸書」等相關內容說明，因此類主題與本論文研究有密切關係，對於了解早期隸書的演變，以及出土材料所反映的字形變化能有更清楚的認識。

鄭惠美《漢簡文字的書法研究》為臺灣早期針對漢簡書法的研究論著之一，其討論隸書的淵源，再從漢簡文字討論與草書、楷書、行書的關聯；同時指出漢簡書法特徵，在筆法上變化多端，運筆率意自然，而字的結構姿態多變，長短、大小、斜正隨竹簡而自然變化，至於章法則因簡面的限制，在安排上多以縱向的變化為主。〔註95〕該書在論述上較為簡略，對於文字形體的關係僅舉一二字例，演變方式細節未能深入分析，且未定義書法討論常用詞語（筆畫、風格表現等詞語），故標準無所依從，或失客觀。

杜忠誥《睡虎地秦簡研究》討論睡虎地秦簡文字形體，論及其反映的篆書隸變〔註96〕，有助於於認識秦系文字的真實樣貌。

黃靜吟《秦簡隸變研究》則以秦簡為材料，論其文字在構形、隸變的方式。在構形部分指出秦簡文字有更易、簡化、繁化三大方式；隸變的方式分作隸分、隸合，前者即同一個篆體分作不同的隸書標號，後者即不同的篆體合為相同的隸書標號，最後總結出隸變的規律有九大方式。〔註97〕相比今日常見的形體演變方式，其將訛變、偏旁替換分別歸入簡化、繁化中，但其未作簡化、繁化的定義，故僅能推測其或許從形體線條的結果而論，即訛變後的形體較原形體簡省，則視作簡化。然本文以為訛變、偏旁替換有其特殊性，專章討論或能詳盡說明。

李淑萍《漢字篆隸演變研究》將篆書與隸書比較，得知隸變的現象有「與

〔註94〕 王寧：《漢字構形學導論》，本文所用版本之出版資訊已見於前文。

〔註95〕 鄭惠美：《漢簡文字的書法研究》（臺北：國立故宮博物院，1984 年）。

〔註96〕 杜忠誥：《睡虎地秦簡研究》（筑波：筑波大學藝術學研究所碩士論文，1990 年）。該論文僅收藏於國立臺灣師範大學圖書館。

〔註97〕 黃靜吟：《秦簡隸變研究》（嘉義：國立中正大學中國文學系碩士論文，1993 年）。

古籀相違」、「保留古、籀形體」、「篆文各字混為一字」、「篆文相同但隸變作不同形體」、「篆文不同而隸變作相同形體」，隸變方式有損益、混同、譌變、轉易等，其後則歸結隸變對漢字的影響，導致文字形體在說解或歸部的歧誤、導致異體字的流行、造成學者對文字的穿鑿附會而望形生訓、損及部首的功能等。〔註98〕該書詳細討論篆隸形體的差異，對於隸變的影響有清楚的認識。

魏曉艷《簡帛早期隸書字體研究——從書寫角度進行考察》以四川青川木牘、放馬灘秦簡、王家台秦簡、楊家山竹簡、高台木牘、睡虎地秦簡、岳山秦牘、龍崗秦簡、周家台秦簡、里耶秦簡、岳麓書院秦簡、馬王堆簡帛等諸多出土簡帛為材料，分析其文字形體的特徵，討論早期隸書字體的變化。〔註99〕該文針對出土材料討論早期隸書的樣貌，涉及筆畫、構件、形體演變等面向，所論甚詳；惟其論題特以「從書寫角度進行考察」，但察內文便發現仍與其他研究文字形體的論著相似，形體上不外乎繁簡、同異的分類，筆畫則仍在方圓、曲直、連斷的考察，難以得知其以「書寫」角度的研究成果與其他文字研究論著的差異。

中國藝術研究院中國書法院《秦漢篆隸研究》收錄十七篇論文，所論範圍包含秦漢簡牘、漢代碑刻在隸書形體或書法的影響，或針對出土材料討論「隸書」、「草篆」的觀念釐訂，抑或討論漢代之後隸書的發展等等，雖僅十數篇論文，但已涉及隸書的發展脈絡及其在不同時代的面貌。〔註100〕

朱葆華《中國文字發展史・秦漢文字卷》先說明秦漢時期的文字特點，並個別說明秦代、漢代文字的型態，之後針對「篆書」、「隸書」、「草書」甚至「楷書」討論；當中第四章〈秦漢時期隸書文字研究〉與本論文密切相關，其將隸書分作三階段，「古隸時期」指秦代到西漢初期，「漢隸形成與發展期」指漢武帝到光武帝，「漢隸成熟期」指漢明帝到東漢結束；亦論及隸變的定義及方式，包含平直化、筆畫化、簡化、省略、混同、合併、分化、變異。〔註101〕該書對於隸書的討論詳細，也具體指出古文字轉變為隸書的方式，對隸書字

〔註98〕李淑萍：《漢字篆隸演變研究》（桃園：國立中央大學中國文學研究所碩士論文，1995年）。

〔註99〕魏曉艷：《簡帛早期隸書字體研究——從書寫角度進行考察》（石家莊：河北師範大學漢語言文字學博士學位論文，2012年）。

〔註100〕中國藝術研究院中國書法院：《秦漢篆隸研究》（北京：榮寶齋出版社，2013年）。

〔註101〕臧克和主編，朱葆華著：《中國文字發展史・秦漢文字卷》，本文所用版本之出版資訊已見於前文。

形研究有參考價值。

趙平安《隸變研究》以「隸變」為題，探討「隸變」一詞的內涵，及隸變的特徵、方式、對漢字的影響等。其考察「隸變」一詞出自《九經字樣》，且多作名詞使用，意為「變成隸書的字」，作動詞則指「篆書變成隸書」；並指出過去對隸變研究的不足，如「拿《說文》小篆作參照體」、「拿今隸（即成熟隸書）直接與小篆進行對照」、「單字舉例的方式帶有一定的隨機性、盲目性」，可謂切中隸變研究的問題。另認為隸變的性質有四：「隸變不是質變」、「隸變不是古今漢字的分水嶺或轉折點」、「隸變不是突變」、「隸變是對漢字書寫性能的改革」，可知隸變並未改變漢字的本質，此於〈隸變的現象和規律〉對隸變的方式與古文字階段的漢字演變方式相同可見一斑，皆不離簡省、增繁、轉向、易位、替換、訛誤等；至於隸變對漢字的影響，更多在「書寫方式」的改變，即與「筆畫化」有關。〔註102〕趙平安之論，對於本論文的研究極具指引，尤以字形比較的參照對象，以及對「隸變」一詞的討論有所啟發。

第五節　章節概述

在第三節「研究方法」提及，本論文分析馬王堆簡帛文字並非直接以《集成》所收圖版為對象，而是透過《全編》的整理結果，逐一分析文字形體，再依形體的繁簡、轉向、偏旁替換、訛誤，及合文形體與筆畫等情況分別討論。是而本論文在第一章〈緒論〉之後，第二章為「形體簡省與增繁分析」，討論文字形體簡省或增繁的方式，並推測可能原因；第三章為「形體之結構改易分析」，討論文字形體之易位、轉向、偏旁替換及改變造字方式等情形；第四章為「形體訛誤與混同分析」，討論文字形體之訛誤，甚至因簡省或增繁等情況而導致混同的現象；第五章為「合文書寫之形體分析」，專就馬王堆簡帛合文詞例，針對合文的形體、使用情況等討論；第六章為「文字書寫之筆畫分析」，專論馬王堆簡帛文字的筆畫類型，及對後世文字筆畫的影響。

若觀常見的文字形體研究，大多以「簡化（或簡省）」、「繁化（或增繁）」、「同化（或類化）」、「異化」、「訛變」的方式分類，如唐蘭《中國文字學》便

〔註102〕趙平安：《隸變研究修訂版》（上海：上海古籍出版社，2020 年）。該書最早於 1993
　　　　年出版，作者於 2020 年修訂。

提出漢字的演化有「趨簡」、「好繁」、「尚同」、「別異」四大方式〔註103〕，大體與簡化、繁化、同化（或類化）、異化相近，在後章節論及「淆混」、「錯誤」〔註104〕；何琳儀《戰國文字通論》則將戰國文字形體分作簡化、繁化、異化、同化四種方式討論，但未特別分出訛誤或訛變〔註105〕；劉釗《古文字構形學》將甲骨文、金文分別討論，但觀目次可知其對於文字形體仍包含簡省、增繁、異化、類化、訛變〔註106〕；陳立《戰國文字構形研究》中，除合文部分外，主要章節分別以增繁、省減、異化、訛變、類化方式討論。〔註107〕

　　劉洪濤《形體特點對古文字考釋重要性研究》中，指出前人研究文字形體的不足，如「分類標準不統一」，簡化、繁化係從形體繁簡而言，同化、異化則就形體相近程度區分，使得有些文字既屬簡化或繁化，又屬同化或異化；另有「分類層次比較混亂」、「分類過於繁瑣」等，如合文刪簡偏旁、刪簡音符、刪簡形符皆屬刪簡偏旁，而非並列同層級的項目。其反思文字形體分析問題後，改以「省寫」、「增羨」、「變形」、「其他」，將同化、異化歸入「變形」，而改變形體方向、位置則歸入「其他」。〔註108〕然其分類中，一來未指出形體訛誤的形體演變方式，二來合文雖可視為簡化，但合文為兩個或兩個以上的漢字詞語合併作一字，與單字本身的簡化仍有區別，故本論文以為應將合文另行討論。

　　是而為求謹慎，對於章節所用的重要詞語須作定義，以便分析文字形體。各家雖有針對簡化、繁化、同化（或類化）、異化、訛變等詞語作定義，其後再依據定義論述，但細究之後仍發現或有未盡之處，或為章節安排方式，或為詞語本身的問題。如分析形體簡化、繁化時，大多將簡化與繁化分開討論，因此容易誤解文中用以參照的字形是該字的「標準形體」，但古文字往往無標準形體，同一字但形體或增省筆畫線條、偏旁部件皆為常事，即便如研究古文字之重要工具書《說文解字》，其文字形體於當時亦未被定為標準形體，因此若將簡化、繁化分作兩章討論則容易造成誤解；而分析形體同化（或類化）時，

〔註103〕唐蘭：《中國文字學》，頁130～136。
〔註104〕唐蘭：《中國文字學》，頁141。
〔註105〕何琳儀：〈目錄〉，《戰國文字通論》，頁1～2。
〔註106〕劉釗：〈目錄〉，《古文字構形學》，頁1～2。
〔註107〕陳立：〈目次〉，《戰國文字構形研究》（臺北：國立臺灣大學中國文學研究所博士論文，2004年），頁1～3。
〔註108〕劉洪濤：〈緒論〉，《形體特點對古文字考釋重要性研究》（北京：商務印書館，2019年），頁7～10。

若依論述或可思考是否能與訛誤一併討論。

　　形體異化則牽涉「異體字」概念，雖二者定義或有區別〔註109〕，但細項多針對文字形體的正書、倒書之方向改變，或偏旁的替換討論，因此與其使用「異化」或「異體字」說明，本論文認為以描述方式而稱作「形體之結構改易」〔註110〕，較能涵蓋該章所論；「形體之結構改易」包含易位、轉向、替換文字偏旁、改變造字方式。至於形體訛變，雖「訛變」一詞已包含「形體發生錯誤」的核心要素，但各家定義皆須包含「錯誤的形體廣泛使用」的條件〔註111〕，而本論文亦就馬王堆簡帛之偶然性、未廣泛使用的訛誤情況討論，為求全面故以「訛誤」作該章名稱。

　　最後第七章為「結論」，係將各章節重點內容加以整理，總結馬王堆簡帛文字形體的情況，歸納其轉變古今文字的方式，及對古文字的承繼與對後世文字的影響，同時亦說明本論文之研究限制。

〔註109〕有關學者對於「異化」、「異體字」討論，可參第四章〈形體之結構改易分析〉，此處暫略。

〔註110〕之所以不逕稱「形體轉向、易位、替換、改變造字方式」，係因顧慮本論文在各章標題的字數與結構的一致性，故縮略作「形體之結構改易」。

〔註111〕有關學者對於「訛變」的定義，可參第五章〈形體訛誤與混同分析〉，此處暫略。

第二章　形體簡省與增繁分析

第一節　前　言

　　漢字的形體經過漫長時間的演變，形體幾經變化方成今日所見的樣貌，而在演變的過程中，最為常見的方式大抵為「簡省」與「增繁」。「簡省」又稱簡化，《文字學術語規範研究》指出「漢字形體演變的一種現象，漢字在音義不變的情況下，通過省去某些構形要素等方式，使字形由繁復趨向簡省。」[註1]即在音義不變的前提下，省去或合併文字的偏旁、部件、筆畫等，使形體趨於簡單；而「增繁」又稱繁化，《文字學術語規範研究》釋作「漢字形體演變的一種現象，在既有字形之上增添新的構形要素（意符、音符、記號等），而該字所記錄的音義并未因此產生任何變化。」[註2]即在音義不變的前提下，增添文字的偏旁·部件、筆畫等，使文字形體趨於繁複。

　　漢字形體的簡省的由來，唐蘭《中國文字學》曾作如下說解：

　　　　文字起於圖畫，愈古的文字，就愈像圖畫。……用繪畫來表達的文
　　　　字，可以畫出很複雜的圖畫……圖畫文字本是寫實的，但是各人的

〔註1〕因學者對於「簡省」、「增繁」的定義相近，故此處僅舉沙宗元《文字學術語規範研究》所述為例，其於「簡化」、「繁化」詞目已引數家學者說法，本文不再贅述。沙宗元：《文字學術語規範研究》（合肥：安徽大學出版社，2008年），頁145。

〔註2〕沙宗元：《文字學術語規範研究》，頁156。

愛好有不同，手法有工拙。有人指描出一個輪廓，有人更產生了筆
順，（如犬豕等字把耳和下頷併為一筆，）這就有了無數的差別。用
的時代久了，文字的自然選擇，總是傾向在簡易的一方面，所以，
用線條的文字逐漸通行，其餘的形式就一天一天地被淘汰了。〔註3〕

可知遠古的圖畫文字在形體上，因書寫者的不同，而有形體繁簡的區別；而在
時間的推移下，人們往往選擇較為簡易的形體寫法，因此漢字形體演變大體是
「由繁到簡」的原則進行。另如裘錫圭《文字學概要》：「古文字所用的字符，
本來大都很像圖形。古人為了書寫的方便，把它們逐漸改變成用比較平直的線
條構成的、象形程度較低的符號。這可以稱為『線條化』。」〔註4〕為書寫方便，
將文字從象形程度較高的形體，線條化作象形程度低的形體，本身已為簡省過
程。

至於形體增繁的緣由，觀前述唐蘭之說，可知對於圖畫文字而言，有些人
可能將字形描繪得較為繁複，使形體更接近所象的事物；又如裘錫圭認為有些
繁化是「明確字形以避免混淆」〔註5〕，即有些文字形體接近，為免訛混而將其
中一字的形體繁化作區別，如古文字的「上」、「下」和「二」的形體相近，為
區分而將「上」、「下」增添一豎〔註6〕；另有裝飾而增繁的情況，最為明顯的當
屬鳥蟲書，即文字形體增添鳥形，察曹錦炎《鳥蟲書通考》對「鳥蟲書」定義：
「所謂鳥蟲書，是指在文字構形中改造原有的筆畫使之盤旋彎曲如鳥蟲形，或
者加以鳥形、蟲形等紋飾的美術字體。」〔註7〕可知鳥蟲書為一種美術字體，可
能為形體增添鳥蟲形而來。

另外，針對文字簡省、增繁的研究，大多以古文字為研究材料，且多討論
簡化部分。如党懷興〈漢字發展演變規律芻議〉指出簡化雖為漢字發展的大規
律，但繁化現象仍有必要之處，並聚焦在文字表「詞」的功能，認為繁化的成
因與引申、假借有關。〔註8〕蔡國妹〈試論漢字構造中的繁化現象〉針對古代

〔註3〕 唐蘭：《中國文字學》（臺北：洪氏出版社，1980 年），頁 117～118。
〔註4〕 裘錫圭：《文字學概要》（臺北：萬卷樓圖書股份有限公司，2015 年），頁 41～42。
〔註5〕 裘錫圭：《文字學概要》，頁 43。
〔註6〕 裘錫圭：《文字學概要》，頁 43。
〔註7〕 曹錦炎著：《鳥蟲書通考》（上海：上海書畫出版社，1999 年），頁 1。
〔註8〕 党懷興：〈漢字發展演變規律芻議〉，《陝西師範大學成人教育學院學報》第 16 卷第
3 期（1999 年 9 月），頁 53～54。

文字的繁化方式及背後成因，指出規範漢字不應一味追求簡易。〔註9〕楊蒙生《戰國文字簡化研究》針對當前數家對於簡化的分類進行討論，例如「刪減聲符（或意符）的筆畫」，當屬刪減筆畫或刪減聲符（或意符）的問題，其以為應歸作「刪減聲符（或意符）」，不拘泥於刪減筆畫的程度；同時將簡化情況分作「三級」，第一級為單字類與合文類，第二級將第一級分作刪減筆畫、刪減部件、借用、濃縮、其他，第三級則為第二級的細分，可知其「簡化」包含合文書寫。〔註10〕高罕鈺〈戰國文字簡化現象探因──以戰國楚簡為中心〉指出書寫工具、書寫材料、書寫者，甚至社會發展對於書寫效率的要求，皆可造成文字形體簡化。〔註11〕

總上，根據學者對於字形的簡省與增繁的說解，掌握其定義及成因，以下則針對馬王堆簡帛文字，分析其中形體簡省與增繁的情況。然正如〈緒論〉所述，古代文字或無「標準字」的概念，即便如許慎編《說文解字》的目的在於「理群類，解謬誤，曉學者，達神恉」〔註12〕，即有勘定文字之意，但所收小篆、重文也未被當時定作標準文字，因此用以參照的字例便為棘手問題。觀目前所見文字形體的繁簡比較，大多將簡省、增繁分兩章討論〔註13〕，此編排優點在於能將所論字形之簡省、增繁個別細論，但也易使讀者以為所引參照字例即標準形體；同時也忽略參照字例所源的材料，其文字本身也存在簡省或增繁現象。以本文研究為例，若欲比較馬王堆簡帛文字與秦文字的差異，主要參照對象便為秦簡牘文字；然不僅馬王堆簡帛文字有增省情況，同為秦簡的文字亦如是，因此與其個別討論，只能得知馬王堆簡帛文字的簡省、增繁現象，不如

〔註9〕　蔡國妹：〈試論漢字構造中的繁化現象〉，《湘潭大學社會科學學報》第 24 卷增刊（2000 年 12 月），頁 118～119，下轉頁 121。

〔註10〕楊蒙生：《戰國文字簡化研究》（合肥：安徽大學碩士學位論文，2012 年）。

〔註11〕高罕鈺：〈戰國文字簡化現象探因──以戰國楚簡為中心〉，《中國書法》總 350 期（2019 年 3 月），頁 50～53。

〔註12〕〔漢〕許慎撰，〔清〕段玉裁注，李添富總校訂：《新添古音說文解字注》（臺北：洪葉文化事業有限公司，2016 年），頁 771。

〔註13〕如何琳儀《戰國文字通論》第四章第二節為〈簡化〉，同章第三節為〈繁化〉；陳立《戰國文字構形研究》第三章為〈形體結構增繁分析〉，第四章為〈形體結構省減分析〉；王玉蛟《兩漢簡帛異體字研究》第四章第二節為〈簡省部件〉，同章第三節為〈增繁部件〉；孫合肥《戰國文字形體研究》第一章為〈簡化〉，第二章為〈繁化〉。何琳儀：《戰國文字通論（訂補）》（南京：江蘇教育出版社，2003 年）。陳立：《戰國文字構形研究》（臺北：國立臺灣大學中國文學研究所博士論文，2004 年）。王玉蛟：《兩漢簡帛異體字研究》（重慶：西南大學碩士學位論文，2013 年）。孫合肥：《戰國文字形體研究》（北京：中華書局，2020 年）。

一同討論，在表格編排上同時將秦簡與馬王堆簡帛文字中，簡省與增繁的情況列出，既可清楚同性質材料內的增省情況，也可得知秦簡與馬王堆簡帛文字之間的承繼與演變關係。

是以本文將馬王堆簡帛文字的簡省、增繁現象一併討論，並將表格安排調整如下：

表（二-1）

	簡　省		增　繁		說　明
	秦　簡	馬王堆簡帛	秦　簡	馬王堆簡帛	
字例					

表格中，同一欄下的秦簡與馬王堆簡帛表示形體承繼關係，即該字在秦簡與馬王堆簡帛的簡省（或增繁）的情況相近；而不同欄但同屬秦簡或馬王堆簡帛的字例，彼此為繁簡的對比關係，即「簡省」欄的「秦簡」與「增繁」欄的「秦簡」分別表示同一字的秦簡形體的簡化字形與繁化字形。惟須特別說明者，即有些形體雖歸在「增繁」，但此形體應為該字本形，而非某形體增繁後的結果，僅因相對其簡省後的形體而視作增繁而已，如「艸」簡省後作「艹」，雖「艸」應為本形，但因表格安排，且本文之繁簡關係相對而言，故將「艸」歸作「增繁」。

另外，因現今所用的小篆皆準《說文解字》，但《說文解字》為東漢文獻，與秦朝乃至秦國頗有差距，故本文在表格中不引小篆，而以秦簡作參照對象；至於個別字例的說解，再引甲金文、小篆比較，以期清楚該字的演變脈絡。

觀當前對字形之繁簡研究多針對形體本身，即書寫的結果而論，但有些形體的改變，背後原因或與書寫者欲節省書寫過程（如書寫的動作）所致，如甲骨文「其」字作「𝕍」（《合》32393 歷組）、「𝕍」（《合》31995 歷組），或作「𝕍」（《合》32834 歷組）、「𝕍」（《合》36115 黃組），後者將下半改作「Ｖ」形，對於一般形體研究或將其視為線條上的改變，即橫線改作斜線；但察陳煒湛《甲骨文簡論》云：「書寫，一般總是從左到右自上而下，不管橫直圓曲，依次而書；契刻則不然，似乎是先刻直畫，然後再刻橫畫。」〔註 14〕指出當時刻寫甲骨文時，應為往外刻直線，之後將甲骨片轉向，同樣以往外刻直線方式刻

〔註14〕陳煒湛：《甲骨文簡論》（上海：上海古籍出版社，1999 年），頁 53。

寫字形之橫線部分〔註15〕；以此細審「⿁」（《合》32834 歷組）、「⿁」（《合》36115 黃組）形體的「Ｖ」形，大抵為省去刻寫時將甲骨片轉向的步驟，而將下半本應為橫線部分改作兩道斜線。由此可知書寫過程與文字形體的關係密不可分，故討論文字形體之繁簡，亦須顧慮書寫過程對形體的影響。

因此對於馬王堆簡帛文字的簡省、增繁，本文將從兩個面向分析，一為文字形體，凡筆畫、部件、偏旁的增省皆屬之；二為書寫過程，凡筆畫的分合、直曲或縮短與延長皆屬之。

第二節　文字形體的簡省或增繁

所謂「文字形體的簡省或增繁」，係針對省去或增加字形的偏旁部件或筆畫，以簡省或增繁文字的形體。以下分別從「筆畫線條的增省」、「偏旁部件的增省」討論，分析馬王堆簡帛文字在形體的繁簡改變。

至於「偏旁」與「部件」的差異，偏旁係指合體字中，組成該字的成分本身為獨立的文字；部件則指該字組成成分中，無法成為獨立文字的部分，如「爨」之象甑的「⿀」形。然筆畫也可能屬於部件範疇，為免「筆畫線條的增省」、「偏旁部件的增省」所論範圍重疊，因此本文以筆畫數量及關係區分，若增省的筆畫僅一畫，則屬「筆畫線條的增省」；若增省的筆畫為兩畫以上，但彼此無關，即非用以組成某部件的筆畫線條，亦屬「筆畫線條的增省」。

一、筆畫線條的增省

筆畫線條的增省，即文字形體增加或減去形體中的筆畫線條。然此應與「筆畫的分裂與合併」區別，因筆畫的分合在結果上也會造成筆畫數量的增減，對此本文以「該筆畫長度是否跨至另一筆畫所在位置」區分，如「艸」或省作「⼗⼗」，而「⼗⼗」若將橫畫連筆作「⼗⼗」，雖僅為一道橫書，但因橫畫長度已包含原先兩道橫畫的範圍，故將其視作「筆畫合併」而非「筆畫簡省」。

〔註15〕觀前引陳煒湛所述，並未提及刻寫甲骨文時，遇到文字形體之橫線部分需轉向，以直線方式刻寫，但察其後嘗引甲骨片圖版，指出部分甲骨文或僅刻寫字形之直線部分，但未刻上橫線的情況，如其引《懷特》九九七甲骨片，指出「翌庚」二字缺刻橫線部分，而分別作「⿁」、「⿘」形體。若刻寫時未將甲骨片轉向，而是連續將該字刻寫完成，理應不會發生未刻上橫線的情況。陳煒湛：《甲骨文簡論》，頁 53。

表（二－2）

	簡　省		增　繁		說　明
	秦　簡	馬王堆簡帛	秦　簡	馬王堆簡帛	
天	《睡乙》101 參	〈二〉12.67		〈出〉26.1	「天」上增一橫
	《嶽占》43 正貳	〈經〉6.32		〈談〉6.2	
禮	《嶽為》5 正壹	〈周〉44.35		〈衷〉46.50	「豊」的上半減少一豎
	《里》J1（16）6 正	〈五〉122.2		〈昭〉6.44	
祥		〈十〉41.6		〈老甲〉156.2	「羊」下半豎畫左右增「ノ」與「乀」
		〈老乙〉71.57			
禍	《嶽為》62 正肆	〈經〉64.53		〈戰〉197.14	「咼」上半內部增一橫
		〈十〉47.33			
葵	《睡乙》65	〈養〉106.12		〈養〉173.5	「癶」的左右兩側各省一筆
	《睡甲》20 正參	〈遣一〉148.1			

畺		〈房〉18.6 〈房〉20.15	〈房〉9.6 〈胎〉5.8	「畺」的「田」省去豎畫
薺		〈方〉25.8 〈方〉76.12	〈陰甲‧殘〉7.7 〈陰甲‧殘〉7.12	「齊」下半多一橫
菜		〈遣一〉217.3 〈遣三〉280.3	〈遣一〉15.7 〈遣一〉232.4	「宀」多一橫
芻	《睡效》33 《睡律》8	〈方〉193. 〈老乙〉47.66	〈二〉12.42 〈老甲〉101.23	「芻」下半的「勺」省去一筆與上半的「勺」共用筆畫
蒙		〈周〉15.41 〈繆〉27.5	〈戰〉36.31	「豕」上多一斜畫
春		〈稱〉22.53	《睡乙》224 參	〈養〉99.7	「春」應為從「艸（艹）」、「屯」聲，「屯」連筆省寫作

		〈老乙〉61.12	《嶽為》25 正參	〈房〉8.6	「丰」,而「屯」與「艸」之間或多一橫
葬		〈繫〉37.3 〈繫〉37.18	《睡乙》17 《睡答》77	〈戰〉39.18	「葬」下半從「艸」,下或省一橫
番		〈木〉67.1 〈十〉49.20		〈二〉13.23	「番」的「田」多一豎
含		〈陰甲‧術〉5.3 〈陰甲‧術〉6.29		〈遣三〉197.5 〈周〉9.61	「今」或省去豎畫
單	《關簡》313	〈經〉17.39 〈經〉35.12	《睡編》50 壹	〈戰〉294.23 〈戰〉296.17	「吅」下或增(省)一橫
走	《放志》5 《嶽三十四質》53 正	〈昭〉9.59 〈相〉5.29	《嶽三十四質》34 正 《里》J1(9)984 背	〈養〉186.1 〈戰〉273.15	「走」左側或增一豎

逆	《睡雜》38	〈陰乙·上朔〉22.6	《睡為》23 伍	〈戰〉98.17	「屰」因連筆改由三道橫畫，或增一筆橫畫；又或豎畫左右增「／」、「＼」
	《睡甲》38 正	〈陰乙·天一〉26.3	《里》J1（9）8 正	〈戰〉261.27	
				〈星〉35.7	
器	〈遣三〉189.5	《獄為》10 正壹	〈戰〉198.8		「犬」省一筆
	〈遣三〉195.5	《獄占》26 正壹	〈戰〉198.29		
言	〈出〉30.39	《放志》5	〈二〉8.73		省去豎畫
	〈談〉39.25	《睡答》12	〈五〉101.17		
謹	〈經〉74.59	《睡為》3 壹	〈衷〉6.35		下半三橫或省作二橫
	〈十〉29.43	《獄為》34 正貳	〈刑乙〉49.2		
音	〈老乙〉5.45	《睡封》54	〈周〉35.18		省去豎畫
	〈刑乙·小游〉1.129		〈周〉89.2		

童		〈十〉8.23 〈十〉22.21	《睡答》165 《睡甲》79背	〈周〉73.29 〈衷〉36.1	上半省一橫
奉		〈經〉12.48 〈經〉39.26		〈戰〉201.7 〈二〉1.69	「廾」上增一橫
隽		〈遣一〉3.2		〈遣一〉81.2	「隹」省一橫
羊		〈繆〉44.52 〈十〉57.60	《睡乙》156 《嶽占》37正貳	〈方〉10.6 〈戰〉236.17	「羊」省一橫
於	《睡效》58 《睡甲》72背	〈戰〉218.28 〈明〉44.16	《睡語》3	〈老甲〉57.8 〈老甲〉91.26	「於」左半增一斜畫
再		〈陰乙·天一〉15.1 〈二〉27.39	《睡為》22伍	〈周〉15.12 〈繆〉29.5	中間省一豎

脂		〈遣一〉227.8　　〈遣三〉271.6	《睡律》128　　《關簡》324	〈養〉105.7　　〈合〉29.18	「甘」省去一橫
解		〈周〉39.42　　〈周〉39.56	《睡甲》68背貳　　《關簡》241	〈老乙〉47.32　　〈相〉42.28	「角」省一筆豎畫
豐		〈周〉41.62　　〈周〉42.11		〈繆〉16.4　　〈相〉6.58	「豐」上半或省一豎
盈		〈經〉59.59	《睡效》58　　《龍簡》191	〈老甲〉96.8　　〈老甲〉136.13	「及」的「又」省一筆，與「乃」共用
青	《睡乙》192壹	〈遣一〉290.9　　〈星〉55.39	《睡為》36參　　《睡律》34	〈方〉264.19　　〈星〉55.4	「青」下半「丹」省一橫
桃	《獄占》31正貳	〈遣三〉224.6	《睡甲》11正	〈陰甲・神下〉39.6	「兆」左上省一筆

		〈遣三〉407.45	《關簡》313	〈周〉73.72	
賓		〈二〉1.29 〈陽乙〉4.41		〈戰〉103.36 〈問〉6.23	「丏」縮短筆畫作「正」形後或省一筆
參	《睡甲》2背貳 《關簡》151壹	〈陰甲·雜七〉5.5 〈陰甲·堪表〉9L.24	《睡乙》99肆 《睡律》59	〈陰甲·神下〉40.22 〈陰甲·堪法〉4.22	「參」的「彡」或省一筆
積		〈十〉36.20 〈稱〉22.30	《睡效》27 《獄為》19正貳	〈問〉18.6 〈問〉29.9	「責」的「朿」省作「圭」後，或省一橫
康	《睡甲》59背貳 《獄三十五質》12正肆	〈二〉11.65 〈經〉31.3		〈周〉71.3 〈經〉32.5	「康」下半「米」或省一橫
帚		〈方〉104.14 〈方〉104.30		〈氣〉6.224 〈刑甲〉94.25	「帚」上半或省一橫

字					說明
白	《睡律》56 《關簡》206	〈養〉221.17 〈二〉4.15	《睡乙》174 《睡乙》58	〈氣〉9.49 〈氣〉9.162	「白」上增一短豎點
怀	〈經〉40.7 〈十〉18.22			〈陰甲·天地〉2.45 〈陰甲·天地〉3.30	「不」上或增一橫
重	〈繫〉35.62 〈衷〉40.24	《睡甲》32正 《嶽為》68正貳	〈二〉12.45 〈二〉8.19		「重」下半三橫或省作二橫
量	〈經〉43.12	《睡答》195 《嶽為》65正壹	〈稱〉14.39 〈相〉5.21		「量」的「日」下省一橫
身	《睡答》69 《嶽為》6正壹	〈經〉45.16 〈十〉38.6	《睡封》38 《嶽占》22正貳	〈方〉50.7 〈胎〉30.4	「身」內省一橫
崩	〈衷〉27.15			〈氣〉2.296	「朋」省一橫

		〈袁〉38.24		〈氣〉2.327
象	《睡為》17參	〈十〉1.13 〈星〉51.13		〈遣一〉234.1 〈遣一〉292.5	「象」下半增一橫
亢	《睡乙》97壹 《關簡》189	〈方〉219.27 〈星〉84.2	《睡乙》129	〈星〉32.29 〈星〉109.2	「亢」或增一橫
淵	《嶽占》29正壹 《嶽占》38正壹	〈周〉86.14 〈十〉15.26		〈袁〉26.28 〈袁〉33.33	「𣶒」中間或增一豎
渴		〈談〉21.12		〈老甲〉7.4 〈老乙〉3.46	「曷」的「勾」或省一筆，與右側豎畫連筆
亞		〈十〉58.38 〈稱〉11.5		〈繫〉43.3 〈老乙〉72.3	「亞」上或增一橫

「天」甲骨文作「𠀡」（《屯》643自組）、「𠀤」（《合》22094午組），金文作

「天」（追簋）、「天」（頌鼎），秦簡作「天」（《睡乙》101 參）、「天」（《嶽占》43 正貳），小篆作「天」；而馬王堆簡帛作「天」（〈二〉12.67）、「天」（〈經〉6.32），「天」上或增一橫作「天」（〈出〉26.1）、「天」（〈談〉6.2）。

「禮」秦簡作「禮」（《嶽為》5 正壹），小篆作「禮」；而馬王堆簡帛作「禮」（〈衷〉46.50）、「禮」（〈昭〉6.44），「豊」的上半或減少一豎作「禮」（〈周〉44.35）、「禮」（〈五〉122.2），此形體亦可見於秦簡，如「禮」（《里》J1（16）6 正）。

「祥」小篆作「祥」；而馬王堆簡帛作「祥」（〈十〉41.6）、「祥」（〈老乙〉71.57），「羊」下半豎畫左右或各增「／」與「＼」，作「祥」（〈老甲〉156.2）。

「禍」秦簡作「禍」（《嶽為》62 正肆），小篆作「禍」；而馬王堆簡帛作「禍」（〈經〉64.53）、「禍」（〈十〉47.33），「咼」上半內部或增一橫作「禍」（〈戰〉197.14）。

「葵」秦簡作「葵」（《睡乙》65）、「葵」（《睡甲》20 正參），小篆作「葵」；而馬王堆簡帛作「葵」（〈養〉173.5），「癶」的左右兩側或各省一筆作「葵」（〈養〉106.12）、「葵」（〈遣一〉148.1），此形體應承於秦簡。

「薑」小篆作「薑」，馬王堆簡帛作「薑」（〈房〉9.6）、「薑」（〈胎〉5.8），「畺」的「田」或省去豎畫作「薑」（〈房〉18.6）、「薑」（〈房〉20.15）。

「薺」小篆作「薺」，馬王堆簡帛作「薺」（〈方〉25.8）、「薺」（〈方〉76.12），「齊」的下半或多一橫作「薺」（〈陰甲・殘〉7.7）、「薺」（〈陰甲・殘〉7.12）。

「菜」小篆作「菜」；而馬王堆簡帛作「菜」（〈遣一〉217.3）、「菜」（〈遣三〉280.3），「爫」內或多一橫作「菜」（〈遣一〉15.7）、「菜」（〈遣一〉232.4）。

「芻」甲骨文作「芻」（《合》122 賓組）、「芻」（《合》32873 歷組），金文作「芻」（散氏盤），秦簡作「芻」（《睡效》33）、「芻」（《睡律》8），小篆作「芻」；而馬王堆簡帛作「芻」（〈二〉12.42）、「芻」（〈老甲〉101.23），「芻」下半的「勹」省去一筆與上半的「勹」共用筆畫，而作「芻」（〈方〉193.5）、「芻」（〈老乙〉47.66），此形體應承於秦簡。

「蒙」小篆作「蒙」，馬王堆簡帛作「蒙」（〈周〉15.41）、「蒙」（〈繆〉27.56），「豕」上或多一斜畫作「蒙」（〈戰〉36.31）。

「春」甲骨文作「春」（《合》11533 賓組）、「春」（《合》9784 賓組），秦

簡作「![字]」（《睡乙》224 參）、「![字]」（《嶽為》25 正參），小篆作「![字]」；而馬王堆簡帛作「![字]」（〈稱〉22.53）、「![字]」（〈老乙〉61.12），「春」應為從「艸（＋＋）」、「屯」聲，「屯」連筆省寫作「![字]」；而「屯」與「艸」之間或多一橫作「![字]」（〈養〉99.7）、「![字]」（〈房〉8.6）。

「葬」甲骨文作「![字]」（《合》6943 賓組）、「![字]」（《英》366 賓組），秦簡作「![字]」（《睡乙》17）、「![字]」（《睡答》77），小篆作「![字]」；馬王堆簡帛作「![字]」（〈戰〉39.18），與秦簡相同，而下半「艸」之上或省一橫作「![字]」（〈繫〉37.3）、「![字]」（〈繫〉37.18）。

「番」金文作「![字]」（番菊生壺）、「![字]」（丹弔番盂），小篆作「![字]」；而馬王堆簡帛作「![字]」（〈木〉67.1）、「![字]」（〈十〉49.20），「番」的「田」或多一豎作「![字]」（〈二〉13.23）。

「含」小篆作「![字]」，馬王堆簡帛作「![字]」（〈遣三〉197.5）、「![字]」（〈周〉9.61），所從的「今」或省去豎畫作「![字]」（〈陰甲·術〉5.3）、「![字]」（〈陰甲·術〉6.29）。

「單」甲骨文作「![字]」（《合》137 正賓組）、「![字]」（《合》28116 無名組），金文作「![字]」（單子伯盤）、「![字]」（蔡侯匜），秦簡作「![字]」（《關簡》313）、「![字]」（《睡編》50 壹），小篆作「![字]」；而馬王堆簡帛作「![字]」（〈經〉17.39）、「![字]」（〈經〉35.12），「吅」下或增（省）一橫作「![字]」（〈戰〉294.23）、「![字]」（〈戰〉296.17）。

「走」甲骨文作「![字]」（《合》17230 正賓組）、「![字]」（《合》27939 何組），金文作「![字]」（大盂鼎）、「![字]」（虎簋蓋），秦簡作「![字]」（《放志》5）、「![字]」（《嶽三十四質》53 正），小篆作「![字]」；而馬王堆簡帛作「![字]」（〈昭〉9.59）、「![字]」（〈相〉5.29），左側或增一豎作「![字]」（〈養〉186.1）、「![字]」（〈戰〉273.15），此形體亦可見於秦簡，如「![字]」（《嶽三十四質》34 正）、「![字]」（《里》J1（9）984 背）。

「逆」甲骨文作「![字]」（《合》185 賓組）、「![字]」（《合》36475 黃組），金文作「![字]」（仲再簋）、「![字]」（保員簋），秦簡作「![字]」（《睡雜》38）、「![字]」（《睡甲》38 正）、「![字]」（《睡為》23 伍）、「![字]」（《里》J1（9）8 正），小篆作「![字]」；而馬王堆簡帛作「![字]」（〈陰乙·上朔〉22.6）、「![字]」（〈陰乙·天一〉26.3），「屰」因連筆改由三道橫畫，或增一筆橫畫作「![字]」（〈戰〉98.17）、「![字]」（〈戰〉

261.27），又或豎畫左右增「／」、「＼」作「」（〈星〉35.7）。

「器」金文作「」（甚學君簋）、「」（散氏盤），秦簡作「」（《嶽為》10 正壹）、「」（《嶽占》26 正壹），小篆作「」；而馬王堆簡帛作「」（〈戰〉198.8）、「」（〈戰〉198.29），「犬」或省一筆作「」（〈遣三〉189.5）、「」（〈遣三〉195.5）。

「言」甲骨文作「」（《合》3685 賓組）、「」（《合》26742 出組），金文作「」（伯矩鼎）、「」（斜从盨），秦簡作「」（《放志》5）、「」（《睡答》12），小篆作「」；而馬王堆簡帛作「」（〈二〉8.73）、「」（〈五〉101.17），其或省去豎畫作「」（〈出〉30.39）、「」（〈談〉39.25）。

「謹」秦簡作「」（《睡為》3 壹）、「」（《嶽為》34 正貳），小篆作「」；而馬王堆簡帛作「」（〈衷〉6.35）、「」（〈刑乙〉49.2），下半三橫或省作二橫作「」（〈經〉74.59）、「」（〈十〉29.43）。

「音」金文作「」（殷簋甲）、「」（戎生編鐘），秦簡作「」（《睡封》54），小篆作「」；而馬王堆簡帛作「」（〈周〉35.18）、「」（〈周〉89.2），上半或省去豎畫作「」（〈老乙〉5.45）、「」（〈刑乙‧小游〉1.129）。

「童」甲骨文作「」（《合》30178 無名組）、「」（《屯》650 無名組），金文作「」（史牆盤）、「」（毛公鼎），秦簡作「」（《睡答》165）、「」（《睡甲》79 背），小篆作「」；而馬王堆簡帛作「」（〈周〉73.29）、「」（〈衷〉36.1），上半或省一橫作「」（〈十〉8.23）、「」（〈十〉22.21）。

「奉」金文作「」（散氏盤），小篆作「」，馬王堆簡帛作「」（〈經〉12.48）、「」（〈經〉39.26），「廾」上或增一橫作「」（〈戰〉201.7）、「」（〈二〉1.69）。

「雋」小篆作「」，馬王堆簡帛作「」（〈遣一〉81.2），「隹」或省一橫作「」（〈遣一〉3.2）。

「羊」甲骨文作「」（《合》713 賓組）、「」（《合》30022 無名組），金文作「」（羊父庚鼎）、「」（智鼎），秦簡作「」（《睡乙》156）、「」（《嶽占》37 正貳），小篆作「」；而馬王堆簡帛作「」（〈方〉10.6）、「」（〈戰〉236.17），或省一橫作「」（〈繆〉44.52）、「」（〈十〉57.60）。

「於」甲骨文作金文「」（弔趞父卣）、「」（取子鉞），秦簡作「」（《睡效》58）、「」（《睡甲》72 背）、「」（《睡語》3），古文作「」；

而馬王堆簡帛作「⬚」（〈戰〉218.28）、「⬚」（〈明〉44.16），其左半或增一斜畫作「⬚」（〈老甲〉57.8）、「⬚」（〈老甲〉91.26），此形體亦見於秦簡。

「再」秦簡作「⬚」（《睡為》22 伍），小篆作「⬚」；而馬王堆簡帛作「⬚」（〈周〉15.12）、「⬚」（〈繆〉29.5），中間或省一豎作「⬚」（〈陰乙・天一〉15.1）、「⬚」（〈二〉27.39）。

「脂」秦簡作「⬚」（《睡律》128）、「⬚」（《關簡》324），小篆作「⬚」；而馬王堆簡帛作「⬚」（〈養〉105.7）、「⬚」（〈合〉29.18），「甘」或省去一橫作「⬚」（〈遣一〉227.8）、「⬚」（〈遣三〉271.6）。

「解」甲骨文作「⬚」（《合》18387 賓組）、「⬚」（《合》18388 賓組），金文作「⬚」（解子甗），秦簡作「⬚」（《睡甲》68 背貳）、「⬚」（《關簡》241），小篆作「⬚」；而馬王堆簡帛作「⬚」（〈老乙〉47.32）、「⬚」（〈相〉42.28），「角」省一筆豎畫作「⬚」（〈周〉39.42）、「⬚」（〈周〉39.56）。

「豐」金文作「⬚」（豐卣）、「⬚」（豐作父辛尊），小篆作「⬚」；而馬王堆簡帛作「⬚」（〈繆〉16.4）、「⬚」（〈相〉69.58），「豐」上半或省一豎作「⬚」（〈周〉41.62）、「⬚」（〈周〉42.11）。

「盈」秦簡作「⬚」（《睡效》58）、「⬚」（《龍簡》191），小篆作「⬚」；而馬王堆簡帛作「⬚」（〈老甲〉96.8）、「⬚」（〈老甲〉136.13），「及」的「又」或省一筆與「乃」共用，作「⬚」（〈經〉59.59）。

「青」金文作「⬚」（吳方彝蓋）、「⬚」（史牆盤），秦簡作「⬚」（《睡為》36 參）、「⬚」（《睡律》34），小篆作「⬚」；而馬王堆簡帛作「⬚」（〈方〉264.19）、「⬚」（〈星〉55.4），「青」下半「丹」或省一橫作「⬚」（〈遣一〉290.9）、「⬚」（〈星〉55.39），此形體應承於秦簡，如「⬚」（《睡乙》192 壹）。

「桃」秦簡作「⬚」（《嶽占》31 正貳）、「⬚」（《睡甲》11 正）、「⬚」（《關簡》313），小篆作「⬚」；而馬王堆簡帛作「⬚」（〈陰甲・神下〉39.6）、「⬚」（〈周〉73.72），「兆」左上或省一筆作「⬚」（〈遣三〉224.6）、「⬚」（〈遣三〉407.45），此形體應承於秦簡。

「賓」甲骨文作「⬚」（《合》6498 賓組）、「⬚」（《合》30529 何組），金文作「⬚」（保卣）、「⬚」（般觥），小篆作「⬚」；而馬王堆簡帛作「⬚」（〈戰〉103.36）、「⬚」（〈問〉6.23），「丙」縮短筆畫作「正」形後，或省一筆作「⬚」（〈二〉1.29）、「⬚」（〈陽乙〉4.41）。

「參」金文作「🔲」（裘衛簋）、「🔲」（毛公鼎），秦簡作「🔲」（《睡乙》99 肆）、「🔲」（《睡律》59），小篆或體作「參」；而馬王堆簡帛作「🔲」（〈陰甲・神下〉40.22）、「🔲」（〈陰甲・堪法〉4.22），「參」的「彡」或省一筆作「🔲」（〈陰甲・雜七〉5.5）、「🔲」（〈陰甲・堪表〉9L.24），此形體應承於秦簡，如「🔲」（《睡甲》2 背貳）、「🔲」（《關簡》151 壹）。

「積」秦簡作「🔲」（《睡效》27）、「🔲」（《嶽為》19 正貳），小篆作「積」；而馬王堆簡帛作「🔲」（〈問〉18.6）、「🔲」（〈問〉29.9），「責」的「朿」省作「圭」後，或省一橫作「🔲」（〈十〉36.20）、「🔲」（〈稱〉22.30）。

「康」金文作「🔲」（康伯壺蓋）、「🔲」（史牆盤），秦簡作「🔲」（《睡甲》59 背貳）、「🔲」（《嶽三十五質》12 正肆），小篆或體作「蕭」；而馬王堆簡帛作「🔲」（〈周〉71.3）、「🔲」（〈經〉32.5），下半「米」或省一橫作「🔲」（〈二〉11.65）、「🔲」（〈經〉31.3）。

「帚」甲骨文作「🔲」（《合》2818 賓組）、「🔲」（《合》2095 歷間），金文作「🔲」（帚嫡觶），小篆作「帚」；而馬王堆簡帛作「🔲」（〈氣〉6.224）、「🔲」（〈刑甲〉94.25），「帚」上半的「彐」或省一橫作「🔲」（〈方〉104.14）、「🔲」（〈方〉104.30）。

「白」甲骨文作「🔲」（《合》452 賓組）、「🔲」（《合》3409 正賓組），金文作「🔲」（矢伯鬲）、「🔲」（康鼎），秦簡作「🔲」（《睡律》56）、「🔲」（《關簡》206），小篆作「白」；而馬王堆簡帛作「🔲」（〈養〉221.17）、「🔲」（〈二〉4.15），「白」上增一短豎點作「🔲」（〈氣〉9.49）、「🔲」（〈氣〉9.162），此形體亦應承於秦簡，如「🔲」（《睡乙》174）、「🔲」（《睡乙》58）。

「怀」小篆作「怀」，馬王堆簡帛作「🔲」（〈經〉40.7）、「🔲」（〈十〉18.22），「不」上或增一橫作「🔲」（〈陰甲・天地〉2.45）、「🔲」（〈陰甲・天地〉3.30）。

「重」甲骨文作「🔲」（《合》39465 黃組）、「🔲」（《合》17949 賓組），秦簡作「🔲」（《睡甲》32 正）、「🔲」（《嶽為》68 正貳），小篆作「重」；而馬王堆簡帛作「🔲」（〈二〉12.45）、「🔲」（〈二〉8.19），「重」下半三橫，其應將「∩」（或「𐌋」）部連寫作一橫，與下半的「土」合作三橫，若省二橫則作「🔲」（〈繫〉35.62）、「🔲」（〈衷〉40.24）。

「量」甲骨文作「🔲」（《合》18507 賓組）、「🔲」（《合》22097 午組），金文

作「🔲」（量侯簋）、「🔲」（大克鼎），秦簡作「🔲」（《睡答》195）、「🔲」（《嶽為》65 正壹），小篆作「🔲」；而馬王堆簡帛作「🔲」（〈稱〉14.39）、「🔲」（〈相〉5.21），「量」的「日」下或省一橫作「🔲」（〈經〉43.12）。

「身」甲骨文作「🔲」（《合》822 正賓組）、「🔲」（《懷》504 賓組），金文作「🔲」（楷侯簋蓋）、「🔲」（作冊封鬲），秦簡作「🔲」（《睡封》38）、「🔲」（《嶽占》22 正貳），小篆作「🔲」；而馬王堆簡帛作「🔲」（〈方〉50.7）、「🔲」（〈胎〉30.4），「身」內省一橫作「🔲」（〈經〉45.16）、「🔲」（〈十〉38.6），此形體亦應承於秦簡，如「🔲」（《睡答》69）、「🔲」（《嶽為》6 正壹）。

「崩」小篆作「🔲」，馬王堆簡帛作「🔲」（〈氣〉2.296）、「🔲」（〈氣〉2.327），「朋」或省一橫作「🔲」（〈衷〉27.15）、「🔲」（〈衷〉38.24）。

「象」甲骨文作「🔲」（《合》13625 賓組）、「🔲」（《合》8983 賓組），金文作「🔲」（師湯父鼎）、「🔲」（匽卣），秦簡作「🔲」（《睡為》17 參），小篆作「🔲」；而馬王堆簡帛作「🔲」（〈十〉1.13）、「🔲」（〈星〉51.13），「象」下半增一橫作「🔲」（〈遣一〉234.1）、「🔲」（〈遣一〉292.5）。

「亢」甲骨文作「🔲」（《合》4611 正賓組）、「🔲」（《合》18070 賓組），金文作「🔲」（亞高作父癸簋）、「🔲」（矢令方彝），秦簡作「🔲」（《睡乙》97 壹）、「🔲」（《關簡》189），小篆作「🔲」；而馬王堆簡帛作「🔲」（〈方〉219.27）、「🔲」（〈星〉84.2），「亢」或增一橫作「🔲」（〈星〉32.29）、「🔲」（〈星〉109.2），此形體亦應承於秦簡，如「🔲」（《睡乙》129）。

「淵」甲骨文作「🔲」（《屯》722 無名組）、「🔲」（《合》29401 無名組），金文作「🔲」（沈子它簋蓋），秦簡作「🔲」（《嶽占》29 正壹）、「🔲」（《嶽占》38 正壹），小篆作「🔲」；而馬王堆簡帛作「🔲」（〈周〉86.14）、「🔲」（〈十〉15.26），「𠇷」中間或增一豎作「🔲」（〈衷〉26.28）、「🔲」（〈衷〉33.33）。

「渴」小篆作「🔲」，馬王堆簡帛作「🔲」（〈老甲〉7.4）、「🔲」（〈老乙〉3.46），「曷」的「勹」內部的「✕」或省一筆且與右側豎畫連筆而作「🔲」（〈談〉21.12）。

「亞」甲骨文作「🔲」（《合》13754 賓組）、「🔲」（《合》32911 歷組），金文作「🔲」（亞旁罍）、「🔲」（南宮乎鐘），小篆作「🔲」；而馬王堆簡帛作「🔲」（〈十〉58.38）、「🔲」（〈稱〉11.5），「亞」上或增一橫作「🔲」（〈繫〉

43.3）、「」（〈老乙〉72.3）。

二、偏旁部件的增省

偏旁部件的增省，則指文字形體在偏旁或不成文部件上的增添或省減，對字形造成簡化或繁化的現象。如前所述，「偏旁」與「部件」的差異，在於組成該字的成分若為獨立的文字則稱「偏旁」，若無法成為獨立文字的部分則為「部件」；同時也以增省的筆畫數量與關係區分，若僅增省一筆，或增省的兩筆以上的筆畫並無關聯，皆屬「筆畫線條的增省」，而增省兩筆以上且彼此有所關聯，皆屬本節所論範圍。

表（二－3）

	簡　省		增　繁		說　明
	秦　簡	馬王堆簡帛	秦　簡	馬王堆簡帛	
靈		 〈問〉97.23	 《睡甲》26 正貳	 〈養〉75.2 〈陰乙·傳勝圖〉1.36	「靈」所從的「品」省一口
唾		 〈談〉43.31		 〈方〉391.17 〈戰〉188.3	「ㅆ」部件省其一「𠆢」
送	 〈五〉56.11 〈五〉56.28	 《睡雜》38 《睡律》159	 〈戰〉194.24 〈五〉16.13		「灷」的「廾」省兩豎

遲		 〈周〉34.31		 〈談〉55.17	省「犀」所從的「牛」
笱	 《睡牘》11 正五 《關簡》326	 〈五〉66.4 〈五〉136.3	 《嶽為》59 正肆 《關簡》326	 〈戰〉47.37 〈相〉8.50	「竹」省其一而作「个」
諱		 〈昭〉4.13		 〈經〉54.31 〈老乙〉19.28	「韋」省去中間的「口」
者		 〈衷〉2.16 〈衷〉22.6	 《睡語》7 《睡封》62	 〈喪〉6.4 〈二〉6.60	「者」或省其「凵（曰）」並改作省略符號「＝」
閨		 〈周〉68.50 〈周〉82.38	 《睡為》23 參	 〈周〉7.31 〈經〉2.53	「隹」省去上半象鳥頭部分「𡭔」
群		 〈周〉90.44	 《睡乙》59 《龍簡》9	 〈戰〉56.25 〈衷〉3.16	「君」省去「口」

幾		〈春〉75.30	《睡答》152	〈氣〉10.78	「絲」省其一「幺」
		〈經〉45.26	《睡封》69	〈繆〉2.18	
玄		〈陰乙‧玄戈〉7.13	《睡甲》57正壹	〈老甲〉61.18	「玄」省其上半「十」部件
		〈陰乙‧玄戈〉6.24	《睡甲》58正壹	〈星〉32.10	
骨		〈十〉28.14	《睡封》35	〈足〉31.12	「骨」省其「冎」的「冂」部件
		〈相〉2.61	《睡甲》55背參	〈養〉179.9	
體		〈繫〉7.67		〈方〉386.4	「骨」省其「冎」的「宀」部件
胃		〈陰甲‧祭一〉A13L.17	《睡甲》237貳	〈道〉5.22	「胃」增添「肉」旁
		〈陰甲‧祭一〉B12L.1	《嶽占》23正壹	〈星〉95.2	
冎	《睡封》92	〈稱〉13.52		〈方〉45.16	「冎」增「八」部件

	《睡封》93	〈相〉76.53		〈方〉46.12	
籍		〈繫〉14.47 〈稱〉1.40	《睡效》27 《睡語》14	〈木〉57.18 〈周〉68.14	「昔」省其一「ｗ」部件（「ｗ」部件或作「ｖ」，連筆後作「工」形）
僉	《龍簡》226	〈繆〉20.19 〈十〉61.14		〈陰甲・宜忌〉4.3	「僉」下增「曰」旁
缶		〈養〉47.17 〈周〉21.51		〈遣三〉110.4 〈遣三〉114.4	「缶」增「土」旁
楚		〈戰〉249.14 〈戰〉254.27	《睡乙》243 《睡甲》67 正參	〈戰〉300.8 〈老甲〉153.3	「林」省其一「木」
隆		〈稱〉10.40		〈刑乙・小游〉1.45 〈刑乙・小游〉1.70	「夆」省「牛」旁

游		 〈繫〉6.60  〈刑乙〉6.21	 《睡甲》49 背貳  《睡雜》4	 〈相〉33.46  〈相〉34.59	「游」省「水」旁
齊		 〈陰甲・雜一〉8.14  〈陰甲・雜一〉8.16	 《睡封》66  《睡封》76	 〈戰〉6.33  〈戰〉40.20	「齊」省左右兩側豎畫
寡		 〈問〉89.11  〈問〉95.5	 《睡為》2 參  《睡答》156	 〈繫〉47.13  〈經〉61.28	「寡」省「宀」旁
寒		 〈周〉30.10  〈刑乙〉50.6	 《睡律》90  《嶽占》24 正貳	 〈足〉7.14  〈方〉263.3	「寒」內部訛從「茻」，省一組「艸」
穴	 《放志》3  《睡答》152	 〈周〉22.50  〈稱〉3.30		 〈陰甲・殘〉250.4	「穴」增「土」旁
疢	 《關簡》298	 〈氣〉6.202		 〈合〉25.4	「疢」下增「口」旁

	 〈談〉39.18			
襄	 〈相〉21.42 〈相〉75.50	 《睡律》35 《睡甲》28 正貳	 〈戰〉205.24 〈戰〉250.5	「襄」省一「口」、「又」
壽	 〈遣一〉253.3 〈遣一〉264.3 〈十〉49.18	 《睡乙》75 貳 《睡乙》245	 〈春〉64.7 〈春〉65.6	「壽」中間作上下兩個「臣」形，或省一「臣」形
覺	 《睡甲》13 背 《睡甲》44 背貳	 〈方〉469.8	 《睡乙》194 《睡答》10	 〈氣〉6.90 〈問〉37.8	「見」省「儿」旁
鹿	 《睡甲》75 背 《龍簡》33	 〈氣〉7.158 〈繆〉27.30		 〈遣一〉13.1 〈牌三〉10.1	「鹿」中間「冈」形省去「╳」

然	《放甲》32 《睡效》54	〈十〉30.40 〈相〉6.12		〈老甲〉125.16 〈五〉53.18	「然」中間增「＝」
濟		〈春〉82.12 〈老甲〉30.24		〈二〉36.40 〈二〉36.46	「齊」下增「口」旁
雷		〈氣〉10.173 〈刑丙・小游〉1.171	《睡甲》42背參	〈方〉48.7 〈稱〉10.37	「靁」省二「田」
燕		〈戰〉220.35 〈戰〉228.15		〈戰〉274.24 〈戰〉274.28	「燕」中間增「口」旁
聖		〈繫〉3.11 〈繫〉11.24	《睡為》45貳 《獄為》85正	〈老甲〉75.6 〈二〉1.34	「聖」省「壬」旁
聽		〈九〉13.19	《睡雜》4	〈方〉217.25	「聽」省「直」旁，或省「壬」旁

	〈九〉38.16 〈經〉11.17 〈經〉35.6	《關簡》252	〈戰〉130.21	
賊	《睡答》103	〈老乙〉28.56	《睡答》134 《嶽為》12正參	〈氣〉9.90 〈稱〉14.34	「賊」所從 「則」省「刀」 旁
繼		〈五〉23.6		〈戰〉196.25 〈十〉7.53	「繼」省「糸」 旁、「刀」旁， 增「＝」符號
龜		〈要〉8.3		〈周〉92.32	「龜」左側省 一「又」
処		〈繆〉19.17 〈經〉3.62		〈戰〉42.33 〈二〉2.20	「処」增「虍」 旁
隱		〈衷〉44.31	《睡答》125	〈春〉66.6	「隱」省上面 的「爫」

				《睡律》156	〈稱〉8.26

「靈」秦簡作「靈」（《睡甲》26 正貳），小篆作「靈」，字形從「品」；而馬王堆簡帛作「靈」（〈養〉75.2）、「靈」（〈陰乙・傳勝圖〉1.36），中間的「品」或省去一「口」作「靈」（〈問〉97.23）。

「唾」小篆作「唾」，字形從口巫聲；而馬王堆簡帛作「唾」（〈方〉391.17）、「唾」（〈戰〉188.3），「巫」中間兩組上下組合的「∧∧」部件或省其一「∧」，作「唾」（〈談〉43.31）。

「送」秦簡作「送」（《睡雜》38）、「送」（《睡律》159），小篆作「送」；而馬王堆簡帛作「送」（〈戰〉194.24）、「送」（〈五〉16.13），其聲符「龰」的「廾」或省兩豎作「送」（〈五〉56.11）、「送」（〈五〉56.28）。

「遲」甲骨文作「遲」（《屯》278 無名組）、「遲」（《屯》2986 無名組），金文作「遲」（伯遲父鼎）、「遲」（遲盨），小篆作「遲」；而馬王堆簡帛作「遲」（〈談〉55.17），其或省「犀」所從的「牛」作「遲」（〈周〉34.31）。

「笱」秦簡作「笱」（《嶽為》59 正肆）、「笱」（《關簡》326），小篆作「笱」；而馬王堆簡帛作「笱」（〈戰〉47.37）、「笱」（〈相〉8.50），其所從「竹」旁或省成「个」而作「笱」（〈五〉66.4）、「笱」（〈五〉136.3），此形體亦可見於秦簡，如「笱」（《睡牘》11 正五）、「笱」（《關簡》326）。

「諱」金文作「諱」（展敔簋蓋），小篆作「諱」；而馬王堆簡帛作「諱」（〈經〉54.31）、「諱」（〈老乙〉19.28），聲符「韋」或省去中間的「口」而作「諱」（〈昭〉4.13）。

「者」金文作「者」（者鼎）、「者」（矢令方彝），秦簡作「者」（《睡語》7）、「者」（《睡封》62），小篆作「者」；而馬王堆簡帛作「者」（〈喪〉6.4）、「者」（〈二〉6.60），或省其下半並改作省略符號「＝」而作「者」（〈衷〉2.16）、「者」（〈衷〉22.6）。

「閵」秦簡作「閵」（《睡為》23 參），小篆作「閵」；而馬王堆簡帛作「閵」（〈周〉7.31）、「閵」（〈經〉2.53），其或省去「隹」上半象鳥頭部分的「尸」而作「閵」（〈周〉68.50）、「閵」（〈周〉82.38）。

「群」秦簡作「群」（《睡乙》59）、「群」（《龍簡》90），小篆作「群」；而

馬王堆簡帛作「▢」（〈戰〉56.25）、「▢」（〈衷〉3.16），聲符「君」或省去「口」而作「▢」（〈周〉90.44）。

「幾」金文作「▢」（伯幾父簋）、「▢」（幾父壺），秦簡作「▢」（《睡答》152）、「▢」（《睡封》69），小篆作「▢」；而馬王堆簡帛作「▢」（〈氣〉10.78）、「▢」（〈繆〉2.18），其「絲」或省其一「幺」旁而作「▢」（〈春〉75.30）、「▢」（〈經〉45.26）。

「玄」金文作「▢」（同簋）、「▢」（此簋），秦簡作「▢」（《睡甲》57正壹）、「▢」（《睡甲》58正壹），小篆作「▢」；而馬王堆簡帛作「▢」（〈老甲〉61.18）、「▢」（〈星〉32.10），其或省上半「十」的部件作「▢」（〈陰乙·玄戈〉7.13）、「▢」（〈陰乙·玄戈〉6.24）。

「骨」秦簡作「▢」（《睡封》35）、「▢」（《睡甲》55背參），小篆作「▢」；而馬王堆簡帛作「▢」（〈足〉31.12）、「▢」（〈養〉179.9），其或省「冎」的「冂」部件作「▢」（〈十〉28.14）、「▢」（〈相〉2.61）。

「體」小篆作「▢」，馬王堆簡帛作「▢」（〈方〉386.4），其「骨」或省「冎」的「冂」部件而作「▢」（〈繫〉7.67）。

「胃」秦簡作「▢」（《睡甲》237貳）、「▢」（《獄占》23正壹），小篆作「▢」；而馬王堆簡帛作「▢」（〈道〉5.22）、「▢」（〈星〉95.2），其或增添「肉」旁作「▢」（〈陰甲·祭一〉A13L.17）、「▢」（〈陰甲·祭一〉B12L.1），「胃」於《說文》解作「穀府也。从肉，図象形。」〔註16〕即人體器官，而與人體器官相關的字多有「肉」旁，如「骨」、「脾」等，而「胃」本身已有「肉」旁，或為強調身體器官之意，又或書寫者一時未察而誤，將「胃」字增添「肉」旁標明其義。

「冎」秦簡作「▢」（《睡封》92）、「▢」（《睡封》93），小篆作「▢」；而馬王堆簡帛作「▢」（〈稱〉13.52）、「▢」（〈相〉76.53），其或增「八」部件作「▢」（〈方〉45.16）、「▢」（〈方〉46.12）。

「籍」秦簡作「▢」（《睡效》27）、「▢」（《睡語》14），小篆作「▢」；而馬王堆簡帛作「▢」（〈木〉57.18）、「▢」（〈周〉68.14），其「昔」旁或省其一組「ﾊﾊ」部件（「ﾊﾊ」部件或作「ﾍ」，連筆後作「工」形），而作「▢」（〈繫〉

〔註16〕〔漢〕許慎撰，〔清〕段玉裁注，李添富總校訂：《新添古音說文解字注》，頁170。

14.47）、「［字］」（〈稱〉1.40）。

「僉」秦簡作「［字］」（《龍簡》226），小篆作「［字］」；而馬王堆簡帛作「［字］」（〈十〉61.14）、「［字］」（〈繆〉20.19），其下或增「曰」旁作「［字］」（〈陰甲·宜忌〉4.3）。

「缶」甲骨文作「［字］」（《合》756 賓組）、「［字］」（《合》6571 正賓組），金文作「［字］」（岡劫卣）、「［字］」（京姜鬲），小篆作「［字］」；而馬王堆簡帛作「［字］」（〈養〉47.17）、「［字］」（〈周〉21.51），其或增「土」旁作「［字］」（〈遣三〉110.4）、「［字］」（〈遣三〉114.4），「缶」於《說文》解作「瓦器所已盛酒漿。」[註17]即盛裝酒水的瓦器，而「瓦」意為「土器已燒之總名。」[註18]即由土燒製的器具，故「缶」、「瓦」皆與土的意義有關，因此「缶」或增添「土」旁標明其義。

「楚」金文作「［字］」（史牆盤）、「［字］」（楚簋），秦簡作「［字］」（《睡乙》243）、「［字］」（《睡甲》67 正參），小篆作「［字］」；而馬王堆簡帛作「［字］」（〈戰〉300.8）、「［字］」（〈老甲〉153.3），所從「林」旁或省其一「木」而作「［字］」（〈戰〉249.14）、「［字］」（〈戰〉254.27）。

「隆」小篆作「［字］」，馬王堆簡帛作「［字］」（〈刑乙·小游〉1.45）、「［字］」（〈刑乙·小游〉1.70），其「夆」旁或省「牛」而作「［字］」（〈稱〉10.40）。

「游」金文作「［字］」（中斿父鼎）、「［字］」（斿鼎），秦簡作「［字］」（《睡甲》49 背貳）、「［字］」（《睡雜》4），小篆作「［字］」；而馬王堆簡帛作「［字］」（〈相〉33.46）、「［字］」（〈相〉34.59），其或省「水」旁而作「［字］」（〈繫〉6.60）、「［字］」（〈刑乙〉6.21）。

「齊」甲骨文作「［字］」（《合》18692 賓組）、「［字］」（《合》36806 黃組），金文作「［字］」（齊姜鼎）、「［字］」（伯姜鬲），秦簡作「［字］」（《睡封》66）、「［字］」（《睡封》76），小篆作「［字］」；而馬王堆簡帛作「［字］」（〈戰〉6.33）、「［字］」（〈戰〉40.20），其或省左右兩側豎畫作「［字］」（〈陰甲·雜　〉8.14）、「［字］」（〈陰甲·雜一〉8.16）。

「寡」金文作「［字］」（寡子卣）、「［字］」（毛公鼎），秦簡作「［字］」（《睡為》2 參）、「［字］」（《睡答》156），小篆作「［字］」；而馬王堆簡帛作「［字］」（〈繫〉

〔註17〕〔漢〕許慎撰，〔清〕段玉裁注，李添富總校訂：《新添古音說文解字注》，頁 227。
〔註18〕〔漢〕許慎撰，〔清〕段玉裁注，李添富總校訂：《新添古音說文解字注》，頁 644。

47.13）、「」（〈經〉61.28），其或省「宀」旁作「」（〈問〉89.11）、「」（〈問〉95.5）。

「寒」金文作「」（大克鼎），秦簡作「」（《睡律》90）、「」（《嶽占》24 正貳），小篆作「」；而馬王堆簡帛作「」（〈足〉7.14）、「」（〈方〉263.3），其內部訛從「珽」，或省一組「㠭」作「」（〈周〉30.10）、「」（〈刑乙〉50.6）。

「穴」秦簡作「」（《放志》3）、「」（《睡答》152），小篆作「」；而馬王堆簡帛作「」（〈周〉22.50）、「」（〈稱〉3.30），其或增「土」旁作「」（〈陰甲‧殘〉250.4），「穴」於《說文》解作「土室也。」〔註19〕即於山或土地所挖鑿的空間，與土的意義有關，故增添「土」旁標明其義。

「疢」秦簡作「」（《關簡》298），小篆作「」；而馬王堆簡帛作「」（〈氣〉6.202）、「」（〈談〉39.18），其下或增「口」旁作「」（〈合〉25.4）。

「襄」甲骨文作「」（《合》10990 賓組）、「」（《合》27988 無名組），金文作「」（鮴甫人盤）、「」（鮴甫人匜），秦簡作「」（《睡律》35）、「」（《睡甲》28 正貳），小篆作「」；而馬王堆簡帛作「」（〈戰〉205.24）、「」（〈戰〉250.5），其或省「口」、「又」而作「」（〈相〉21.42）、「」（〈相〉75.50）。

「壽」金文作「」（耳尊）、「」（師器父鼎），秦簡作「」（《睡乙》75 貳）、「」（《睡乙》245），小篆作「」；而馬王堆簡帛作「」（〈遣一〉253.3）、「」（〈遣一〉264.3），中間作上下兩個「臣」形，其或省一「臣」形作「」（〈十〉49.18），或增一「口」旁作「」（〈春〉64.7）、「」（〈春〉65.6）。

「覺」秦簡作「」（《睡乙》194）、「」（《睡答》10），小篆作「」；而馬王堆簡帛作「」（〈氣〉6.90）、「」（〈問〉37.8），其或省「儿」旁作「」（〈方〉469.8），此形體亦可見於秦簡，如「」（《睡甲》13 背）、「」（《睡甲》44 背貳）。

「鹿」甲骨文作「」（《合》10293 賓組）、「」（《合》10324 賓組），金文作「」（命簋）、「」（貉子卣），秦簡作「」（《睡甲》75 背）、「」（《龍簡》33），小篆作「」；而馬王堆簡帛作「」（〈遣一〉13.1）、「」（〈牌

〔註19〕〔漢〕許慎撰，〔清〕段玉裁注，李添富總校訂：《新添古音說文解字注》，頁347。

三〉10.1），「鹿」中間的「囷」形部件（即由鹿身演變而來），其內的「╳」或直接省去而作「🔲」（〈氣〉7.158）、「🔲」（〈繆〉27.30）。

「然」秦簡作「🔲」（《放甲》32）、「🔲」（《睡效》54），小篆作「🔲」；而馬王堆簡帛作「🔲」（〈十〉30.40）、「🔲」（〈相〉6.12），其中間或增「＝」作「🔲」（〈老甲〉125.16）、「🔲」（〈五〉53.18）。

「濟」小篆作「🔲」，馬王堆簡帛作「🔲」（〈春〉82.12）、「🔲」（〈老甲〉30.24），聲符「齊」下或增「口」旁作「🔲」（〈二〉36.40）、「🔲」（〈二〉36.46）。

「雷」甲骨文作「🔲」（《合》24364 反出組）、「🔲」（《》24367 反出組），金文作「🔲」（陵父日乙罍）、「🔲」（楚公逆鐘），秦簡作「🔲」（《睡甲》42 背參），小篆作「🔲」；而馬王堆簡帛作、「🔲」（〈方〉48.7）、「🔲」（〈稱〉10.37），或省下半的二「田」而作「🔲」（〈氣〉10.173）、「🔲」（〈刑丙・小游〉1.171）。

「燕」甲骨文作「🔲」（《合》5280 賓組）、「🔲」（《合》5289 賓組），小篆作「🔲」；而馬王堆簡帛作「🔲」（〈戰〉220.35）、「🔲」（〈戰〉228.15），中間或增「口」旁作「🔲」（〈戰〉274.24）、「🔲」（〈戰〉274.28）。

「聖」金文作「🔲」（史牆盤）、「🔲」（大克鼎），秦簡作「🔲」（《睡為》45 貳）、「🔲」（《嶽為》85 正），小篆作「🔲」；而馬王堆簡帛作「🔲」（〈老甲〉75.6）、「🔲」（〈二〉1.34），其或省「壬」旁作「🔲」（〈繫〉3.11）、「🔲」（〈繫〉11.24）。

「聽」甲骨文作「🔲」（《合》21712 子組）、「🔲」（《合》5298 正賓組），金文作「🔲」（大保簋）、「🔲」（天子耶觚），秦簡作「🔲」（《睡雜》4）、「🔲」（《關簡》252），小篆作「🔲」；而馬王堆簡帛作「🔲」（〈方〉217.25）、「🔲」（〈戰〉130.21），其或省「直」旁作「🔲」（〈九〉13.19）、「🔲」（〈九〉38.16），或省「壬」旁作「🔲」（〈經〉11.17）、「🔲」（〈經〉35.6）。

「賊」金文作「🔲」（散氏盤），秦簡作「🔲」（《睡答》103）、「🔲」（《睡答》134）、「🔲」（《嶽為》12 正參），小篆作「🔲」；而馬王堆簡帛作「🔲」（〈氣〉9.90）、「🔲」（〈稱〉14.34），其所從「則」或省「刀」旁作「🔲」（〈老乙〉28.56）。

「繼」甲骨文作「🔲」（《合》14959 賓組）、「🔲」（《合》2940 賓組），小篆作「🔲」；而馬王堆簡帛作「🔲」（〈戰〉196.25）、「🔲」（〈十〉7.53），其或省

「糸」、「刀」旁而增「＝」符號作「」（〈五〉23.6）。

　　「龜」甲骨文作「」（《合》18363賓組）、「」（《合》8996正賓組），金文作「」（弔龜父丙簋），小篆作「」；而馬王堆簡帛作「」（〈周〉92.32），左側或省一「又」旁作「」（〈要〉8.3）。

　　「処」金文作「」（智鼎）、「」（臣諫簋），小篆作「」；而馬王堆簡帛作「」（〈繆〉19.17）、「」（〈經〉3.62），其或增「虍」旁表音而作「」（〈戰〉42.33）、「」（〈二〉2.20），「処」上古音為昌紐魚部，「虍」為曉紐魚部，二者韻部相同，故「虍」可作表示「処」的聲符。

　　「隱」秦簡作「」（《睡答》125）、「」（《睡律》156），小篆作「」；而馬王堆簡帛作「」（〈春〉66.6）、「」（〈稱〉8.26），其或省上面的「宀」旁作「」（〈衷〉44.31）。

　　總上分析，若考量書寫的實際需求，文字形體演變趨勢理應以簡省為主，以此提高書寫效率，是而可能減少筆畫線條或部件偏旁的數量。減少筆畫線條者，如「禮」的「豊」上半減少一豎，「葵」的「癶」左右兩側各省一筆，「薑」所從「畺」的「田」省去豎畫，「芻」下半的「勹」省去一筆與上半的「勹」共用筆畫，「葬」下半所從的「艸」下或省一橫，「含」的「今」或省去豎畫，「器」的「犬」省一筆，「言」省去中間豎畫，「謹」的「堇」下半三橫或省作二橫，「音」省去中間豎畫，「童」的上半或省一橫，「雋」的「隹」省一橫，「羊」或省一橫，「再」的中間或省一豎，「脂」的「甘」省去中間一橫，「解」的「角」省去中間豎畫，「豊」上半或省一豎，「盈」上半「及」的「又」省一筆後與「乃」共用，「青」下半的「丹」省一橫，「桃」的「兆」左上省一筆，「賓」所從的「丏」縮短右側筆畫作「正」形後或省一筆，「參」下半「㐱」旁的「彡」或省一筆，「積」所從「責」的「朿」省作「龶」後或省一橫，「康」下半的「米」或省一橫，「帚」上半或省一橫，「重」下半三橫或省作二橫，「量」的「日」下省一橫，「身」內省一橫，「崩」的「朋」省一橫；「渴」所從「曷」的「匃」或省一筆，與右側豎畫連筆。

　　減少部件或偏旁者，如「靈」的「品」省一「口」旁，「送」的「灷」省去「廾」的兩豎，「遲」省「犀」所從的「牛」，「諱」的「韋」省去中間的「口」，「者」省其下半的「臼（曰）」並改作省略符號「＝」，「閵」的「隹」省去上半象鳥頭部分的「尸」，「群」的「君」省去「口」，「玄」省其上半的「亠」部

件，「骨」省其「咼」的「冂」部件，「體」的「骨」省其「咼」的「宀」部件，「隆」的「夅」省「牛」旁，「游」省去「水」旁，「齊」省左右兩側豎畫，「寡」省去「宀」旁，「襄」省去「口」和「又」，「覺」的「見」省「儿」旁，「鹿」中間的「囚」直接省去「╳」，「聖」省「壬」旁，「聽」省「直」旁或省「壬」旁，「賊」所從的「則」省去「刀」旁，「繼」省「糸」旁與「刀」旁後增「＝」符號，「龜」左側省一「又」，「隱」省去上面的「爫」等，較無特定規律，可能為書寫者的習慣所致。至於可找出一定規律的簡省情況者，大抵為重複出現的偏旁或部件，簡省而保留其一，如「唾」的「垂」將中間「ᴧᴧ」部件省作「ᴧ」，「筍」的「竹」省作「个」，「幾」上半的「丝」省其一「幺」，「籍」的「昔」省其一「ᴧᴧ」部件，「楚」的「林」省其一「木」，「寒」的內部訛作「珡」後省一組「工」，「壽」中間作上下兩個「臣」形後省其一，「靁」下半省去二「田」等。

　　除形體的簡省外，文字在筆畫線條上的增繁，或因追求形體的勻稱美觀，或為填補文字空白等；而馬王堆簡帛文字增添筆畫亦有增添飾筆的情況，如「天」上增一橫，「祥」的「羊」下半豎畫左右增「／」與「＼」，「蒙」的「豖」上多一斜畫，「單」的「吅」下或增一橫，「走」的左側或增一豎，「逆」的「屰」豎畫左右增「／」、「＼」，「於」左半增一斜畫，「甚」的「甘」增一豎，「白」上增一短豎點，「怀」的「不」上或增一橫，「象」的下半增一橫，「亢」或增一橫，「亞」上或增一橫等。或為該處某個筆畫較多，書寫時未察而增添該筆畫，如「禍」的「咼」上半內部增一橫，「薺」的「齊」下半多一橫，「菜」的「爫」多一橫，「番」的「田」多一豎，「逆」的「屰」連筆作三道橫畫後再增一筆橫畫；「春」的「屯」作「半」後，「屯」與「艸」之間或多一橫；「奉」的「廾」上或增一橫，「淵」的「㳍」中間或增一豎等。

　　至於增添部件或偏旁者，有增添表音偏旁者，如「処」增「虍」旁；增添表意偏旁者，如「胃」增添「肉」旁，「𡌨」增添「土」旁，「穴」增「土」旁；增添無義偏旁者，有「冄」增添「八」部件，「既」下半增添「＝」，「僉」下增添「曰」旁，「疾」下增「口」旁，「然」中間增添「＝」，「濟」的「齊」下增「口」旁，「燕」中間增「口」旁等。然相較簡省，形體的增繁較為少見。若察戰國文字形體增添部件或偏旁的情況，如何琳儀《戰國文字通論・戰國文字形體演變・繁化》指出「增繁無義偏旁」情況繁多，常見的有增添土、厂、宀、

戶、立、口、曰、心、又、爪、攴、刄、卜等，亦有增繁標義偏旁、增繁標音偏旁等情況〔註20〕，此見馬王堆簡帛文字形體所增繁的部件偏旁，或增繁方式等，皆前有所承。

第三節　書寫過程的簡省或增繁

　　所謂「書寫過程的簡省或增繁」，係指增減書寫的動作，或書寫筆畫的路徑長短調整，以簡省或增繁文字的形體。以下分別從「筆畫的分裂與合併」、「筆畫的縮短與延長」、「筆畫的平直與彎曲」討論，分析馬王堆簡帛文字在書寫過程的繁簡改變。

一、筆畫的分裂與合併

　　筆畫的分裂係將本為一道筆畫分作數道筆畫，筆畫的合併則指將數道筆畫合作一道筆畫。承第二節之「筆畫線條的增省」所述，筆畫的分合與筆畫的簡省，差異在於「該筆畫長度是否跨至另一筆畫所在位置」；但此另需說明，筆畫的分合，對於筆畫長短也會造成影響，如「艹」將橫畫連筆作「卄」後，因原先未連接的「艹」兩道橫畫之間留有間距，但連筆後的橫畫將此間距連接，導致筆畫長度延長，然顧及此筆畫延長係因筆畫合併而來，故仍歸作筆畫合併，而下一小節「筆畫的縮短與延長」則不列此情況。

表（二－4）

	簡　省		增　繁		說　明
	秦　簡	馬王堆簡帛	秦　簡	馬王堆簡帛	
吏	《睡牘》11 背四	〈氣〉5.71	《睡雜》29	〈戰〉236.16	豎＋又
	《睡為》9 伍	〈星〉49.25	《嶽占》32 正貳	〈氣〉3.95	

〔註20〕何琳儀：《戰國文字通論（訂補）》，頁 213～226。

禮		〈老甲〉158.5 〈五〉33.11	《嶽為》5 正壹 《里》J1（16）6 正	〈談〉3.11 〈周〉4.64	豐的「ㅛ」連筆作「ヽ」、「∠」組成
社	《睡乙》164	〈戰〉300.7 〈九〉41.3		〈戰〉235.12 〈十〉42.16	豎＋橫
禁		〈經〉16.28 〈十〉47.48	《睡律》117 《龍簡》82	〈方〉460.6 〈出〉13.2	中一十
苦		〈遣一〉28.2 〈二〉13.10	《嶽為》4 正貳	〈戰〉96.19 〈相〉71.5	豎＋口
蒲	《睡律》131	〈相〉6.2		〈氣〉6.193 〈氣〉6.198	甫的「父」旁
薺		〈方〉25.8		〈陰甲·殘〉7.7	「ン」連作「一」

唾		〈問〉50.9 〈合〉7.7		〈方〉55.2 〈談〉43.31	「ᴍ」省作「ᴧ」後連筆作「一」
右		〈禁〉3.3 〈遣一〉29.2	《睡封》35 《關簡》224	〈老甲〉155.22 〈出〉25.18	又
走	《嶽三十四質》53正 《里》J1（9）984背	〈相〉19.60 〈相〉52.32	《放志》5 《睡甲》13背	〈經〉65.13 〈相〉8.2	「夭」上半連筆作一橫而作「大」「止」連筆作「Z」形
逮		〈相〉34.49	《嶽三十四質》44正 《關簡》17伍	〈相〉4.21 〈相〉4.25	「氺」連筆作「丰」
後	《睡為》23伍 《睡答》194	〈周〉73.70 〈二〉32.26	《嶽三十四質》60正	〈陰甲·雜一〉5.2 〈戰〉37.9	幺

具		〈遣三〉85.5 〈遣三〉237.4	《睡乙》134 《里》J1（8）-775	〈九〉51.18 〈二〉6.74	「三」連筆作「丨」
為	《放甲》13 《關簡》143 貳	〈繆〉2.69 〈繆〉65.64	《青牘》正1 《青牘》正2	〈養〉80.3 〈戰〉77.30	「爫」的筆畫與其下的一個「フ」及兩個「冂」連接
臣	《睡為》46 貳 《睡律》156	〈戰〉236.11 〈經〉55.37		〈戰〉11.14 〈戰〉32.12	「臣」上下兩短豎合作一豎
寸	《睡答》6	〈相〉4.24 〈相〉50.18	《嶽簡》1252 《龍簡》14	〈房〉36.2 〈遣一〉207.9	上半寫作兩筆的「㇈」連作一橫
列	《睡律》68	〈繆〉17.6 〈經〉49.37	《睡律》68 《睡律》128	〈九〉20.9	「巛」連筆作「十」
角		〈相〉25.24	《睡封》35	〈遣三〉235.1	「父」連作「大」後再連作「土」

		〈遣一〉292.4	《睡甲》55 正壹	〈周〉72.11	
左		〈經〉62.14 〈十〉1.28	《睡雜》23 《睡甲》118 正	〈老甲〉157.15 〈氣〉6.391	ナ
巫		〈要〉17.67 〈要〉18.63	《睡乙》176 《睡甲》120 正	〈明〉15.15 〈周〉82.27	「ᴍ」連筆作「H」
食	《睡律》78 《睡甲》45 背壹	〈問〉87.18 〈談〉2.4	《睡甲》100 背 《嶽占》42 正壹	〈房〉43.30 〈戰〉189.33		「食」的「日」與「ㄥ」左側豎畫相連
內	《嶽占》11 正貳	〈經〉50.21 〈十〉15.29	《睡乙》40 貳 《里》J1（7）1	〈問〉52.10 〈問〉100.11		「宀」的「丶」與「入」相連
之	《關簡》193 《里》J1（16）8 背	〈問〉45.17 〈合〉17.7	《青牘》正 2 《睡乙》23 壹	〈戰〉187.18 〈戰〉241.6		「之」的「ㄥ」、「⌐」、「一」連作「Z」

責	《睡甲》77 背	〈繫〉43.5 〈相〉73.31	《睡乙》122 《睡效》60	〈戰〉247.21 〈陰乙·文武〉13.27	「朿」連作「圭」
貴	《睡牘》11 號正	〈經〉34.20 〈經〉34.25	《嶽占》34 正壹 《關簡》146 貳	〈五〉93.19 〈遣一〉221.4	上半「人」形的兩道斜畫連作一橫
邑		〈戰〉22.8 〈陰乙·刑德〉22.8	《睡乙》93 壹 《睡律》116	〈戰〉146.7 〈氣〉5.108	「口」形左側豎畫與「卪」左側豎畫連接
鄉	《睡乙》75 貳 《睡甲》158 背	〈戰〉259.13 〈禁〉8.4	《嶽三十五質》13	〈出〉27.17 〈十〉35.25	乡
秦	《睡答》203 《睡封》78	〈戰〉3.5 〈星〉74.8	《睡雜》5 《睡甲》14 正	〈戰〉3.12 〈問〉94.5	「収」連筆作「廾」
首	《睡律》156	〈老甲〉4.11	《嶽郡》3	〈養〉116.8	「巛」寫作「止」後連筆成「Z」形

	〈明〉17.12	《嶽為》13 正貳	〈遣三〉66.2	
黑	《睡牘》11 正 1 〈十〉60.61	〈十〉42.42 《關簡》232	《睡乙》187 〈養〉67.9	〈方〉25.15	中間的「火」連筆作「土」形
大	《青牘》正 2 《青牘》正 3	〈木〉7.18 〈出〉24.50	《睡乙》15 《龍簡》156	〈陰甲·室〉7.25 〈胎〉4.29	上半的「ㅅ」部分連筆作「∠」或一橫
水	《放甲》19 壹 《睡封》89	〈方〉104.10 〈房〉41.10	《睡效》46 《關簡》342	〈氣〉10.95 〈問〉97.22	「水」中間筆畫或分開
渴		〈養〉217.8 〈談〉21.12		〈繆〉24.4 〈相〉69.12	「勹」的「×」與「凵」的右豎畫連接
不	《嶽為》18 正參 《里》J1（8）134 正	〈胎〉5.5 〈氣〉4.20	《嶽三十四質》22 正 《嶽占》40 正壹	〈戰〉7.28 〈戰〉17.27	「不」的「凵」右側筆畫與下半的斜畫（或豎畫）連接

字				說明
至	《里》J1（9）5正	〈氣〉2.104 〈二〉12.41	《睡雜》32 《關簡》190	〈陰甲・堪法〉13.20 〈五〉118.4	「至」上半「丫」拆作「ゝ」與「口」，「ゝ」連作一橫
繡		〈遣一〉252.5 〈遣三〉363.2	《睡律》110	〈老甲〉140.22 〈遣一〉268.4	「肅」內的部件連筆作豎畫
辛	《睡甲》113背 《關簡》26肆	〈春〉88.29 〈出〉11.20	《里》J1（9）1正	〈養〉125.21 〈戰〉10.17	「v」連作一橫

「吏」甲骨文作「𦥑」（《合》1672賓組）、「𦥑」（《合》26872出組），金文作「𦥑」（吏从壺）、「𦥑」（井侯方彝），秦簡作「吏」（《睡雜》29）、「吏」（《嶽占》32正貳），小篆作「吏」；而馬王堆簡帛作「吏」（〈戰〉236.16）、「吏」（〈氣〉3.95），其或將中間的豎畫與「又」連接，而作「吏」（〈氣〉5.71）、「吏」（〈星〉49.25），此現象亦見於秦簡，如「吏」（《睡牘》11背四）、「吏」（《睡為》9伍）。

「禮」秦簡作「禮」（《嶽為》5正壹）、「禮」（《里》J1（16）6正），小篆作「禮」；而馬王堆簡帛作「禮」（〈談〉3.11）、「禮」（〈周〉4.64），其或將「豆」的「凵」連筆作「ゝ」與「∠」組成，如「禮」（〈老甲〉158.5）、「禮」（〈五〉33.11）。

「社」秦簡作「社」（《睡乙》164），小篆作「社」；而馬王堆簡帛作「社」（〈戰〉235.12）、「社」（〈十〉42.16），其或將「土」的豎畫與末筆橫畫連接，作「社」（〈戰〉300.7）、「社」（〈九〉41.3）。

「禁」秦簡作「[圖]」（《睡律》117）、「[圖]」（《龍簡》82），小篆作「[圖]」；而馬王堆簡帛作「[圖]」（〈方〉460.6）、「[圖]」（〈出〉13.2），「木」上半本作兩筆的「V」連作一橫，作「[圖]」（〈經〉16.28）、「[圖]」（〈十〉47.48）。

「苦」秦簡作「[圖]」（《嶽為》4 正貳），小篆作「[圖]」；而馬王堆簡帛作「[圖]」（〈戰〉96.19）、「[圖]」（〈相〉71.5），其將「古」的「豎畫與「口」的左側豎畫連接，作「[圖]」（〈遣一〉28.2）、「[圖]」（〈二〉13.10）。

「蒲」秦簡作「[圖]」（《睡律》131），小篆作「[圖]」；而馬王堆簡帛作「[圖]」（〈氣〉6.193）、「[圖]」（〈氣〉6.198），其或將「甫」的「父」旁之「U」部件寫成一筆橫畫，作「[圖]」（〈相〉6.2）。

「薺」小篆作「[圖]」，馬王堆簡帛作「[圖]」（〈陰甲・殘〉7.7），其或將「齊」的「V」合作一橫，如「[圖]」（〈方〉25.8）。

「唾」小篆作「[圖]」，馬王堆簡帛作「[圖]」（〈方〉55.2）、「[圖]」（〈談〉43.31），其或將「巫」旁的「ΛΛ」部件省作「Λ」後連筆成一橫，作「[圖]」（〈問〉50.9）、「[圖]」（〈合〉7.7）。

「右」金文作「[圖]」（右作彝爵）、「[圖]」（利鼎），秦簡作「[圖]」（《睡封》35）、「[圖]」（《關簡》224），小篆作「[圖]」；而馬王堆簡帛作「[圖]」（〈老甲〉155.22）、「[圖]」（〈出〉25.18），其或將「又」分作二筆書寫的「⊃」部件合為一筆，作「[圖]」（〈禁〉3.3）、「[圖]」（〈遣一〉29.2）。

「走」甲骨文作「[圖]」（《合》17230 正賓組）、「[圖]」（《合》27939 何組），金文作「[圖]」（大盂鼎）、「[圖]」（虎簋蓋），秦簡作「[圖]」（《嶽三十四質》53 正）、「[圖]」（《里》J1（9）984 背）、「[圖]」（《放志》5）、「[圖]」（《睡甲》13 背），小篆作「[圖]」；而馬王堆簡帛作「[圖]」（〈經〉65.13）、「[圖]」（〈相〉8.2），下半的「止」連筆作「Z」形，如「[圖]」（〈相〉19.60）、「[圖]」（〈相〉52.32）。

「逮」秦簡作「[圖]」（《嶽三十四質》44 正）、「[圖]」（《關簡》17 伍），小篆作「[圖]」；而馬王堆簡帛作「[圖]」（〈相〉4.21）、「[圖]」（〈相〉4.25），其或將右旁下半的「氺」連筆作「丰」，如「[圖]」（〈相〉34.49）。

「後」甲骨文作「[圖]」（《合》118595 賓組）、「[圖]」（《英》1013 何組），金文作「[圖]」（作冊夨令簋）、「[圖]」（小臣單觶），秦簡作「[圖]」（《嶽三十四質》60 正），小篆作「[圖]」；而馬王堆簡帛作「[圖]」（〈陰甲・雜一〉5.2）、「[圖]」

（〈戰〉37.9），其或將「幺」連筆作「**𧗹**」（〈周〉73.70）、「**𧗹**」（〈二〉32.26），此亦可見於秦簡，如「**𧗹**」（《睡為》23 伍）、「**𧗹**」（《睡答》194）。

「具」甲骨文作「**𧗹**」（《花東》480 子組）、「**𧗹**」（《花東》92 子組），金文作「**𧗹**」（九年衛鼎）、「**𧗹**」（𥈏鼎），秦簡作「**𧗹**」（《睡乙》134）、「**𧗹**」（《里》J1（8）-775），小篆作「**𧗹**」；而馬王堆簡帛作「**具**」（〈九〉51.18）、「**𧗹**」（〈二〉6.74），其或將「目」內的橫畫連筆作豎畫，如「**𧗹**」（〈遣三〉85.5）、「**𧗹**」（〈遣三〉237.4）。

「為」甲骨文作「**𧗹**」（《合》2953 正賓組）、「**𧗹**」（《合》15180 賓組），金文作「**𧗹**」（引尊）、「**𧗹**」（六年琱生簋），秦簡作「**𧗹**」（《青牘》正 1）、「**𧗹**」（《青牘》正 2），小篆作「**𧗹**」；而馬王堆簡帛作「**養**」（〈養〉80.3）、「**𧗹**」（〈戰〉77.30），其或將「爫」與下半的筆畫連接作「**𧗹**」（〈繆〉2.69）、「**𧗹**」（〈繆〉65.64），此亦可見於秦簡，如「**𧗹**」（《放甲》13）、「**𧗹**」（《關簡》143 貳）。

「臣」甲骨文作「**𧗹**」（《合》217 賓組）、「**𧗹**」（《合》614 賓組），金文作「**𧗹**」（臣卿簋）、「**𧗹**」（楷伯簋），秦簡作「**𧗹**」（《睡為》46 貳）、「**𧗹**」（《睡律》156），小篆作「**臣**」；而馬王堆簡帛作「**𧗹**」（〈戰〉11.14）、「**𧗹**」（〈戰〉32.12），與小篆相同，亦或將上下兩短豎連接作「**𧗹**」（〈戰〉236.11）、「**𧗹**」（〈經〉55.37），此與秦簡相同。

「寸」秦簡作「**𧗹**」（《嶽簡》1252）、「**𧗹**」（《龍簡》14），小篆作「**彐**」；而馬王堆簡帛作「**𧗹**」（〈房〉36.2）、「**𧗹**」（〈遣一〉207.9），其將「又」的「ㄅ」合為一橫作「**𧗹**」（〈相〉4.24）、「**𧗹**」（〈相〉50.18），此與秦簡相同，如「**𧗹**」（《睡答》6）。

「列」秦簡作「**𧗹**」（《睡律》68）、「**𧗹**」（《睡律》68）、「**𧗹**」（《睡律》128），小篆作「**𧗹**」；而馬王堆簡帛作「**𧗹**」（〈九〉20.9），左上的「巛」形部件或連筆作「十」形，如「**𧗹**」（〈繆〉17.6）、「**𧗹**」（〈經〉49.37）。

「角」甲骨文作「**𧗹**」（《合》5495 賓組）、「**𧗹**」（《合》6057 正賓組），金文作「**𧗹**」（史牆盤）、「**𧗹**」（噩侯鼎），秦簡作「**𧗹**」（《睡封》35）、「**𧗹**」（《睡甲》55 正壹），小篆作「**𧗹**」；而馬王堆簡帛作「**𧗹**」（〈遣三〉235.1）、「**𧗹**」（〈周〉72.11），其或將內部的「仌」形連筆作「大」形，如「**𧗹**」（〈相〉25.24）、「**𧗹**」（〈遣一〉292.4）。

　　「左」甲骨文作「╳」（《合》248 正賓組）、「╳」（《合》923 正賓組），金文作「╳」（師袁簋），秦簡作「╳」（《睡雜》23）、「╳」（《睡甲》118 正），小篆作「╳」；而馬王堆簡帛作「╳」（〈老甲〉157.15）、「╳」（〈氣〉6.391），其或將上半偏旁的「ㄷ」連筆作一橫，如「╳」（〈經〉62.14）、「╳」（〈十〉1.28）。

　　「巫」甲骨文作「╳」（《合》5662 賓組）、「╳」（《合》30595 無名組），金文作「╳」（巫觶）、「╳」（齊巫姜簋），秦簡作「╳」（《睡乙》176）、「╳」（《睡甲》120 正），小篆作「巫」；而馬王堆簡帛作「╳」（〈明〉15.15）、「╳」（〈周〉82.27），其或將中間的「V」連筆作一橫，如「╳」（〈要〉17.67）、「╳」（〈要〉18.63）。

　　「食」甲骨文作「╳」（《合》1163 賓組）、「╳」（《合》11485 賓組），金文作「╳」（食仲走父盨），秦簡作「╳」（《睡甲》100 背）、「╳」（《嶽占》42 正壹），小篆作「食」；而馬王堆簡帛作「╳」（〈房〉43.30）、「╳」（〈戰〉189.33），左側的兩道豎畫連接作「╳」（〈問〉87.18）、「╳」（〈談〉2.4），此與秦簡相同，如「╳」（《睡律》78）、「╳」（《睡甲》45 背壹）。

　　「內」金文作「╳」（小子生尊）、「╳」（利鼎），秦簡作「╳」（《睡乙》40 貳）、「╳」（《里》J1（7）1），小篆作「內」；而馬王堆簡帛作「╳」（〈問〉52.10）、「╳」（〈問〉100.11），形體作「宀」旁內包「入」旁，如「╳」（〈經〉50.21），其或將「宀」的首筆豎點與「入」連接，作「╳」（〈十〉15.29），此或與秦簡相同，如「╳」（《嶽占》11 正貳）。

　　「之」甲骨文作「╳」（《合》13351 賓組）、「╳」（《花東》7 子組），金文作「╳」（五年琱生尊乙）、「╳」（毛公鼎），秦簡作「╳」（《青牘》正2）、「╳」（《睡乙》23 壹），小篆作「╳」；而馬王堆簡帛作「╳」（〈戰〉187.18）、「╳」（〈戰〉241.6），與秦簡、小篆相近，其或將第二、三、四筆連接作「╳」（〈問〉45.17）、「╳」（〈合〉17.7），此亦可見於秦簡，如「╳」（《關簡》193）、「╳」（《里》J1（16）8 背）。

　　「責」甲骨文作「╳」（《合》22214 子組）、「╳」（《合》22226 子組），金文作「╳」（兮甲盤）、「╳」（戎生編鐘），秦簡作「╳」（《睡乙》122）、「╳」（《睡效》60），小篆作「╳」；而馬王堆簡帛作「╳」（〈戰〉247.21）、「╳」（〈陰乙·文武〉13.27），上半的「朿」旁作三組「人」形上下相疊，又或將筆畫連接作

「圭」，如「[image]」（〈繫〉43.5）、「[image]」（〈相〉73.31，此亦見於秦簡，如「[image]」（《睡甲》77 背）。

「貴」秦簡作「[image]」（《嶽占》34 正壹）、「[image]」（《關簡》146 貳），小篆作「[image]」；而馬王堆簡帛作「[image]」（〈五〉93.19）、「[image]」（〈遣一〉221.4），其或將上半「臾」的「人」形部件連作一橫，如「[image]」（〈經〉34.20）、「[image]」（〈經〉34.25），此亦可見於秦簡，如「[image]」（《睡牘》11 號正）。

「邑」甲骨文作「[image]」（《合》799 賓組）、「[image]」（《合》7854 正賓組），金文作「[image]」（臣卿鼎）、「[image]」（師酉簋），秦簡作「[image]」（《睡乙》93 壹）、「[image]」（《睡律》116），小篆作「[image]」；而馬王堆簡帛作「[image]」（〈戰〉146.7）、「[image]」（〈氣〉5.108），其或改變筆順，將「口」形第一筆豎畫與「卩」的豎畫連接，作「[image]」（〈戰〉22.8）、「[image]」（〈陰乙‧刑德〉22.8）。

「鄉」秦簡作「[image]」（《嶽三十五質》13），小篆作「[image]」；而馬王堆簡帛作「[image]」（〈出〉27.17）、「[image]」（〈十〉35.25），其將左側「邑」的筆畫連接成「乡」作「[image]」（〈戰〉259.13）、「[image]」（〈禁〉8.4），此亦可見於秦簡，如「[image]」（《睡乙》75 貳）、「[image]」（《睡甲》158 背）。

「秦」甲骨文作「[image]」（《合》299 賓組）、「[image]」（《合》30340 無名組），金文作「[image]」（洹秦簋）、「[image]」（師酉簋），秦簡作「[image]」（《睡雜》5）、「[image]」（《睡甲》14 正），小篆作「[image]」；而馬王堆簡帛作「[image]」（〈戰〉3.12）、「[image]」（〈問〉94.5），或將其「収」的筆畫連接作一橫作「廾」，如「[image]」（〈戰〉3.5）、「[image]」（〈星〉74.8），此亦可見於秦簡之「[image]」（《睡答》203）、「[image]」（《睡封》78）。

「首」甲骨文作「[image]」（《合》6032 正賓組）、「[image]」（《英》1123 賓組），金文作「[image]」（令鼎）、「[image]」（大鼎），秦簡作「[image]」（《嶽郡》3）、「[image]」（《嶽為》13 正貳），小篆作「[image]」；而馬王堆簡帛作「[image]」（〈養〉116.8）、「[image]」（〈遣三〉66.2），其或將上半「止」形連筆作「[image]」（〈老甲〉4.11）、「[image]」（〈明〉17.12）、「[image]」（《睡律》156）。

「黑」甲骨文作「[image]」（《合》10187 賓組）、「[image]」（《合》29516 無名組），金文作「[image]」（鑄子弔黑匜簋），秦簡作「[image]」（《睡乙》187）、「[image]」（《關簡》232），小篆作「[image]」；而馬王堆簡帛作「[image]」（〈方〉25.15）、「[image]」（〈養〉67.9），其「火」旁或將筆畫連接成橫畫而作「[image]」（〈十〉42.42）、「[image]」（〈十〉60.61），此亦見於秦簡「[image]」（《睡牘》11 正 1）。

「大」甲骨文作「🧍」（《合》151 正賓組）、「🧍」（《合》5034 賓組），金文作「🧍」（大保鼎）、「🧍」（獻侯鼎），秦簡作「大」（《睡乙》15）、「🧍」（《龍簡》156），小篆作「大」；而馬王堆簡帛作「大」（〈陰甲・室〉7.25）、「大」（〈胎〉4.29），其或將上半的「人」形部件連接作「大」（〈木〉7.18），甚或作一橫如「大」（〈出〉24.50），前者形體則可見於秦簡「大」（《青牘》正 2）、「大」（《青牘》正 3）。

「水」甲骨文作「🌊」（《合》10157 賓組）、「🌊」（《合》33347 無名組），金文作「🌊」（沈子它簋蓋）、「🌊」（啟作且丁尊），秦簡作「水」（《放甲》19壹）、「水」（《睡封》89），小篆作「水」；而馬王堆簡帛作「水」（〈方〉104.10）、「水」（〈房〉41.10），其或將中間豎畫分割，作「水」（〈氣〉10.95）、「水」（〈問〉97.22），此亦見於秦簡「水」（《睡效》46）、「水」（《關簡》342）。

「渴」小篆作「渴」，馬王堆簡帛作「渴」（〈繆〉24.4）、「渴」（〈相〉69.12），其或將「×」的筆畫省略一筆後，與「凵」的右側豎畫連接，作「渴」（〈養〉217.8）、「渴」（〈談〉21.12）。

「不」甲骨文作「🌳」（《合》6834 正賓組）、「🌳」（《合》891 正賓組），金文作「不」（師虎簋）、「不」（多友鼎），秦簡作「不」（《嶽三十四質》22 正）、「不」（《嶽占》40 正壹），小篆作「不」；而馬王堆簡帛作「不」（〈戰〉7.28）、「不」（〈戰〉17.27），其將「凵」的右側筆畫與左下的斜畫連作「不」（〈胎〉5.5），或與中間豎畫連作「不」（〈氣〉4.20），此連接後的形體亦見於秦簡，如「不」（《嶽為》18 正參）、「不」（《里》J1（8）134 正）。

「至」甲骨文作「至」（《合》583 反賓組）、「至」（《合》36317 黃組），金文作「至」（令鼎）、「至」（兮甲盤），秦簡作「至」（《里》J1（9）5 正）、「至」（《睡雜》32）、「至」（《關簡》190），小篆作「至」；而馬王堆簡帛作「至」（〈陰甲・堪法〉13.20）、「至」（〈五〉118.4），其或將「丶丶」連作一橫作「至」（〈氣〉2.104）、「至」（〈二〉12.41）。

「繡」秦簡作「繡」（《睡律》110），小篆作「繡」；而馬王堆簡帛作「繡」（〈老甲〉140.22）、「繡」（〈遣一〉268.4），其將「肅」下半的「𠕁」內部筆畫連作豎畫，如「繡」（〈遣一〉252.5）、「繡」（〈遣三〉363.2）。

「辛」甲骨文作「辛」（《合》33710 歷組）、「辛」（《合》30564 何組），金文作「辛」（戈父辛鼎）、「辛」（史牆盤），秦簡作「辛」（《里》J1（9）1 正），

小篆作「　」；而馬王堆簡帛作「　」（〈養〉125.21）、「　」（〈戰〉10.17），其將「v」合為一橫，作「　」（〈春〉88.29）、「　」（〈出〉11.20），此可見於秦簡，如「　」（《睡甲》113 背）、「　」（《關簡》26 肆）。

二、筆畫的縮短與延長

筆畫的縮短與延長，則指筆畫的書寫路徑（長度）的長短變化。照理而言筆畫愈長則書寫時間愈長，反之則愈短，若抄寫時書手欲提高效率，則應節省書寫時間，如此筆畫的長短亦應有所調整。然筆畫長短的比較，非藉測量工具所測之數值作比較，而是以該筆畫與所在的文字之比例關係討論。

表（二－5）

	簡　省		增　繁		說　明
	秦　簡	馬王堆簡帛	秦　簡	馬王堆簡帛	
元		〈周〉44.3 〈周〉53.33		〈衷〉41.68 〈周〉60.14	「儿」的末筆拉長秦簡「元」作「　」（《睡編》1 壹）、「　」（《睡編》8 貳），下半「儿」無長短之別
祖		〈問〉48.8 〈周〉35.38		〈喪〉4.1	「示」中間的豎畫拉長秦簡「祖」作「　」（《睡甲》49 背貳）、「　」（《嶽為》70 正肆），「示」中間豎畫無長短之別
祠	《放志》5	〈方〉253.4 〈戰〉259.20	《放甲》13	〈陰乙·文武〉19.9 〈陰乙·上朔〉21.16	「司」的「刁」拉長

璧		〈春〉47.19 〈戰〉275.5		〈遣一〉293.3	「辛」的豎畫拉長
環	《睡答》102	〈星〉24.47 〈星〉25.1	《里》J1（9）9正	〈相〉55.46	「衣」下半的筆畫拉長
草		〈相〉16.13 〈相〉58.74		〈相〉15.69	「早」的豎畫拉長秦簡「草」作「草」（《睡甲》70背）、「草」（《嶽為》13正壹），下半豎畫無明顯長短變化
歸	《嶽二十七質》37正 《嶽牘》M36-44正	〈二〉10.22 〈稱〉3.12	《睡為》33貳 《里》J1（8）134正	〈出〉24.13 〈周〉86.4	「止」連筆作「Z」後往右延長

諱		〈周〉21.74 〈二〉4.20		〈春〉91.27 〈問〉44.14	「韋」下半的豎畫拉長
鞹		〈遣三〉231.5		〈遣一〉234.5 〈遣一〉235.6	「革」的中間豎畫拉長
雄		〈遣三〉72.1 〈遣三〉118.2		〈遣一〉75.2 〈牌三〉1.2	「隹」左側豎畫拉長
氣	《放甲》24貳	〈合〉27.3 〈合〉32.5	《嶽占》1正 《關簡》312	〈合〉10.1 〈談〉10.27	「气」的「乁」或縮短

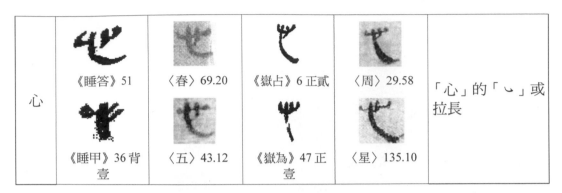

心	 《睡答》51 《睡甲》36 背壹	 〈春〉69.20 〈五〉43.12	 《嶽占》6 正貳 《嶽為》47 正壹	 〈周〉29.58 〈星〉135.10	「心」的「乚」或拉長

「元」甲骨文作「丆」（《合》19642 正賓組）、「亍」（《屯》1092 無名組），金文作「兀」（曶鼎）、「兀」（師虎簋），小篆作「兀」；而馬王堆簡帛作「元」（〈周〉44.3）、「元」（〈周〉53.33），其或將末筆延長作「元」（〈衷〉41.68）、「元」（〈周〉60.14）。

「祖」小篆作「祖」，馬王堆簡帛作「祖」（〈問〉48.8）、「祖」（〈周〉35.38），其或將「示」中間豎畫往下延伸作「祖」（〈喪〉4.1）。

「祠」秦簡作「祠」（《放志》5）、「祠」（《放甲》13），小篆作「祠」；而馬王堆簡帛作「祠」（〈方〉253.4）、「祠」（〈戰〉259.20），其或將「司」的「コ」延伸作「祠」（〈陰乙・文武〉19.9）、「祠」（〈陰乙・上朔〉21.16）。

「璧」甲骨文作「呼」（《花東》37 子組）、「呼」（《花東》108 子組），金文作「璧」（六年琱生簋），小篆作「璧」；而馬王堆簡帛作「璧」（〈春〉47.19）、「璧」（〈戰〉275.5），其或將「辛」的中間豎畫延伸作「璧」（〈遣一〉293.3）。

「環」金文作「環」（師遽方彝）、「環」（毛公鼎），秦簡作「環」（《睡答》102），小篆作「環」；而馬王堆簡帛作「環」（〈星〉24.47）、「環」（〈星〉25.1），其或將「衣」的「乚」部件延長作「環」（〈相〉55.46），秦簡亦有類似現象，如「環」（《里》J1（9）9 正）。

「草」小篆作「草」，馬王堆簡帛作「草」（〈相〉16.13）、「草」（〈相〉58.74），其或將末筆豎畫延長作「草」（〈相〉15.69）。

「歸」甲骨文作「歸」（《合》722 正賓組）、「歸」（《合》21659 子組），金文作「歸」（令鼎）、「歸」（貉子卣），秦簡作「歸」（《嶽二十七質》37 正）、「歸」（《嶽牘》M36-44 正），小篆作「歸」；而馬王堆簡帛作「歸」（〈二〉10.22）、「歸」（〈稱〉3.12），其將左下「止」旁連筆作「乙」形後往右延伸作「歸」（〈出〉24.13）、「歸」（〈周〉86.4），此現象亦可見於秦簡，如「歸」（《睡為》33 貳）、「歸」（《里》J1（8）134 正）。

「諱」金文作「」（展敖簋蓋），小篆作「」；而馬王堆簡帛作「」（〈周〉21.74）、「」（〈二〉4.20），其將「韋」末筆豎畫延長作「」（〈春〉91.27）、「」（〈問〉44.14）。

「鞞」小篆作「」，馬王堆簡帛作「」（〈遣三〉231.5），其或將「革」末筆豎畫延長作「」（〈遣一〉234.5）、「」（〈遣一〉235.6）。

「雉」小篆作「」，馬王堆簡帛作「」（〈遣三〉72.1）、「」（〈遣三〉118.2），其或將「隹」左側豎畫延長作「」（〈遣一〉75.2）、「」（〈牌三〉1.2）。

「氣」秦簡作「」（《嶽占》1 正）、「」（《關簡》312），小篆作「」；而馬王堆簡帛作「」（〈合〉10.1）、「」（〈談〉10.27），其或將「气」的「乁」縮短作「」（〈合〉27.3）、「」（〈合〉32.5），此亦可見於秦簡，如「」（《放甲》24 貳）。

「心」甲骨文作「」（《合》6928 正賓組）、「」（《合》7182 賓組），金文作「」（師望鼎）、「」（史牆盤），秦簡作「」（《睡答》51）、「」（《睡甲》36 背壹），小篆作「」；而馬王堆簡帛作「」（〈春〉69.20）、「」（〈五〉43.12），其或將「乚」筆畫延伸作「」（〈周〉29.58）、「」（〈星〉135.10），此亦見於秦簡，如「」（《嶽占》6 正貳）、「」（《嶽為》47 正壹）。

三、筆畫的平直與彎曲

筆畫的平直與彎曲，係針對筆畫書寫方向是否轉變而論，一般而言直線距離最短，因此雖起筆與收筆皆為相同的端點，但書寫路徑發生轉變，也直接影響書寫的長度，而書寫長度對於書寫所需時間、書寫效率亦有影響，此與前一小節所論「筆畫的縮短與延長」有相同概念。

筆畫線條的直曲方圓對書寫的影響，究竟屬簡省抑或增繁，須視情況而論。如裘錫圭〈殷周古文字中的正體和俗體〉指出西周金文「宀」的兩種寫法，其中屬正體的應為「宀」，較為草率的寫法則為「宀」[註21]；若就實際書寫觀之，當書寫至方折處時，通常書寫速度會稍減，轉向後再回復原先書寫速度，但將方折改作圓轉後，書寫時可不必調整速度，甚而可加快書寫速

〔註21〕裘錫圭：〈殷周古文字中的正體和俗體〉，《裘錫圭學術文集》（上海：復旦大學出版社，2012 年），第三卷，頁 400。

度〔註22〕，由此可知裘錫圭以「冂」為「冃」草率寫法之由。

　　然秦篆演變至隸書的過程，常有「平直化」或「改曲為直」之說〔註23〕，但不能就此認為秦篆為草率寫法而隸書是工整寫法，如此便與文字發展情況不符。篆書轉變為隸書的「平直化」，因商周古文字乃至秦篆，多保有「隨體詰詘」的特徵，故而文字線條保有圓轉迂迴，但隸書將此改作平直的筆畫線條，大抵為簡省書寫筆畫線條的過程；加之簡牘有纖維，絲帛有經緯織線，在書寫時會造成一定阻力，故而將筆畫線條改作平直，目的或為降低書寫材料對書寫的阻礙。是而可知筆畫線條的平直或彎曲，須視情況方能判斷其為書寫過程的簡省或增繁。

表（二-6）

	簡　省		增　繁		說　明
	秦　簡	馬王堆簡帛	秦　簡	馬王堆簡帛	
元		〈周〉90.45　　〈星〉122.28		〈星〉90.8　　〈星〉129.27	秦簡「元」作「元」（《睡編》1 壹）、「元」（《睡編》8 貳），下半「儿」未作彎曲
上	《嶽郡》4　　《嶽占》8 正貳	〈星〉43.2　　〈相〉34.65	《睡語》12　　《睡甲》30 正貳	〈合〉8.11　　〈合〉19.22	
下	《睡封》76	〈春〉82.5	《睡答》152	〈足〉27.12	

〔註22〕 此現象亦可徵於楷書、草書，當字形出現較大的轉折，如「口」部字的「口」右上轉折，楷書維持方折而草書則或寫作圓轉，如「因」的草書作「囙」、「囙」，「國」的草書作「囯」、「囝」。〔清〕石梁集：《草字彙》（上海：上海書店出版社，2021 年），頁 96～97。

〔註23〕 裘錫圭：《文字學概要》，頁 102。臧克和主編，朱葆華著：《中國文字發展史・秦漢文字卷》（上海：華東師範大學出版社，2014 年），頁 90。

	 《嶽為》31 正貳	 〈戰〉218.30	 《睡甲》32 背貳	 〈方〉105.7	
祀	 《睡甲》10 正貳	 〈陰甲・堪法〉 2.4 〈陰甲・堪法〉 5.6	 《睡甲》6 正貳 《睡乙》40 貳	 〈陰甲・堪法〉 6.11 〈周〉62.45	
環		 〈星〉24.47 〈相〉55.46		 〈春〉16.23 〈稱〉7.52	秦簡「環」作 「」（《睡 答》102）、 「」（《里》 J1（9）9 正）， 「衣」下半筆 畫皆作彎曲
壯		 〈方〉330.8 〈養〉206.30		 〈周〉33.3 〈談〉15.21	秦簡「壯」作 「」（《睡 律》190）、 「」（《睡 封》60），「爿」 右側豎畫未 作彎曲
茶		 〈養〉113.17 〈房〉9.8		 〈方〉284.17 〈力〉360.15	
折		 〈周〉69.77 〈星〉57.5		 〈周〉41.53 〈二〉9.29	秦簡「折」作 「」（《放 甲》24 壹）、 「」（《睡 答》75），「斤」 筆畫皆未多 作彎曲

八	《睡乙》25 貳	〈衷〉21.62	《睡效》3	〈方〉8.15	
	《里》J1（16）8 正	〈繆〉62.29	《嶽二十七質》2 正參	〈合〉18.7	
分		〈氣〉2.23		〈九〉49.24	秦簡「分」作「少」（《睡效》7）、「少」（《睡答》67），「刀」筆畫皆未多作彎曲
		〈星〉73.14		〈九〉50.31	
含		〈周〉9.61		〈陰甲·術〉3.29	
		〈衷〉39.19		〈陰甲·術〉5.3	
止	《睡語》5	〈經〉77.6	《睡答》1	〈方〉32.14	乚一丨
	《睡甲》64 背貳	〈相〉58.12	《嶽為》40 正貳	〈養〉4.6	
登		〈周〉55.48		〈周〉52.19	秦簡「登」作「登」（《睡甲》12 正貳）、「登」（《嶽占》6 正壹），「癶」筆畫皆作彎曲
		〈周〉75.69		〈相〉54.52	

通		〈問〉21.19 〈談〉40.8		〈戰〉36.33 〈二〉17.60	秦簡「通」作「𨖅」(《睡答》181)、「𨖅」(《睡封》69),「甬」中間筆畫皆作彎曲
徒		〈刑甲〉91.3 〈陰乙‧天一〉26.11		〈刑乙〉8.3 〈刑乙〉2.5	
句	《睡甲》129 正	〈衰〉1.17 〈老乙〉1.70	《嶽為》60 正肆	〈戰〉48.27 〈談〉55.15	
千	《睡封》15 《睡律》164	〈稱〉25.4 〈相〉5.54	《青牘》正 2 《睡效》23	〈牌三〉30.3 〈牌三〉33.3	
孰	《關簡》319	〈十〉46.52 〈相〉21.60	《睡甲》54 背壹 《關簡》375	〈胎〉15.5 〈戰〉219.11	
目	《睡乙》240	〈足〉2.13	《放甲》30	〈周〉84.37	

	《睡封》88	〈五〉163.26	《睡語》11	〈相〉51.57	
羽		〈周〉87.15 〈相〉17.2		〈方〉54.17 〈五〉57.9	秦簡「羽」作「羽」（《睡為》26 參）、「羽」（《睡甲》28 背壹），「羽」筆畫作彎曲
胃		〈衷〉19.22 〈經〉77.19		〈五〉38.25 〈德〉12.3	秦簡「胃」作「胃」（《嶽占》23 正壹）、「胃」（《嶽為》40 正參），「肉」偏旁筆畫作彎曲
笥	《嶽占》35 正	〈遣三〉130.4 〈牌三〉25.2	《里》J1（9）2318	〈牌三〉1.3 〈牌三〉5.4	「竹」的「∩」分作「⌒」、「⌐」，或將「⌒」作「／」而「⌐」作「＼」
于	《睡效》53 《睡答》129	〈周〉77.52 〈二〉7.8	《龍簡》136	〈周〉2.69 〈周〉39.61	
即	《睡語》6 《睡答》153	〈養〉79.18 〈相〉50.21	《嶽簡》825 《里》J1（9）984 背	〈養〉12.4 〈射〉12.2	

氣	《放甲》24 貳	〈合〉10.1	《睡律》22	〈問〉35.20	
	《里》J1（8）157 背	〈相〉44.20	《睡效》29	〈問〉〈合〉8.5	
家		〈戰〉286.12		〈繆〉22.52	秦簡「家」作「家」（《睡為》23 貳）、「家」（《嶽為》39 正參），「豕」偏旁筆畫未作彎曲
		〈二〉23.3		〈十〉47.61	
布	《睡律》65	〈遣一〉144.6	《睡答》23	〈養〉48.26	
		〈遣一〉149.5	《關簡》311	〈戰〉229.17	
偃		〈相〉16.33		〈木〉31.4	
		〈相〉58.52		〈木〉41.4	
咎		〈陰甲・祭一〉A17L.18		〈周〉70.12	秦簡「咎」作「咎」（《睡乙》205）、「咎」（《睡甲》4 背貳），「人」偏旁未作彎曲
		〈問〉33.7		〈經〉46.2	

北		〈氣〉5.65 〈刑乙〉91.12		〈星〉61.46 〈刑乙〉70.6	秦簡「北」作「北」（《睡乙》176）、「北」（《睡甲》138背），筆畫線條多為彎曲
后		〈要〉11.60 〈十〉35.7		〈戰〉191.3 〈九〉44.5	
司	《睡雜》10 《睡答》117	〈星〉13.14 〈刑乙〉82.6	《睡乙》146 《關簡》365	〈戰〉119.21 〈老甲〉81.7	
心	《睡牘》6背4	〈十〉29.8 〈遣一〉52.5	《睡語》9 《睡答》51	〈五〉48.7 〈問〉19.12	

「元」甲骨文作「𠄞」（《合》19642 正賓組）、「𠄞」（《屯》1092 無名組），金文作「元」（訇鼎）、「元」（師虎簋），小篆作「元」；而馬王堆簡帛作「元」（〈星〉90.8）、「元」（〈星〉129.27），其或將末筆省去繞曲作「元」（〈周〉90.45）、「元」（〈星〉122.28）。

「上」甲骨文作「二」（《合》6819 賓組）、「二」（《合》10166 賓組），金文作「上」（天亡簋）、「上」（班簋），秦簡作「上」（《睡語》12）、「上」（《睡甲》30 正貳），小篆作「上」〔註24〕；而馬王堆簡帛作「上」（〈合〉8.11）、

〔註24〕段玉裁以「二」為「上」古文，「上」為篆文；但大徐本以「上」為古文，「上」為

「■」（〈合〉19.22），與小篆相近，其或將中間筆畫省去繞曲作「■」（〈星〉43.2）、「■」（〈相〉34.65），此亦見於秦簡，如「■」（《嶽郡》4）、「■」（《嶽占》8 正貳）。

「下」甲骨文作「■」（《合》1166 甲賓組）、「■」（《合》32615 歷組），金文作「■」（九年衛鼎）、「■」（長囟盉），秦簡作「■」（《睡答》152）、「■」（《睡甲》32 背貳），小篆作「■」[註25]；而馬王堆簡帛作「■」（〈足〉27.12）、「■」（〈方〉105.7），與小篆相近，其或將中間豎畫省去轉折作「■」（〈春〉82.5）、「■」（〈戰〉218.30），此亦見於秦簡，如「■」（《睡封》76）、「■」（《嶽為》31 正貳）。

「祀」甲骨文作「■」（《合》9185 賓組）、「■」（《合》15493 賓組），金文作「■」（大盂鼎）、「■」（保尊），秦簡作「■」（《睡甲》6 正貳）、「■」（《睡乙》40 貳），小篆作「■」；而馬王堆簡帛作「■」（〈陰甲·堪法〉6.11）、「■」（〈周〉62.45），其或將「巳」左側筆畫拉直作「■」（〈陰甲·堪法〉2.4）、「■」（〈陰甲·堪法〉5.6），此亦見於秦簡，如「■」（《睡甲》10 正貳）。

「環」金文作「■」（師遽方彝）、「■」（毛公鼎），小篆作「■」；而馬王堆簡帛作「■」（〈春〉16.23）、「■」（〈稱〉7.52），其或將「衣」的「乚」拉直作「■」（〈星〉24.47）、「■」（〈相〉55.46）。

「壯」小篆作「■」，馬王堆簡帛作「■」（〈方〉330.8）、「■」（〈養〉206.30），其或將「爿」右側豎畫增添轉折作「■」（〈周〉33.3）、「■」（〈談〉15.21）。

「茉」小篆作「■」，馬王堆簡帛作「■」（〈方〉284.17）、「■」（〈方〉360.15），其或將「朱」旁上半「乚」形筆畫拉平作「■」（〈養〉113.17）、「■」（〈房〉9.8）。

「折」甲骨文作「■」（《合》7924 賓組）、「■」（《合》7923 賓組），金文

篆文。本文以大徐本之說，以「上」為「上」的小篆。〔漢〕許慎撰，〔宋〕徐鉉校定：《說文解字》（北京：中華書局，2013 年），頁 1。

〔註25〕段玉裁以「二」為「下」古文，「丅」為篆文；但大徐本以「丅」為古文，「下」為篆文。本文以大徐本之說，以「下」為「下」的小篆。〔漢〕許慎撰，〔宋〕徐鉉校定：《說文解字》，頁 1。

作「㪿」（師同鼎）、「㪿」（多友鼎），小篆作「㪿」；而馬王堆簡帛作「㪿」（〈周〉41.53）、「㪿」（〈二〉9.29），其或將「斤」的首筆減少轉折作「㪿」（〈周〉69.77）、「㪿」（〈星〉57.5）。

「八」甲骨文作「㇏」（《合》14681 賓組）、「八」（《合》37940 黃組），金文作「八」（柞伯簋）、「八」（小克鼎），秦簡作「八」（《睡效》3）、「八」（《嶽二十七質》2 正參），小篆作「八」；而馬王堆簡帛作「八」（〈方〉8.15）、「八」（〈合〉18.7），其或將兩筆斜畫省去轉折作「八」（〈衷〉21.62）、「八」（〈繆〉62.29），此亦可見於秦簡，如「八」（《睡乙》25 貳）、「八」（《里》J1（16）8 正）。

「分」甲骨文作「㊀」（《合》11398 賓組）、「㊀」（《花東》372 子組），金文作「㊀」（己侯貉子簋蓋）、「㊀」（融攸比鼎），小篆作「㊀」；而馬王堆簡帛作「㊀」（〈九〉49.24）、「㊀」（〈九〉50.31），其或將「刀」的首筆省去轉折作「分」（〈氣〉2.23）、「分」（〈星〉73.14）。

「含」小篆作「含」，馬王堆簡帛作「含」（〈周〉9.61）、「含」（〈衷〉39.19），其或將上半「人」形的第二筆增添轉折作「含」（〈陰甲·術〉3.29）、「含」（〈陰甲·術〉5.3）。

「止」甲骨文作「㊀」（《合》13713 賓組）、「㊀」（《合》33193 歷組），金文作「㊀」（五年琱生簋）、「㊀」（蔡簋），秦簡作「㊀」（《睡答》1）、「㊀」（《嶽為》40 正貳），小篆作「㊀」；而馬王堆簡帛作「㊀」（〈方〉32.14）、「㊀」（〈養〉4.6），其或將第二筆「㇆」改成斜畫作「止」（〈經〉77.6）、「止」（〈相〉58.12），此亦可見於秦簡「㊀」（《睡語》5）、「止」（《睡甲》64 背貳）。

「登」甲骨文作「㊀」（《合》205 賓組）、「㊀」（《合》8564 賓組），金文作「㊀」（登鼎）、「㊀」（散氏盤），小篆作「登」；而馬王堆簡帛作「登」（〈周〉52.19）、「登」（〈相〉54.52），其或將「癶」的「㇆」、「㇄」筆畫拉直作「登」（〈周〉55.48）、「登」（〈周〉75.69）。

「通」甲骨文作「㊀」（《合》20523 自歷間）、「㊀」（《花東》441 子組），金文作「㊀」（九年衛鼎）、「㊀」（頌簋蓋），小篆作「通」；而馬王堆簡帛作「通」（〈戰〉36.33）、「通」（〈二〉17.60），其或將「甬」中間筆畫拉直作「通」（〈問〉21.19）、「通」（〈談〉40.8）。

　　「徙」小篆作「㣦」，馬王堆簡帛作「㣦」（〈刑乙〉8.3）、「㣦」（〈刑乙〉2.5），其或將「彳」末筆拉直作「㣦」（〈刑甲〉91.3）、「㣦」（〈陰乙·天一〉26.11）。

　　「句」秦簡作「㘕」（《嶽為》60 正肆），小篆作「㘕」；而馬王堆簡帛作「㘕」（〈戰〉48.27）、「㘕」（〈談〉55.15），其或將右側筆畫拉直作「㘕」（〈衷〉1.17）、「㘕」（〈老乙〉1.70），此亦可見於秦簡，如「㘕」（《睡甲》129 正）。

　　「千」甲骨文作「㘕」（《合》7330 賓組）、「㘕」（《合》32008 歷組），金文作「㘕」（大盂鼎）、「㘕」（散氏盤），秦簡作「㘕」（《青牘》正 2）、「千」（《睡效》23），小篆作「千」；而馬王堆簡帛作「子」（〈牌三〉30.3）、「子」（〈牌三〉33.3），其中間筆畫或拉直作「千」（〈稱〉25.4）、「千」（〈相〉5.54），此亦可見於秦簡「千」（《睡封》15）、「千」（《睡律》164）。

　　「孰」甲骨文作「㘕」（《合》17936 賓組）、「㘕」（《合》30284 無名組），金文作「㘕」（伯致簋），秦簡作「㘕」（《睡甲》54 背壹）、「㘕」（《關簡》375），小篆作「㘕」；而馬王堆簡帛作「㘕」（〈胎〉15.5）、「㘕」（〈戰〉219.11），其「丮」旁的右側繞曲筆畫或拉成豎畫作「㘕」（〈十〉46.52）、「㘕」（〈相〉21.60），此亦可見於秦簡，如「㘕」（《關簡》319）。

　　「目」甲骨文作「㘕」（《合》13627 賓組）、「㘕」（《合》6194 賓組），金文作「㘕」（目爵）、「㘕」（龸目父癸爵），秦簡作「㘕」（《放甲》30）、「㘕」（《睡語》11），小篆作「目」；而馬王堆簡帛作「目」（〈周〉84.37）、「目」（〈相〉51.57），外框應由「乚」、「乛」組成，其或將「乚」改作豎畫，「乛」改作「冖」，如「㘕」（〈足〉2.13）、「㘕」（〈五〉163.26），此亦見於秦簡，即「㘕」（《睡乙》240）、「㘕」（《睡封》88）。

　　「羽」小篆作「羽」；而馬王堆簡帛作「羽」（〈方〉54.17）、「羽」（〈五〉57.9），其或將「冖」筆畫減少轉折作「羽」（〈周〉87.15）、「羽」（〈相〉17.2）。

　　「胃」小篆作「㘕」，馬王堆簡帛作「㘕」（〈五〉38.25）、「㘕」（〈德〉12.3），其將「肉」的第二筆減少轉折作「胃」（〈衷〉19.22）、「胃」（〈經〉77.19）。

　　「笥」秦簡作「㘕」（《里》J1（9）2318），小篆作「笥」；而馬王堆簡帛作「㘕」（〈牌三〉1.3）、「㘕」（〈牌三〉5.4），其「竹」旁的「∩」改成「ㅅ」作「㘕」（〈遣三〉130.4）、「㘕」（〈牌三〉25.2），此亦見於秦簡，如「㘕」（《嶽占》35 正）。

「于」甲骨文作「干」（《合》18866 賓組）、「于」（《合》36792 黃組），金文作「于」（令鼎）、「于」（大簋），秦簡作「于」（《睡效》53）、「于」（《睡答》129），小篆作「亏」；而馬王堆簡帛作「于」（〈周〉77.52）、「于」（〈二〉7.8），其或將末筆增添繞曲作「丂」（〈周〉2.69）、「丂」（〈周〉39.61），此亦見於秦簡，如「于」（《龍簡》136）。

「即」甲骨文作「即」（《合》4318 賓組）、「即」（《合》34162 歷組），金文作「即」（大盂鼎）、「即」（申簋蓋），秦簡作「即」（《嶽簡》825）、「即」（《里》J1（9）984 背），小篆作「即」；而馬王堆簡帛作「即」（〈養〉12.4）、「即」（〈射〉12.2），其或將右半「卩」旁的末筆省去轉折成豎畫，作「即」（〈養〉79.18）、「即」（〈相〉50.21），此亦見於秦簡，如「即」（《睡語》6）、「即」（《睡答》153）。

「氣」秦簡作「氣」（《放甲》24 貳）、「氣」（《里》J1（8）157 背），小篆作「氣」；而馬王堆簡帛作「氣」（〈合〉10.1）、「氣」（〈相〉44.20），其或將「气」的「乀」末筆增添轉折作「氣」（〈問〉35.20）、「氣」（〈合〉8.5），此亦見於秦簡，如「氣」（《睡律》22）、「氣」（《睡效》29）。

「家」甲骨文作「家」（《合》13586 賓組）、「家」（《屯》2672 午組），金文作「家」（辛鼎）、「家」（頌鼎），小篆作「家」；而馬王堆簡帛作「家」（〈繆〉22.52）、「家」（〈十〉47.61），其或將「豕」中間「丿」筆畫拉直作「家」（〈戰〉286.12）、「家」（〈二〉23.3）。

「布」金文作「布」（作冊睘卣）、「布」（作冊睘尊），秦簡作「布」（《睡答》23）、「布」（《關簡》311），小篆作「布」；而馬王堆簡帛作「布」（〈養〉48.26）、「布」（〈戰〉229.17），其或將上半「父」的「乚」筆畫拉平作「布」（〈遣一〉144.6）、「布」（〈遣一〉149.5），此亦見於秦簡，如「布」（《睡律》65）。

「偃」金文作「偃」（噩侯鼎），小篆作「偃」；而馬王堆簡帛作「偃」（〈木〉31.4）、「偃」（〈木〉41.4），其或將「女」的兩道轉折筆畫拉直作「偃」（〈相〉16.33）、「偃」（〈相〉58.52）。

「咎」甲骨文作「咎」（《合》10049 正賓組）、「咎」（《合》4421 賓組），小篆作「咎」；而馬王堆簡帛作「咎」（〈周〉70.12）、「咎」（〈經〉46.2），其或將「人」旁筆畫拉直作「咎」（〈陰甲·祭一〉A17L.18）、「咎」（〈問〉33.7）。

「北」甲骨文作「北」（《合》9749 賓組）、「北」（《合》6625 賓組），金文

作「![圖]」（北子作彝尊）、「![圖]」（走馬休盤），小篆作「![圖]」；而馬王堆簡帛作「![圖]」（〈星〉61.46）、「![圖]」（〈刑乙〉70.6），其或將中間的「丿」、「乚」拉直作「![圖]」（〈氣〉5.65）、「![圖]」（〈刑乙〉91.12）。

「后」小篆作「![圖]」，馬王堆簡帛作「![圖]」（〈要〉11.60）、「![圖]」（〈十〉35.7），其或將「厂」筆畫的豎畫部分增添轉折作「![圖]」（〈戰〉191.3）、「![圖]」（〈九〉44.5）。

「司」甲骨文作「![圖]」（《合》32795 歷組）、「![圖]」（《合》37870 黃組），金文作「![圖]」（商尊）、「![圖]」（毛公鼎），秦簡作「![圖]」（《睡雜》10）、「![圖]」（《睡答》117），小篆作「![圖]」；而馬王堆簡帛作「![圖]」（〈星〉13.14）、「![圖]」（〈刑乙〉82.6），其或將「乛」筆畫末端增添轉折作「![圖]」（〈戰〉119.21）、「![圖]」（〈老甲〉81.7），此亦見於秦簡作「![圖]」（《睡乙》146）、「![圖]」（《關簡》365）。

「心」甲骨文作「![圖]」（《合》6928 正賓組）、「![圖]」（《合》7182 賓組），金文作「![圖]」（師望鼎）、「![圖]」（史牆盤），秦簡作「![圖]」（《睡語》9）、「![圖]」（《睡答》51），小篆作「![圖]」；而馬王堆簡帛作「![圖]」（〈五〉48.7）、「![圖]」（〈問〉19.12），其或將「乚」筆畫拉直作「![圖]」（〈十〉29.8）、「![圖]」（〈遣一〉52.5），此亦可見於秦簡，如「![圖]」（《睡牘》6 背 4）。

總上分析，筆畫的分裂與合併、筆畫的縮短與延長、筆畫的平直與彎曲三者皆會影響文字形體的繁簡情況。筆畫的分裂與合併中，絕大多數皆與筆畫連接有關，而筆畫的連接乍看可能使筆畫書寫路徑增長，但與單純拉長筆畫的區別，在於筆畫連接可減少書寫的動作，即筆畫連接前須將兩個（或以上）的筆畫各自作起筆、收筆的動作，筆畫連接成一筆後，只需作一次的起筆與收筆動作，節省書寫的動作或可節約書寫時間，以此提高書寫效率。筆畫連接的條件，在筆順上須為前後筆關係，除「逮」的下半「氺」連筆作「丰」、「臣」的兩道短豎畫連作一豎、「食」的「口」與「丨」左側豎畫相連、「內」將「宀」的首筆豎點與「入」連接、「邑」改變筆順將「口」形首筆豎畫與「丨」的豎畫連接、「秦」上半的「収」的筆畫連接作一橫作「廾」等 6 例，連筆情況在筆順上非前後筆畫關係外，其餘 31 例皆為前後筆畫關係而產生連筆現象。至於「逮」、「臣」、「食」、「內」、「邑」、「秦」的連筆，多為筆畫相同或相似的筆畫，且在位置上十分相近，雖非前後筆關係，但書寫時改變筆順，使其筆畫連接。例如「逮」的「氺」，四點畫可視作上下兩組「丷」，而「丷」常連作一橫；「臣」

內部上下皆為兩短豎，且兩道豎畫位置處在彼此的正上方或正下方，故而改變筆順使之連接作一豎，類似情況亦見於「食」、「邑」的連筆；「內」的首筆為豎點，「入」的首筆為斜畫，二者因筆畫書寫方向相近，故而改變筆順連接；「秦」的「収」偏旁，本為「ナ」與「又」組成，二字形體本為左右對稱關係，是而書寫者或將「収」偏旁中，本應分開書寫的「C」與「ↄ」，改變筆順後連接作橫畫。然相較筆畫的連接，筆畫的分裂僅一例，即「水」中間的豎畫或分割作兩筆，但此形體在後世文字少見，於馬王堆簡帛中，136 例「水」字約有 40 例作此形，其餘三分之二以上形體皆以一筆書寫中間豎畫。

　　筆畫的縮短與延長中，刻意拉長的筆畫多為該字或該偏旁的末筆，且多為豎畫或斜畫，如「元」的「乚」、「璧」的「辛」末筆豎畫、「草」的末筆豎畫、「歸」左下的「止」、「諱」的末筆豎畫、「鞞」的「革」末筆豎畫；其餘非末筆的延長筆畫，亦多為豎畫或斜畫，如「祖」的「示」中間豎畫、「祠」的「丁」、「環」下半的「レ」部件、「雑」的「隹」左側豎畫。因簡帛於書寫時，字的左右寬度多有限制，而上下長度可隨書寫者習慣自由調整，此或為筆畫的延長多出現在上下走向筆畫的原因。至於末筆為豎畫的延長不僅見於秦簡、馬王堆簡帛，亦見於其他西漢石碑，如《五鳳二年刻石》、《麃孝禹碑》：

圖（二－1）　《五鳳二年刻石》　　　圖（二－2）　《麃孝禹碑》
〔註 26〕　　　　　　　　　　　　　　　〔註 27〕

〔註 26〕該碑刻於西漢五鳳二年（西元前 56 年），現藏於山東省曲阜市漢魏碑刻陳列館。本文引用「北京故宮博物院」網站之清初拓本，網址：
https://www.dpm.org.cn/collection/impres/231851.html（2023 年 7 月 29 日上網）。

〔註 27〕該碑刻於西漢河平三年（西元前 26 年），現藏於山東博物館。本文引用「文物山東」網站圖片，網址：http://www.wwsdw.net/#/collect/detail?id=3700000201862128A091105093257515（2023 年 7 月 29 日上網）。

由圖（二－1）第二行第四字的「年」、圖（二－2）第一行第四字的「年」可知，其末筆豎畫皆往下延長；此現象更延續至後世行書、草書手帖，如下二圖：

 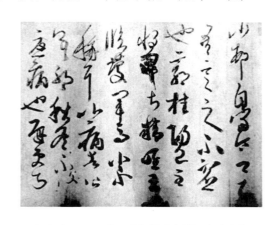

圖（二－3）　王獻之〈地黃湯　　　圖（二－4）　節錄王薈〈翁尊
　　　　　　帖〉〔註28〕　　　　　　　　　　體帖〉〔註29〕

圖（二－3）的末兩行的第三字「何」、末行首字「解」及圖（二－4）首行第二字「邶」、第六行第二字「耳」的豎畫皆有拉長現象。

　　筆畫的長短或與書寫者營造書法的藝術技巧有關，不僅為長短對比，也與書寫速度或節奏的變化有關，可產生輕重緩急的對比效果，同時在單字所佔的空間上，也形成大小的對比。然而筆畫的縮短與延長的字例中，惟「氣」的「气」將其末筆的「乀」縮短，與其餘情況不同。細審該字書寫的過程，應為「气」的「乀」寫完後再寫「米」旁，若考慮筆鋒運行的路徑長度，比較未縮短與縮短「乀」筆畫的兩種寫法在寫完「乀」筆畫後，筆鋒至「米」的第一筆位置的距離，便可發現縮短「乀」筆畫的寫法，其筆鋒運行的路徑長度較短，因此「氣」的筆畫縮短，應屬簡省書寫過程。此形體亦見於後世草書，如「𪌍」〔註30〕、「𪌍」〔註31〕。

　　如前所述，筆畫的平直與彎曲與古文字之「隨體詰詘」的特徵有關。金文、秦篆文字線條多圓轉迂迴，而隸書將其改作平直的筆畫線條，除因其可簡省

〔註28〕〔晉〕王獻之，〔民國〕孫寶文編：《王獻之墨蹟選》（上海：上海辭書出版社，2011年），頁6～7。

〔註29〕〔晉〕王薈、王羲之、王徽之、王獻之、〔南朝齊〕王僧虔、王慈、王志，〔唐〕弘文館摹，〔民國〕孫寶文編：《萬歲通天帖》（上海：上海辭書出版社，2010年），頁7～8。

〔註30〕〔清〕石梁集：《草字彙》，頁311。

〔註31〕〔清〕石梁集：《草字彙》，頁311。

筆畫線條的長度外，也與書寫時筆毛對抗簡牘纖維、絲帛經緯織線所造成的阻力，故而將筆畫線條改作平直，降低書寫材料對書寫的阻礙有關；甚至減少筆畫線條的彎曲，盡量改作平直，可使文字形體趨於方正，有助於掌握行款排版的整齊、空間的利用。

漢字的方塊特徵，如蔣善國《漢字學》指出「漢字的字形基本是方塊的……方塊漢字的第一個特點是一字占一格。」〔註 32〕更認為此方塊特徵可追溯於西周金文。若察癲簋、小克鼎可知，當時已有銘文對行列的對齊有所安排，如癲簋文字的行列對齊工整，而小克鼎更是畫上界格，縱有文字超出格線，但畫上界格便可反映當時已有將文字寫入方格的意識。

圖（二－5） 癲簋〔註33〕　　　　圖（二－6） 小克鼎〔註34〕

至於筆畫線條由圓轉曲折改作平直，對於行款安排、空間利用的關係，此處以「馬」字為例說明。

表（二－7）

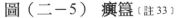

西周金文	秦　簡	馬王堆簡帛
作冊大方鼎	《睡效》57	〈戰〉231.9

〔註32〕蔣善國：《漢字學》（上海：上海教育出版社，1987 年），頁 65。

〔註33〕吳鎮烽編著：《商周青銅器銘文暨圖像集成》（上海：上海古籍出版社，2012 年），第十一卷，頁 193。

〔註34〕吳鎮烽編著：《商周青銅器銘文暨圖像集成》，第五卷，頁 301。

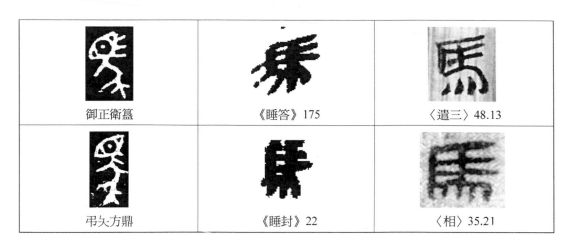

御正衛簋	《睡答》175	〈遣三〉48.13
弔矢方鼎	《睡封》22	〈相〉35.21

觀表（二-7）可知，「馬」字本象馬之形，西周金文以「目」代指馬頭部分，「目」旁之數筆斜線表示馬頸上的鬃毛，馬身、馬足則以曲線表示；秦簡、馬王堆簡帛則將「目」、鬃毛、馬身部分合併寫作「馬」形，並將西周金文「目」之本作圓轉的線條改作平直的橫畫、豎畫，亦將整體方向本為斜勢的「目」轉作直立狀，使橫畫、豎畫與書寫材料的邊緣線趨近平行；馬足則改變筆畫線條的長短作「灬」形。整體而言，秦簡、馬王堆簡帛對西周金文「馬」字的改變，除將筆畫線條合併外，亦將圓轉曲折線條改作平直，此可使該字的長度縮小，字形外框輪廓趨向四方形。將文字整體長度縮小不僅增加書寫材料可寫的字數，將文字輪廓改作趨於四邊形可使版面安排更加整齊。

第四節　結　語

本文分析馬王堆簡帛文字形體之簡省與增繁情況。研究方法上，指出字形比較的對象，應以秦簡文字為主要參照，惟於個別字例分析說明時，方引甲金文、小篆，以此清晰該字演變脈絡；同時本文認為簡帛文字形體的變化，除應觀察字形本身的筆畫線條、偏旁部件外，亦應注意書寫過程對文字形體的影響，是而另就「筆畫的分裂與合併」、「筆畫的縮短與延長」、「筆畫的平直與彎曲」三面向分析馬王堆簡帛文字，其中屬於增繁者，有筆畫的分裂、筆畫的延長、筆畫的彎曲，屬簡省者，有筆畫的合併、筆畫的縮短、筆畫的彎曲。

在筆畫線條、部件偏旁的增省中，大致上以減少筆畫線條、部件偏旁的數量為主，其中以簡省重複的部件偏旁保留其一為常見情況。至於筆畫線條的增繁，除與增添飾筆外，或為該處某筆畫較多，書寫者一時未察而誤增重複該筆畫；部件偏旁的增繁中，如增添無義偏旁、表義偏旁、表音偏旁，皆可見於戰

國文字，此見馬王堆簡帛文字前有所承。

筆畫的分裂與合併中，絕大多數皆屬合併，而合併筆畫雖可能使筆畫增長，但因其可減少書寫動作，故而歸在簡省；而筆畫合併的條件，在筆順上理應為前後關係；或改變筆順，將相近的筆畫相連。至於筆畫的分裂，僅有「水」字一例，不僅此情況少見，於 136 例「水」字中僅佔三分之一，且後世文字亦少見此寫法，故而可知馬王堆簡帛多見筆畫連接，以此簡省書寫過程。筆畫的縮短與延長中，以筆畫拉長為常見情況，察其延長筆畫所在位置，多為該字或該偏旁末筆，且多為豎畫、斜畫。推測應為書寫簡帛時，對文字寬度限制較大，文字長度可隨書手字形調整；而筆畫的拉長多與書法藝術有關，在筆畫的長短、書寫的節奏、所佔空間的大小皆形成對比，以此經營視覺藝術效果。筆畫的平直與彎曲中，秦簡、馬王堆簡帛將金文、篆書的圓轉曲折的形體改作平直，除因減少書寫材料對毛筆的阻力外，亦可將文字形體趨於方正，字形趨於方正有助於文字行款的安排、版面空間的利用。

總上所述，馬王堆簡帛文字在簡省與增繁的變化中，大體上以簡省為主，且除減少文字的筆畫、偏旁外，書寫過程的簡省對字形的影響不容小覷。由此或可推測，早期隸書對古文字的改變，除筆畫線條、部件偏旁等構形成分外，更多在於書寫過程的改變；同時也有部分書寫過程的情況影響至草書，足見馬王堆簡帛所反映的早期隸書，對漢字發展影響及研究價值。

第三章　形體之結構改易分析

第一節　前　言

　　若觀目前最早的漢字——商代甲骨文，便可發現其中除象形、指事之外，已有形聲字，反映其並非僅為圖畫文字或記號文字。唐蘭《中國文字學》嘗言：「形聲文字的產生總在圖畫文字的後面。我們把有形聲文字以後的文字，稱為近古期，未有形聲，只有圖畫文字的時期稱為遠古期。」〔註1〕又云：「文字本於圖畫……最初的文字，是書契，書是由圖畫來的，契是由記號來的。」〔註2〕可知遠古期的文字，應從圖畫、記號而來，爾後受文字使用的需求等原因，逐漸產生形聲文字。是而可知文字的創造，應有漫長的歷史演變，非一人之力可完成。

　　正因文字非一人一時之作，故而文字的形體也容易隨書寫者或創造者的習慣、認知而有差異，導致相同的文字有不同的寫法。此現象已習見於甲骨文，如陳煒湛《甲骨文簡論・甲骨文字的特點及其發展變化》指出甲骨文的形體特點中，有「一字異形」的情況，並扼要說明其異形的方式有「偏旁位置不固定，繁簡并存」，如「牪」（牝）與「牪」（牝），「各」（各）與「各」（各）。〔註3〕至

〔註1〕唐蘭：《中國文字學》（臺北：洪氏出版社，1980年），頁64。
〔註2〕唐蘭：《中國文字學》，頁62～63。
〔註3〕陳煒湛：《甲骨文簡論》（上海：上海古籍出版社，1999年），頁66。

於「一字異形」並非僅見於甲骨文，西周金文、戰國文字、小篆、隸書、楷書等皆有「一字異形」的現象，對於同一字的其他形體，今日或稱「異體字」。

然古人對於一字異形，起初並非稱作「異體字」，而以「或體」、「重文」、「俗體」等指稱；若察《漢書・藝文志》，當中已有對於文字形體使用「異體」一詞說明，如「〈史籀篇〉者，周時史官教學童書也，與孔氏壁中古文異體。」〔註4〕但此「異體」與今日所言「異體字」之意或有不同，此處「異體」應為說明〈史籀篇〉與孔壁古文形體有所差異而已，非專指異體字。至於專稱文字形體之「異體」者，大抵可見於《說文解字注》中，段玉裁多次使用「某字之異體」、「某之異體」之語，如《說文》「達」字下〈注〉云：「此迭字之異體也」〔註5〕、「詇」字下〈注〉云：「《爾雅》之『移』，蓋亦『詇』之異體」〔註6〕等，但未對其所謂「異體」有更深入的討論。

對異體字有深入討論者，多為近代學者。有關異體字之定義，可覽王力《王力文集・字的寫法、讀音和意義》：「在傳統的寫法中，就有許多字是不只一個形體的。這在古人叫做通用字。……每一個字如果有兩個以上的形體，就只擇定一個，其餘都認為異體字。」〔註7〕或如蔣善國《漢字學》：「一字多形就是多形字，普遍叫作異體字。在形、音、義三者關係方面所表現的是異形同音同義。」〔註8〕又或裘錫圭《文字學概要》：「異體字就是彼此音義相同而外形不同的字。」〔註9〕亦有郭錫良《古代漢語》：「我們說的異體字是音義完全相同，在任何情況下都可以互相替換的。」〔註10〕另有蘇培成《現代漢字學綱要》：「異體字有兩個含義：一個是指形體不同而讀音和意義相同的字，幾個字互為異體；另一個是與正體相對而言的，異體與正體只是形體不同而讀音和意義相同。」〔註11〕

〔註4〕〔漢〕班固撰，〔唐〕顏師古注，〔清〕王先謙補注：《漢書補注》（臺北：藝文印書館，1996年），頁886。

〔註5〕〔漢〕許慎撰，〔清〕段玉裁注，李添富總校訂：《新添古音說文解字注》（臺北：洪葉文化事業有限公司，2016年），頁74。

〔註6〕〔漢〕許慎撰，〔清〕段玉裁注，李添富總校訂：《新添古音說文解字注》，頁98。

〔註7〕王力：〈字的寫法、讀音和意義〉，《王力文集》（濟南：山東教育出版社，1985年），第三卷，頁498～499。

〔註8〕蔣善國：《漢字學》（上海：上海教育出版社，1987年），頁83。

〔註9〕裘錫圭：《文字學概要》（臺北：萬卷樓圖書股份有限公司，2015年），頁233。

〔註10〕郭錫良：《古代漢語（修訂本）》（北京：商務印書館，1999年），頁81。

〔註11〕蘇培成：《現代漢字學綱要》（北京：北京大學出版社，2001年），頁125～126。

　　諸家說法皆包含「一字異形」的核心內容，差異在於王力提出「選定其中一種形體」，此牽涉「標準字」的認定，但古代對於標準字少有相關討論或規範〔註12〕，是而在認定何為異體字時，可能難有標準字參照；蔣善國之說與裘錫圭相近，皆明確指出異體字之間須「彼此音義相同」〔註13〕，且裘錫圭更在其後補充：「嚴格地說，只有用法完全相同的字，也就是一字的異體，才能稱為異體字……部分用法相同的字可以稱為部分異體字。」〔註14〕可知其將異體字分作廣、狹二義，廣義的異體字便為一個字有不同形體，但彼此在用法上可能未必能完全互替；狹義的異體字不僅要求形體差異，更在音義上必須相同。

　　蘇培成則將異體字分兩類，前者為相對而言，後者以「正體字」為準，凡與正體字形體不同而音義相同者皆視為異體字。然對於未明定漢字標準形體寫法的古代，後者大抵不適用。郭錫良對異體字除形體差異、音義皆同的兩大核心要素外，亦指出異體字彼此能互相替換，但「完全替代」多為理想狀態，因記錄時所用的文字通常是書寫者當下的選擇，受書寫者對該字的認識、當時的社會使用習慣等因素影響〔註15〕；且所謂的「用法相同」便牽涉到語法，但同一漢字在使用時可能有詞性不同、語法功能不同的情況，若要逐一細究箇中差異，對於異體字的認識則更加棘手；又同一字的不同形體，各自的使用次數也未必相近，若能完全替代，使用次數也應相近。

　　此外，定義中的「同一個字的不同形體」亦有值得討論之處。因「字」的概念並非單一層面，如裘錫圭《文字學概要》所言，記錄語言所用的符號，與

〔註12〕今日若云「A 為 B 的異體字」時，大多有將 B 視為標準形體的預設，但古代較無明定文字的標準形體，即便如《說文解字‧敘》云：「蓋文字者，經藝之本，王政之始。……今敘篆文，合以古籀，博采通人，至於小大，信而有證，稽譔其說。將以理群類，解謬誤，曉學者，達神恉。」知許慎著《說文》，在於藉由小篆探究文字之形、音、義的原貌之外，亦有使人對於文字能正確理解的目的，即以小篆為標準，認識文字的形音義。然東漢已非小篆通行時代，且官方未明令文字形體須以《說文解字》為準；又《說文解字》為東漢著作，當時許慎所收小篆形體是否等於秦代小篆，亦有討論空間，而今日所見的《說文》版本，為宋代大徐本或清代段注本，未必為許書原貌，是而以《說文》小篆為標準可能存在一定的問題。然因《說文》為目前所見最早的字書，捨此也難以研究古代文字形體，故本文仍引《說文》作部分參考。〔漢〕許慎撰，〔清〕段玉裁注，李添富總校訂：《新添古音說文解字注》，頁771。

〔註13〕裘錫圭：《文字學概要》，頁233。

〔註14〕裘錫圭：《文字學概要》，頁233。

〔註15〕李運富：〈關於「異體字」的幾個問題〉，《語言文字應用》2006年第一期（2006年2月），頁71～78。

文字使用的符號是不同的層次。〔註16〕因此對於「一個字」的定義若僅就形體而言，異體字也可視為各自獨立的字；若是以表示相同讀音、相同意義的「詞」所使用的字而言，則異體字都應算作同一個字。再者「不同形體」的面向頗廣，若細究至筆畫線條之形貌差異，則異體字便不計其數，因為即使同一人書寫同一文字，也很難保證形體皆能完全一致；若完全忽略筆畫線條造成的影響，也易使異體字範圍不完整，因筆畫線條的差異也可能產生異體字。是而對於異體字的定義，無論針對「不同形體」、「音義相同」甚至「互相替代」，皆有討論的空間。

至於與「異體字」的概念有關者，即「異化」一詞。何琳儀《戰國文字通論》：「簡化和繁化，是對文字的筆畫和偏旁有所刪簡和增繁；異化，則是對文字的筆畫和偏旁有所變異。」〔註17〕若僅對此句進行探究，便可發現簡化、繁化也屬筆畫和偏旁的變異，是而其後補充：「異化的結果，筆畫和偏旁的簡、繁程度不顯著，而對筆畫的組合、方向和偏旁的種類、位置則有較大的變化。」〔註18〕但其後分類中，「形近互作」應為訛誤而非異化，而「連接筆畫」實際上也可視為簡化的一種。另外，異化僅針對文字形體討論，在音義的要求未特別說明，因此「旰」、「旱」皆為從日干聲，差別在組合位置，「旰」為左右結構而「旱」為上下結構，偏旁位置的改變應屬異化，但「旰」、「旱」為兩個意義不同的字，而非同一字的異化，類似情況的字例尚有「忡」與「忠」、「怡」與「怠」等。

有鑑於此，本文雖論文字在形體上，因形體方向、偏旁位置、造字方式的改變及文字偏旁的替換而產生的其他形體，但不以「異體字」、「異化」為題，目的有二：其一為避免定義而造成的問題，其二為縮小討論範圍，希望針對文字形體結構及其偏旁之易位、轉向或替換偏旁、改變造字方式討論，否則僅就「異體字」而言，裘錫圭將其分作「加不加偏旁的不同」、「表意、形聲等結構性質上的不同」、「同為表意字而偏旁不同」、「同為形聲字而偏旁不同」、「偏旁相同但配置方式不同」、「省略字形一部份跟不省略的不同」、「某些比較特殊的簡體跟繁體的不同」、「寫法略有出入或因訛變而造成不同」八類，其中省略字

〔註16〕裘錫圭：《文字學概要》，頁 13。
〔註17〕何琳儀：《戰國文字通論（訂補）》（南京：江蘇教育出版社，2003 年），頁 226。
〔註18〕何琳儀：《戰國文字通論（訂補）》，頁 226。

形、加不加偏旁，便與前面討論簡省、增繁重疊。因此本文以「形體之結構改易分析」〔註19〕一語，以描述方式明確所欲討論之文字形體的現象。

　　綜上所述，以下針對馬王堆簡帛文字，討論其形體在結構上的改易現象，分作改變偏旁位置、改變形體方向、替換文字偏旁、改變造字方式討論，觀察其中字形變化的情況。

第二節　改變偏旁位置

　　有些文字的其他形體寫法，在於改變其偏旁的位置。漢字的偏旁組合，大抵有左右結構、上下結構、包圍結構等，因此改變偏旁位置的情況，應有改變左右關係、改變上下關係、改變包圍關係等，如「夠」寫作「够」，「群」或作「羣」等。本節討論馬王堆簡帛文字中，因改變偏旁位置而有其他形體寫法的情況。

　　至於漢字偏旁位置關係，如前所述大體為左右結構、上下結構、包圍結構，王寧《漢字構形學導論》將小篆及現代楷書的結構位置，分作十一種，另外補充六種：

表（三－1）〔註20〕

編　號	圖示名稱	圖形表示	小篆代表字	楷書代表字
1	左右結構		瀕 江	明鐘
2	左中右結構		徽 衍	徽衍
3	上下結構		旦 覓	旦覓
4	上中下結構		冀 竟	冀竟
5	全包圍結構		圖 囚	圖囨
6	上三包圍結構		間 宮	网同
7	下三包圍結構		凶 臼	函凼
8	左三包圍結構		匝 匝	叵匡
9	左上包圍結構		麻 房	床仄
10	右上包圍結構		司 匃	句勿
11	左下包圍結構		延 直	這建

〔註19〕本應稱此章為「形體易位、轉向、替換偏旁、改變造字方式分析」，但顧及各章標題在字數與結構的一致性，將此章名稱縮略作「形體之結構改易分析」。

〔註20〕王寧：《漢字構形學導論》（北京：商務印書館，2015年），頁148。

表（三－2）〔註21〕

編　號	圖示名稱	建議圖形	小篆代表字	楷書代表字
1	獨體結構	□	鼠	鼠
2	品字結構	四	鑫	鑫
3	田字結構	⊞	叕	叕
4	多合結構	⊞	器	器
5	框架結構	⊠	夾巫	噩
6	上下多分結構	⊞	爨	爨

由表（三－1）可知，其將漢字常見排列組合列出，輔以示意圖表示，並舉出實際字例佐證，雖有十一種情況，但整體不外乎兩類，即左右結構、上下結構。至於表（三－2）中，將獨體結構視為一種情況，就漢字整體情況而言確有必要，但未說明何謂「多合結構」，若觀小篆代表字（應為「噩」古文），似為同時有上下、左右結構者，但楷書代表字「器」則應為「品」中間夾入「犬」，小篆與楷書字例結構難以觀察共通點。另外，表（三－1）的「勿」字應為獨體字，卻視為右上包圍結構，此歸類或與該字形體有所出入。

本文參考王寧的分類，針對合體字的偏旁排列組合情況整理如下：

表（三－3）〔註22〕

結　構		說　明	小篆字例	楷書字例
左右結構	⊟	左右兩個偏旁，包含獨體字、合體字作偏旁的情況	卿 議	明 議
上下結構	⊟	上下兩個偏旁，包含獨體字、合體字作偏旁的情況	字 紫	字 紫
	⊟	三疊結構，即品字結構，多由三個相同偏旁組成的合體字	品 森	品 森

〔註21〕 王寧：《漢字構形學導論》，頁149。

〔註22〕 表中「小篆字例」與「楷書字例」盡量以同一字為例，但因文字形體展至楷書或有不同，結構亦有差異，故而部分小篆對應之楷書形體，並非今日常見字形，為本文另行造字而來。如「豐」小篆雖為下合型，但楷書則否，而楷書雖有「凶」字可符合下合型，但《說文》以「凶」為指事而非合體字，故本文未舉「凶」為例；然為使表格內容完整，本文依小篆形體結構直接隸定，類似情況尚有「句」字。

	⊞	四疊結構，即田字結構，幾乎由四個相同偏旁組成的合體字，通常為上二下二排列	珏蚶	珏蚶
包圍結構	⊓	上覆型，即某偏旁包圍另一偏旁（獨體字、合體字皆可）的上、左、右側	問同	問同
	⊔	下合型，即某偏旁包圍另一偏旁（獨體字、合體字皆可）的左、下、右側	凼出	凼出
	⊏	左框型，即某偏旁包圍另一偏旁（獨體字、合體字皆可）的上、左、下側	區匡	區匡
	⊐	右框型，即某偏旁包圍另一偏旁（獨體字、合體字皆可）的上、右、下側	包	（包）
	□	四合型，即某偏旁包圍另一偏旁（獨體字、合體字皆可）的四周	囚因	囚因
	⌐	左上圍，即某偏旁包圍另一偏旁（獨體字、合體字皆可）的左側、上側	廣屋	廣屋
	∟	左下圍，即某偏旁包圍另一偏旁（獨體字、合體字皆可）的左側、下側	凵廷	凵廷
	¬	右上圍，即某偏旁包圍另一偏旁（獨體字、合體字皆可）的右側、上側	式氣	式氣
	⫴	左右夾合，類似左右結構，但其中的偏旁拆作左右兩部分，中間夾入其他偏旁（獨體字、合體字皆可）	衛街	衛街
	☰	上下夾合，類似上下結構，但其中的偏旁可拆作上下兩部分，中間夾入其他偏旁（獨體字、合體字皆可）	衰褻	衰褻
穿插結構	〔註23〕	偏旁間的組合關係非以左右、上下、包圍方式排列，而是以利用某偏旁線條筆畫間的空隙，插入其他偏旁	夾靁	夾靁
複合結構		某字形體切分後，有不成文字的部件	爨	爨

〔註23〕情況可能較為複雜，單一圖示無法概括。

本文將合體字的偏旁組合方式，分作左右結構、上下結構、包圍結構、穿插結構、綜合結構五大類，其中分作小類。然合體字組合方式多樣，表（三－3）或有未盡之處，但應可說明大部分合體字的組成情況。

在分析某合體字為何種結構時，應觀察該字能否先簡單的「一分為二」，如「潺」字，可先分作「水」、「孱」，雖「孱」可再細分為「尸」、「孨」之左上圍結構，但對於「潺」字而言，「孱」為「潺」的右邊偏旁，故將「潺」歸在左右結構；或如「算」字為從竹從具，而「具」為從廾、貝省，但對於「算」字而言，「具」為「算」的下方偏旁，故將「算」歸在上下結構。至於切分時，須顧及該字應為哪些文字組成，如「街」字為從行圭聲，故應切作「行」、「圭」，而非「彳」、「圭」、「亍」，因此「街」應屬左右夾合結構，而非左中右結構。然而此方式對於楷書或有缺陷，如「必」字，小篆為從八、弋，屬左右夾合結構，但楷書則難以觀察其「弋」、「八」的形體，反而似作從心、丿之穿插結構。另外，小篆所屬的結構，其楷書未必也屬相同結構，如小篆的辵部字多為左右結構，但楷書則屬左下圍結構。

表中所謂「複合結構」，係指有些文字切分後，有非文字的部件，如「爨」字。「爨」字整體雖為上下結構，但一則此字無法單純一分為二，再則此字上半在「臼」中間的部件並非文字，故而分出「複合結構」。

另外，有些部首習慣置於該合體字的特定位置，如「宀」部、「艸」部、「竹」部經常在字的上部，如「宇」、「客」、「花」、「草」、「笈」、「策」等。有些合體字的結構，與其部首的形體有關，「辵（辶）」部字、「廴」部字、「走」部字經常作左下圍的結構，因其部首的最後一筆「㇏」多引曳延伸，承載右半邊的偏旁，如「這」、「道」、「廷」、「延」、「超」、「越」等；又或「門」部字、「鬥」部字常作上覆包圍結構，因其部首左右兩側的豎畫較長，故而內部的空間可置入其他偏旁，如「閨」、「閣」、「鬧」、「鬪」。另外，也有些字係因其某個筆畫的形貌特徵，使得包含該筆畫的字常作某個結構，如有「㇂」（楷書的斜鉤）的字，常見於有「弋」、「戈」、「乚」等偏旁或部件的字中，而這類的字通常為右上圍結構，因為「㇂」筆畫通常會先搭配橫畫，且書寫「㇂」時會往字的右下引曳延長，如「式」、「戒」、「虱」、「氣」等。

至於馬王堆簡帛文字之改變偏旁位置的字例，其偏旁位置大多無複雜的組合關係，通常為明顯可辨的左右結構、上下結構、包圍結構的文字，因此以下

就「左右位置互換」、「上下位置互換」、「左右改作上下」、「上下改作左右」、「改變包圍結構」、「改變穿插結構」六個類型分別討論。另則因此處僅論位置關係的改變，故形體本身的增省則不在討論範圍。

一、左右位置互換

有些合體字為左右結構，但於馬王堆簡帛中或將左右偏旁互相調換位置，使之為右左結構，共 24 例，如下表（三－4）：

表（三－4）

字　例	形體一〔註24〕	形體二	詞例與說明〔註25〕
啜	（圖）	（圖）〈方〉194.15	形體二： 「執而啜之」（〈方〉194.15）
唾	（圖）〈方〉391.17 （圖）〈合〉7.7	（圖）〈射〉12.13 （圖）〈太〉1.39	形體一： 「即唾之」（〈方〉391.17） 「五曰嗌乾咽唾」（〈合〉7.7） 形體二： 「即不幸為蚖虫蛇蠭射者，祝，唾之三」（〈射〉12.13） 「即左右唾，徑行毋顧」（〈太〉1.39）
眯	（圖）	（圖）〈老甲〉147.24	形體二： 「唯（雖）知（智）乎大眯（迷）」（〈老甲〉147.24） 「眯」通假「迷」，但《說文》「眯」、「迷」二字皆為形符在左、聲符在右，此處作聲符在左、形符在右
鵠	（圖）〈氣〉9.53	（圖）〈遣·〉71.2	形體一： 「白云（雲）如鴻鵠」（〈氣〉9.53） 「欲亓有鵠」（〈相〉68.14） 形體二：

〔註24〕本文以「形體一」、「形體二」表示彼此是相互關係，即形體一僅為馬王堆簡帛中較為常見的形體寫法，或表示此形體可與《說文解字》小篆對應，甚至是小篆形體，但無標準形體之意，而形體二僅為相較形體一的不同形體。

〔註25〕本文詞例皆引自湖南省博物館、復旦大學出土文獻與古文字研究中心編纂，裘錫圭主編：《長沙馬王堆漢墓簡帛集成》（北京：中華書局，2014 年）。引用時僅以簡帛簡稱、編號，不再加注出處。

	〈相〉68.14	〈遣三〉120.2	「熬鴰一筒」（〈遣一〉71.2） 「熬鴰一筒」（〈遣三〉120.2）
骭	〈陽甲〉9.6 〈陽乙〉4.32	〈陽乙〉4.37	形體一： 「毂（繫）於骭骨外廉」（〈陽甲〉9.6） 「毂（繫）於骭骨外廉」（〈陽乙〉4.32） 形體二： 「循骭骨而上」（〈陽乙〉4.37）
胈	〈陽甲〉12.24 〈戰〉275.4	〈問〉20.26	形體一： 「心與胈痛」（〈陽甲〉12.24） 「股符胈壁」（〈戰〉275.4） 形體二： 「脊胈不傷」（〈問〉20.26）
觸	〈戰〉194.9 〈周〉33.73	〈陽乙〉15.4 〈出〉26.9	形體一： 「左師觸龍曰」（〈戰〉194.9） 「羝羊觸藩」（〈周〉33.73） 形體二： 「觸少腹」（〈陽乙〉15.4） 「二曰觸地」（〈出〉26.9）
靜	〈老甲〉42.13 〈星〉45.39	〈二〉16.65 〈衷〉22.52	形體一： 「我好靜」（〈老甲〉42.13） 「兵靜者吉」（〈星〉45.39） 形體二： 「置身而靜」（〈二〉16.65） 「僮（動）而不能靜者也」（〈衷〉22.52）
觀	〈合〉10.5 〈周〉85.62	〈胎〉5.2 〈談〉37.3	形體一： 「乃觀八動」（〈合〉10.5） 「觀亓生」（〈周〉85.62） 形體二： 「不觀沐猴」（〈胎〉5.2） 「觀氣所存」（〈談〉37.3）

琼		〈養〉222.4	形體二： 「端夜茨琼」（〈養〉222.4）
顛	〈方〉220.10 〈周〉18.18	〈相〉60.32	形體一： 「顛父而衝子」（〈方〉220.10） 「六二，曰顛頤」（〈周〉18.18） 形體二： 「登顛」（〈相〉60.32），即「巔」，但《說文》無「巔」字，此應採「顛」作「頂」之意
領	〈合〉2.3 〈相〉4.67	〈五〉58.7	形體一： 「抵領鄉」（〈合〉2.3） 「而頸領彌高」（〈相〉4.67） 形體二： 「正經脩領而哀殺矣」（〈五〉58.7）
卻	〈足〉3.10 〈脈〉3.24	〈足〉13.15	形體一： 「膊痛，卻攣」（〈足〉3.10） 「氣出卻與肘之脈而砭之」（〈脈〉3.24） 形體二： 「上貫膊，入卻」（〈足〉13.15）
巍	〈戰〉168.31 〈刑甲〉57.7	〈氣〉1.22	「巍」下部的「魏」為左右結構，改作右左結構 形體一： 「巍（魏）之縣也」（〈戰〉168.31） 「巍（魏）氏南陽」（〈刑甲〉57.7） 形體二： 「巍（魏）云（雲）」（〈氣〉1.22）
馴		〈陰乙・刑德〉6.8 〈刑乙〉4.9	形體二： 「甲子之舍始東南以馴（順）行」（〈陰乙・刑德〉6.8） 「甲子之舍始東南以馴（順）行」（〈刑乙〉4.9）

猶	 〈戰〉73.33	 〈五〉35.16	形體一： 「猶瞶不知變事」（〈戰〉73.33） 形體二： 「猷（猶）賀」（〈五〉35.16）
	 〈戰〉94.40 〈五〉72.6	 〈二〉14.74 〈刑乙〉60.18	形體一： 「王猶聽」（〈戰〉94.40） 「嚴猶廄廄」（〈五〉72.6） 形體二： 「猶山林陵澤也」（〈二〉14.74） 「猶是必戰也」（〈刑乙〉60.18）
溪	 〈陰甲・神下〉38.8	 〈老甲〉148.9	形體一： 「浴於川溪」（〈陰甲・神下〉38.8） 形體二： 「為天下溪」（〈老甲〉148.9）
姑	 〈遣一〉76.3 〈遣三〉189.3	 〈雜〉4.3 〈牌一〉24.3	形體一： 「熬炙（鷓）姑（鴣）一笥」（〈遣一〉76.3） 「熬炙（鷓）姑（鴣）一器」（〈遣三〉189.3） 形體二： 「姑婦善鬩」（〈雜〉4.3） 「熬炙（鷓）姑（鴣）笥」（〈牌一〉24.3）
好	 〈合〉5.2 〈繆〉68.64	 〈老甲〉42.12	形體一： 「說（悅）澤（懌）以好」（〈合〉5.2） 「其士好學」（〈繆〉68.64） 形體二： 「我好靜」（〈老甲〉42.12）
蟬	 〈養〉202.19	 〈談〉31.8	形體一： 「三曰蟬傅」（〈養〉202.19） 形體二： 「二曰蟬付」（〈談〉31.8）
虹	 〈氣〉6.9	 〈陰乙・傳勝圖〉1.57	形體一： 「赤虹」（〈氣〉6.9） 「・虹」（〈氣〉7.2） 形體二：

	〈氣〉7.2		「虹宮」（〈陰乙・傳勝圖〉1.57）
輨	〈明〉15.12	〈明〉9.17	形體一： 「怡（始）服輨（鄰）敵」（〈明〉15.12） 形體二： 「以為輨（鄰）敵必危之矣」（〈明〉9.17）
辤	〈繫〉11.67 〈繆〉44.10	〈戰〉239.4 〈戰〉240.17	形體一： 「係（繫）辤（辭）焉以斷亓（其）吉凶」（〈繫〉11.67） 「將以辤（辭）是何明（明）也」（〈繆〉44.10） 形體二： 「槫（轉）辤（辭）也」（〈戰〉239.4） 「 」（〈戰〉240.17）
疏	〈老甲〉39.18 〈遣一〉238.2	〈戰〉232.22 〈戰〉233.18	形體一： 「亦不可得而疏」（〈老甲〉39.18） 「象疏（梳）」（〈遣一〉238.2） 形體二： 「疏○分趙壤」（〈戰〉232.22） 「疏服而聽」（〈戰〉233.18）

至於為何將左右偏旁互換位置，只能推測或與書寫者習慣、書寫當下的情況等有關，具體原因尚待更多資料或學者研究，方能一探究竟。

然而，若僅觀其中的形聲字，有「啜」、「唾」、「唅」、「睞」、「鵠」、「骭」、「肱」、「觸」、「靜」、「觀」、「琼」、「顛」、「領」、「卻」、「巍」、「馴」、「猶」、「溪」、「姑」、「蟬」、「虹」、「輨」、「疏」23 例，其中左右易位後聲符在左者，有「啜」、「唾」、「唅」、「睞」、「骭」、「肱」、「觸」、「靜」、「琼」、「卻」、「馴」、「猶」、「溪」、「姑」、「蟬」、「虹」、「輨」17 例，約為 74%。因文字在於記錄語言，故應先有語言（聲音、語音）再有文字（視覺符號）；而形聲字的重點在於標示該字所指詞語的語音，並透過形符表示該字的意義；又書寫漢字時，習慣為由上至下、由左至右書寫，因此上述 17 例，其左右易位後聲符在左，如此書寫時便會先寫聲符，推測或為書寫者欲先記該字所指詞語在口語表達

時的語音，再標示形符以明確該字的意義與何相關。〔註26〕

二、上下位置互換

有些合體字為上下結構，但於馬王堆簡帛中或將上下偏旁互相調換位置，使之為下上結構，共 11 例，如下表（三－5）：

表（三－5）

字　例	形體一	形體二	詞例與說明
品（喿）	〈周〉82.47	〈地〉40.7	上下改下上；「喿」為從木從品 形體一： 「田獲三品」（〈周〉82.47） 形體二： 「喿里」（〈地〉40.7）
翡	〈周〉35.14	〈周〉1.52 〈周〉35.29	形體一： 「翡（飛）鳥遺之音」（〈周〉35.14） 形體二： 「翡（飛）龍在天」（〈周〉1.52） 「翡（飛）鳥以凶」（〈周〉35.29）
叒（桑）	〈方〉383.6 〈房〉8.11	〈五〉15.6	上下改下上；《說文》「桑」上半從「叒」，但馬王堆簡帛「桑」字上半似從「屮」，此暫依《說文》 形體一： 「并以金銚焆桑炭」（〈方〉383.6） 「卵入桑枝中」（〈房〉8.11） 形體二： 「鳲鳩在桑」（〈五〉15.6）
晶（參）	〈陰甲・神上〉5.8 〈衷〉20.9	〈戰〉227.19 〈二〉12.25	形體一： 「吉星此（觜）觽、參」（〈陰甲・神上〉5.8） 「參天兩地而義（倚）數也」（〈衷〉20.9） 形體二： 「韓亡參（三）川」（〈戰〉227.19） 「牛參弗服」（〈二〉12.25）

〔註26〕因未能分析其他出土材料是否也有類似情況（即形聲字易位後先寫聲符），加之馬王堆簡帛中仍有部分反例，如「鵠」、「觀」、「顛」、「領」、「疏」，故此處僅本文推測。

晨	 〈出〉24.35 〈星〉99.3	 〈刑乙〉69.57	形體一： 「・丁壬晨」（〈出〉24.35） 「與伐晨出東方」（〈星〉99.3） 形體二： 「日晨食所以知之」（〈刑乙〉69.57）
巍		 〈戰〉168.31 刑甲〉57.7	形體二： 「巍（魏）之縣也」（〈戰〉168.31） 「巍（魏）氏南陽」（〈刑甲〉57.7）
岑		 〈星〉15.2	形體二： 「天岑（欃）在西南」（〈星〉15.2）
烝	 〈方〉46.7 〈遣三〉143.3	 〈養〉72.1	形體一： 「復烝（蒸）」（〈方〉46.7） 「烝（蒸）鮰一笥」（〈遣三〉143.3） 形體二： 「烝（蒸）之」（〈養〉72.1）
聶	 〈星〉4.46 〈刑乙・小游〉1.118	 〈遣一〉284.7 〈牌三〉33.1	形體一： 「復為聶（攝）提挌（格）」（〈星〉4.46） 「丁為聶（攝）氏（提）」（〈刑乙・小游〉1.118） 形體二： 「盛聶敝（幣）」（〈遣一〉284.7） 「聶敝（幣）千匹」（〈牌三〉33.1）

茘		〈遣一〉14.4 〈遣三〉188.3	形體二： 「鹿茘（脅）」（〈遣一〉14.4） 「犬碁茘（脅）炙一器」（〈遣三〉188.3）
厽	〈二〉1.3	〈衷〉29.9 〈要〉19.22	上下改下上；馬王堆簡帛中，「厶」形（包含「私」的右偏旁、「厽」字之象土塊的「△」部件、「參」的上半）常與「口」訛混 形體一： 「■■二厽（三）子問曰」（〈二〉1.3） 形體二： 「此《鍵（乾）》、《川（坤）》之厽說也。」（〈衷〉29.9）此「厽」字《集成》注解引諸家解釋，其中丁四新將此釋為「三」。 「二厽（三）子！」（〈要〉19.22）

表中可知，半數的上下位置互換多為三疊結構；而在馬王堆簡帛文字中，幾乎可說凡有三疊結構偏旁的字，其三疊字偏旁皆可作上一下二或上二下一的組合，如「靈」作「」（〈問〉97.23）作「」（〈養〉75.2），「脅」作「」（〈足〉5.25）作「」（〈遣三〉187.2）等。

三、左右改作上下

有些合體字依小篆形體應為左右結構，或馬王堆簡帛文字中常作左右結構，但其中可見改作上下結構者，共 37 例，如下表（三－6）：

表（三－6）

字　例	形體一	形體二	詞例與說明
啜		〈射〉7.5 〈射〉8.10	形體二： 「每朝啜蒜二三果（顆）及服食之」（〈射〉7.5） 「每朝啜闌（蘭）實三及啜陵（菱）芰」（〈射〉8.10）

嘒	嘒字	彗〈氣〉6.162 彗〈稱〉18.54	形體二： 「嘒（彗）星」（〈氣〉6.162） 「不聽聖嘒（慧）之慮」（〈稱〉18.54）
詐	詐〈要〉15.64 詐〈經〉18.35	詐〈春〉70.22 詐〈春〉91.7	形體一： 「漸人為而去詐（詐）」（〈要〉15.64） 「詐（詐）偽不生」（〈經〉18.35） 形體二： 「卒必詐（詐）之」（〈春〉70.22） 「侮德詐（詐）怨」（〈春〉91.7）
翔	翔字	翔〈周〉4.73	形體二： 「巧（考）翔（祥）」（〈周〉4.73）
幼	幼字	幼〈養〉218.1 幼〈胎〉1.4	形體二： 「幼疾」（〈養〉218.1） 「・禹問幼頻曰」（〈胎〉1.4）
脯	脯〈周〉10.63 脯〈周〉61.62	脯〈陰甲・雜四〉2.15	形體一： 「根（艮）亓（其）脯（輔）」（〈周〉10.63） 「欽（咸）亓（其）脯（輔）陝（頰）舌」（〈周〉61.62） 形體二： 「疾病□☑毋之以糗脯酉（酒）」（〈陰甲・雜四〉2.15）
朡	朡字	朡〈方〉253.8	形體二： 「取內戶旁祠空中黍朡」（〈方〉253.8）
餈	餈〈遣一〉123.2	餈〈牌三〉51.1	形體一： 「卵餈一器」（〈遣一〉123.2） 「卵餈一器」（〈遣三〉209.2） 形體二： 「餈笥」（〈牌三〉51.1）

	〈遣三〉209.2		
枇	〈牌三〉44.1	〈遣三〉162.1	形體一： 「枇梨笥」（〈牌三〉44.1） 形體二： 「枇一笥」（〈遣三〉162.1）
柜	〈射〉4.4 〈十〉14.41	〈要〉13.58	形體一： 「牀之柂柜」（〈射〉4.4） 「右執柜（矩）」（〈十〉14.41） 形體二： 「君子言以柜（矩）方也」（〈要〉13.58）
條	〈繆〉6.7 〈星〉54.34	〈箭〉42.1	形體一： 「文王拘於條（羑、牖）里」（〈繆〉6.7） 「其下千里條」（〈星〉54.34） 形體二： 「條水」（〈箭〉42.1）
槽	〈星〉41.21 〈相〉20.50		形體二： 「後其時出為天夭（妖）及槽（彗）星」（〈星〉41.21） 「絕以（似）槽（彗）星」（〈相〉20.50）
期	〈戰〉30.6 〈遣一〉270.4	〈遣三〉188.2	形體一： 「是王之所與臣期也」（〈戰〉30.6） 「紺綺信期繡熏囊一」（〈遣一〉270.4） 形體二： 「犬耆劦（脅）炙一器」（〈遣三〉188.2）
粉	〈遣三〉270.1	〈遣一〉227.10	形體一： 「粉付㯱（瓿甊）二」（〈遣三〉270.1） 「及至布衣亓（其）妻奴（孥）粉

	 〈繆〉14.40	 〈談〉10.15	白黑涅」（〈繆〉14.40） 形體二： 「盛節（櫛）、脂、粉」（〈遣一〉227.10） 「食以粉（芬）放（芳）」（〈談〉10.15）
袾		 〈方〉203.5	形體二： 「以衣中袾緇約左手大指一」（〈方〉203.5）
雜	 〈五〉37.14 〈五〉160.13	 〈合〉9.16 〈遣三〉74.3	形體一： 「・君子雜（集）泰（大）成」（〈五〉37.14） 「雜（集）命焉耳」（〈五〉160.13） 形體二： 「雜十脩」（〈合〉9.16） 「鮮鯉雜葵菹羹一鼎」（〈遣三〉74.3）
褚	 〈問〉47.11 〈遣三〉366.6	 〈明〉42.16	形體一： 「氣將褚（畜）」（〈問〉47.11） 「褚繢緣」（〈遣三〉366.6） 形體二： 「巳（已）而大君非壹（一）褚（曙）輿（舉）邦而積於兵者」（〈明〉42.16）
崩		 〈氣〉2.296 〈衷〉38.24	形體二： 「天子崩」（〈氣〉2.296） 「東北喪崩（朋）」（〈衷〉38.24）
豚	 〈方〉89.4 〈方〉243.6	 〈明〉4.3 〈周〉88.4	形體一： 「以產豚喙麻（磨）之」（〈方〉89.4） 「敬以豚塞」（〈方〉243.6） 形體二： 「豚天世而取（聚）材士」（〈明〉4.3） 「豚魚吉」（〈周〉88.4）

驚		〈養〉94.3	形體二： 「則馬驚矣」（〈養〉94.3）
沸		〈房〉52.27 〈問〉6.16	形體二： 「壹沸（沸）而成醴」（〈房〉52.27） 「淺坡（彼）陽沸」（〈問〉6.16）
情		〈老甲〉121.6 〈老甲〉122.7	形體二： 「濁而情（靜）之」（〈老甲〉121.6） 「守情（靜）表也」（〈老甲〉122.7）
愉	〈明〉10.3	〈老甲·殘〉5.4	形體一： 「故利俞（愈）大而天下之【欲】之也愉〈愉（愈）〉甚」（〈明〉10.3） 形體二： 「登愉〈愉（愈）〉高」（〈老甲·殘〉5.4）
懼	〈戰〉38.33 〈二〉28.51	〈九〉38.20 〈九〉44.3	形體一： 「臣甚懼」（〈戰〉38.33） 「故厰（嚴）客（恪）恐懼」（〈二〉28.51） 形體二： 「恐懼而不敢盡□□」（〈九〉38.20） 「□臣恐懼」（〈九〉44.3）
慽		〈五〉66.8	形體二： 「慽（戚）仁」（〈五〉66.8） 「兄弟而能相慽（戚）也」（〈五〉82.7）

		〈五〉82.7	
恥		〈春〉75.23	形體二： 「恥而近（靳）之」（〈春〉75.23）
漸	〈周〉86.2 〈周〉86.68	〈衷〉23.40	形體一： 「☰☰漸」（〈周〉86.2） 「鴻漸于陵」（〈周〉86.68） 形體二： 「《漸》之『繩（孕）婦』」（〈衷〉23.40）
撮	〈方〉42.16	〈方〉230.15	形體一： 「以三指一撮」（〈方〉42.16） 形體二： 「令其空（孔）盡容積者腎與撮（朘）」（〈方〉230.15）
振	〈氣〉4.220 〈談〉42.20	〈談〉15.28	形體一： 「小雨而振（震）邦門」（〈氣〉4.220） 「振銅（動）者」（〈談〉42.20） 形體二： 「去七孫（損）以振其病」（〈談〉15.28）
妒	〈戰〉171.30	〈稱〉8.69	形體一： 「秦不妒得」（〈戰〉171.30） 形體二： 「‧隱忌妒妹（昧）賊妾如此者」（〈稱〉8.69）
愧		〈春〉91.2	形體二： 「愧於諸〖口〗」（〈春〉91.2）
蛾		〈胎〉16.7	形體二： 「毋令虫蛾（蟻）能入而逃（？）」（〈胎〉16.7）

蟬	![〈養〉202.19] 〈養〉202.19	![〈合〉15.10] 〈合〉15.10	形體一： 「三曰蟬付」（〈養〉202.19） 形體二： 「二曰蟬付（柎）」（〈合〉15.10）
蟣	![蟣]	![〈射〉5.4] 〈射〉5.4 ![〈射〉14.7] 〈射〉14.7	形體二： 「令蟣毋射」（〈射〉5.4） 「蜚（飛）而之荊南者為蟣」（〈射〉14.7）
野	![野]	![〈刑甲〉44.18] 〈刑甲〉44.18 ![〈星〉46.4] 〈星〉46.4	形體二： 「軍在野」（〈刑甲〉44.18） 「將軍在野」（〈星〉46.4）
勇	![勇]	![〈老甲〉77.13] 〈老甲〉77.13	形體二： 「・勇於敢者【則】殺」（〈老甲〉77.13）
鏦	![鏦]	![〈遣三〉12.3] 〈遣三〉12.3 ![〈遣三〉17.6] 〈遣三〉17.6	形體二： 「執短鏦六十人」（〈遣三〉12.3） 「操長鏦」（〈遣三〉17.6）

觀表中之字例，發現有些形聲字易位後使得聲符在上，因此書寫該字時會先寫聲符再寫形符，如「啜」、「嘻」、「詐」、「幼」（「幺」亦聲）、「脯」、「腏」、「飱」、「枇」、「柜」、「條」、「樗」、「期」、「粉」、「袖」、「褚」、「崩」、「鷩」、「沸」、「情」、「倫」、「懼」、「憾」、「恥」、「漸」、「撮」、「振」、「妒」、「愧」、「蛾」、「蟬」、「蟣」、「勇」、「鏦」等35例，約佔95%，幾乎所有形聲字皆屬此情況，與前述左右易位後聲符改在左側之理相同，係應書手先記該字在口語表達時的語音，再記其形符以標示該字意義。

四、上下改作左右

　　有些合體字依小篆形體應為上下結構，或馬王堆簡帛文字中常作上下結構，但其中偶見改作左右結構者，共 18 例，如下表（三－7）：

表（三－7）

字　例	形體一	形體二	詞例與說明
前	〈養〉35.12 〈戰〉143.18	〈衷〉36.15 〈相〉21.58	形體一： 「前歓（飲）」（〈養〉35.12） 「則前功有必棄矣」（〈戰〉143.18） 形體二： 「廣前而睘（圜）後遂臧」（〈衷〉36.15） 「江水前注」（〈相〉21.58）
警		〈戰〉257.26 〈戰〉264.4	形體二： 「乃警公中（仲）倗（佣）」（〈戰〉257.26） 「乃警四竟（境）之內」（〈戰〉264.4）
竅		〈談〉1.12	形體二： 「陰陽九竅（竅）十二節俱產而獨先死」（〈談〉1.12）
譱		〈方〉91.3	形體二： 「（嗟），年譱殺人」（〈方〉91.3）
鳧	〈問〉85.24 〈遣三〉290.2	〈遣一〉7.1 〈遣三〉121.2	形體一： 「舉鳧雁」（〈問〉85.24） 「土鳧十」（〈遣三〉290.2） 形體二： 「鳧膱羹一鼎」（〈遣一〉7.1） 「熬鳧一笥」（〈遣三〉121.2）

脣	〈房〉46.29 〈遣三〉198.2	〈周〉57.71	形體一： 「口脣不乾」（〈房〉46.29） 「牛脣（脈）」（〈遣三〉198.2） 形體二： 「九四，脈（臋）无膚」（〈周〉57.71）
腐	〈候〉2.8 〈陽乙〉14.29	〈方〉369.13	形體一： 「腐臧（臟）煉（爛）腸而主殺」（〈候〉2.8） 「乘足腐（跗）上廉」（〈陽乙〉14.29） 形體二： 「燔腐荊箕」（〈方〉369.13）
案	〈戰〉108.13 〈老甲〉124.27	〈十〉63.10	形體一： 「秦案不約而應」（〈戰〉108.13） 「案有不信」（〈老甲〉124.27） 形體二： 「慎桉（案）亓（其）眾」（〈十〉63.10）
鬚		〈方〉393.17	形體二： 「令人終身不鬚」（〈方〉393.17）
質		〈戰〉138.31 〈氣〉10.107	形體二： 「必小（少）割而有質」（〈戰〉138.31） 「黑雲質減（緘）日」（〈氣〉10.107）
貧	〈陰甲‧天地〉1.32 〈十〉22.16	〈相〉45.46	形體一： 「右天左地貧」（〈陰甲‧天地〉1.32） 「以視（示）貧賤之極」（〈十〉22.16） 形體二： 「欲艮（眼）中白者貧（粉）」（〈相〉45.46）

幣	 〈牌一〉4.3 〈牌一〉5.4	 〈繆〉3.42 〈繆〉58.60	形體一： 「繒聶幣笥」（〈牌一〉4.3） 「麻布聶幣笥」（〈牌一〉5.4） 形體二： 「士弄（寵）不幣（敝）輿輪」（〈繆〉3.42） 「故共皮幣以進者卅（四十）又餘國」（〈繆〉58.60）
艮		 〈相〉2.65 〈相〉69.63	形體二： 「方艮（眼）深視」（〈相〉2.65） 「欲艮盈（眼盈）」（〈相〉69.63）
惑	 〈戰〉150.24 〈氣〉6.110	 〈道〉5.47	形體一： 「臣甚惑之」（〈戰〉150.24） 「天下相惑」（〈氣〉6.110） 形體二： 「而民不麋（迷）惑」（〈道〉5.47）
悔	 〈春〉91.5 〈周〉20.49	 〈二〉5.61	形體一： 「悔（侮）德詐怨」（〈春〉91.5） 「少（小）有悔」（〈周〉20.49） 形體二： 「抗（亢）龍有悔」（〈二〉5.61）
麾		 〈合〉22.2 〈合〉22.9	形體二： 「旁欲麾也」（〈合〉22.2） 「欲下麾也」（〈合〉22.9）
繁		 〈問〉43.10	形體二： 「人有九繳（竅）十二節」（〈問〉43.10） 「繳（絞）【者】不可予（與）事」

字　例	形體一	形體二	詞例與說明
		〈衷〉31.36	（〈衷〉31.36）
基	〈衷〉45.7 〈經〉46.21	〈老乙〉4.1	形體一： 「德之基也」（〈衷〉45.7） 「乳（亂）之基也」（〈經〉46.21） 形體二： 「必高矣而以下為基」（〈老乙〉4.1）

　　有些僅為偏旁之筆畫長短差異導致位置改變，如「前」字，馬王堆簡帛常作「前」（〈養〉35.12）、「前」（〈戰〉143.18），若將上半「止」的橫畫縮短，「刀」便與「𣦃」分開成左右結構，作「歬」（〈衷〉36.15）、「歬」（〈相〉21.58）。

　　若觀其他上下改作左右之字例，如「警」、「警」、「謹」、「梟」、「摩」、「繁」中，其偏旁之「敬」、「敦」、「差」、「鳥」、「靡」，或本身為上下結構（「靡」、「差」），或包含上下結構的偏旁（「敦」），或字的整體外輪廓屬長形（「鳥」），或其中有可往下延伸的豎畫（「敬」在的「口」右側、「敦」的「方」、「差」的「ナ」），上述情況皆使偏旁已為長形，若再將另一偏旁置於其上或其下，易使文字外形過於狹長，或為此故，使書手將「警」、「警」、「謹」、「梟」、「摩」、「繁」等字偶作左右結構。

五、改變包圍結構

　　有些合體字依小篆形體應為包圍結構，或馬王堆簡帛文字中常作包圍結構，但其中可改作非包圍結構者；或小篆形體非包圍結構，或馬王堆簡帛文字常作非包圍結構，但偶改作包圍結構者，共 34 例，如下表（三－8）：

表（三－8）

字　例	形體一	形體二	詞例與說明
璧	〈明〉8.27	〈刑甲〉56.15	「璧」常作左右結構，其「玉」在「口」的下方，而不包入「厂」之中；但可將「玉」改作包入「厂」的裡面 形體一： 「此亓（其）為璧多矣」（〈明〉8.27）

	 〈老乙〉24.49	 〈遣一〉293.3	「雖有共之璧以先四馬」（〈老乙〉24.49） 形體二： 「東璧（壁）」（〈刑甲〉56.15） 「木白璧（壁）」（〈遣一〉293.3）
起	 〈陰甲・天一〉 8.15 〈經〉75.23	 〈相〉66.31	左右改左下圍 形體一： 「終身不起」（〈陰甲・天一〉8.15） 「乃知奮起」（〈經〉75.23） 形體二： 「乃獨起如棄霰」（〈相〉66.31）
歸	 〈戰〉293.12 〈衷〉5.5	 〈戰〉42.5 〈周〉37.49	左右改左下圍 形體一： 「必歸休兵」（〈戰〉293.12） 「歸而強」（〈衷〉5.5） 形體二： 「將歸罪於臣」（〈戰〉42.5） 「帝乙歸妹」（〈周〉37.49）
隨	 〈春〉65.3 〈周〉61.32	 〈二〉29.32	左中右改中左右，且或作左下圍 形體一： 「隨（墮）黨崇壽（儔）」（〈春〉65.3） 「執亓（其）隨」（〈周〉61.32） 形體二： 「亓（其）子隨之」（〈二〉29.32）
適	 〈九〉3.19 〈刑乙〉81.10	 〈陰甲・殘〉4.16 〈刑丙・天〉7.9	左右改左下圍 形體一： 「以繩適（謫）臣之罪」（〈九〉3.19） 「兵從適（敵）人」（〈刑乙〉81.10） 形體二： 「庚【寅、癸丑】□其作適」（〈陰甲・殘〉4.16） 「適（敵）人幾（饑）」（〈刑丙・天〉7.9）

過	〈足〉21.16 〈九〉25.10	〈戰〉38.15 〈房〉35.11	左右改左下圍 形體一： 「【不】過十日死」（〈足〉21.16） 「伊尹或（又）請陳策以明八【啻（謫）】變過之所道生」（〈九〉25.10） 形體二： 「今齊有過辤（辭）」（〈戰〉38.15） 「不過三食」（〈房〉35.11）
進	〈養〉217.13 〈星〉6.7	〈養〉218.4 〈星〉37.13	左右改左下圍 形體一： 「少河進合（答）曰」（〈養〉217.13） 「進退左右之經度」（〈星〉6.7） 形體二： 「暴進暴退」（〈養〉218.4） 「壹進退」（〈星〉37.13）
逾	諭	〈戰〉233.33	左右改左下圍 形體二： 「反（返）王公、符逾於趙」（〈戰〉233.33）
逕	〈刑乙〉74.14 〈刑乙〉87.5	〈星〉43.3 〈星〉66.36	左右改左下圍 形體一： 「雨逕三日」（〈刑乙〉74.14） 「逕五版黃危」（〈刑乙〉87.5） 形體二： 「其出上逕午有王國」（〈星〉43.3） 「大白逕之」（〈星〉66.36）
速	〈戰〉88.20 〈戰〉125.7	〈星〉36.4	左右改左下圍 形體一： 「未得速也」（〈戰〉88.20） 「則王速夬（決）矣」（〈戰〉125.7） 形體二： 「其見（現）而速入」（〈星〉36.4）
逆	〈陰甲・天地〉3.24 〈出〉26.26	〈陰甲・上朔〉10L.1 〈陰乙・天一〉26.3	左中右改左下圍 形體一： 「怀（倍）地逆天大貝（敗）」（〈陰甲・天地〉3.24） 「六曰小逆」（〈出〉26.26） 形體二： 「逆七」（〈陰甲・上朔〉10L.1） 「●少（小）逆」（〈陰乙・天一〉26.3）

遇	〈戰〉33.13 〈周〉7.64	〈刑甲〉8.41	左右改左下圍 形體一： 「齊勹（趙）遇於阿」（〈戰〉33.13） 「大師克相遇」（〈周〉7.64） 形體二： 「人主大遇」（〈刑甲〉8.41）
逢	〈遣一〉23.2 〈相〉1.21	〈胎〉23.4	左右改左下圍 形體一： 「牛逢（蓬）羹　鼎」（〈遣一〉23.2） 「下有逢（蓬）芳（房）」（〈相〉1.21） 形體二： 「取逢（蜂）房中子」（〈胎〉23.4）
通	〈戰〉36.33 〈相〉39.31	〈合〉27.11 〈談〉33.24	左右改左下圍 形體一： 「使毋予蒙而通宋使」（〈戰〉36.33） 「通利而不良者何」（〈相〉39.31） 形體二： 「故能發閉通塞」（〈合〉27.11） 「六曰通才」（〈談〉33.24）
遷	〈陰乙・天一〉 15.2 〈遣三〉8.1	〈陰甲・天一〉 4.19 〈二〉11.14	左右改左下圍 形體一： 「再遷」（〈陰乙・天一〉15.2） 「遷蓋一」（〈遣三〉8.1） 形體二： 「三遷」（〈陰甲・天一〉4.19） 「鼎之遷也」（〈二〉11.14）
遲	〈周〉34.31	〈周〉37.48	左右改左下圍 形體一： 「遲有悔」（〈周〉34.31） 形體二： 「遲歸有時」（〈周〉37.48）
避	〈養〉200.9	〈房〉40.9	左右改左下圍 形體一： 「筋不至而用則避」（〈養〉200.9）

		<二> 19.36	形體二： 「貍（埋）包（胞），避小時」（〈房〉40.9） 「直者，囗避也」（〈二〉19.36）
迷	〈周〉44.16 〈衰〉37.19	〈周〉53.64 〈衰〉27.3	左右改左下圍 形體一： 「先迷而後得主」（〈周〉44.16） 「先迷，後得主」（〈衰〉37.19） 形體二： 「迷復」（〈周〉53.64） 「君子先迷後得主」（〈衰〉27.3）
遂	〈戰〉269.13 〈十〉25.62	〈周〉33.80 〈周〉75.14	左右改左下圍 形體一： 「遂絕和於秦」（〈戰〉269.13） 「吾將遂是（寔）亓（其）逆而僇（戮）亓（其）身」（〈十〉25.62） 形體二： 「不能遂」（〈周〉33.80） 「亡馬勿遂〈逐〉」（〈周〉75.14）
逐	〈戰〉239.21 〈相〉34.38	〈戰〉40.6 〈木〉54.14	左右改左下圍 形體一： 「秦逐張義（儀）」（〈戰〉239.21） 「良工皆曰大逐（遂）」（〈相〉34.38） 形體二： 「殺妻逐子」（〈戰〉40.6） 「產不逐（育）」（〈木〉54.14）
遒	〈戰〉43.18	〈戰〉46.36	左右改左下圍 形體一： 「魚（吾）信遒（猶）若龡也」（〈戰〉43.18） 形體二： 「遒（猶）免寡人之冠也」（〈戰〉46.36）
近	〈戰〉250.14 〈繫〉9.50	〈戰〉181.2 〈問〉100.1	左右改左下圍 形體一： 「封近故也」（〈戰〉250.14） 「以言乎近則精而正」（〈繫〉9.50） 形體二： 「得雖近越」（〈戰〉181.2） 「近水」（〈問〉100.1）

邅	〈射〉11.8	左右改左下圍 形體二： 「以田暘豕邅屯（純）衣」（〈射〉11.8）
遠	〈十〉45.64 〈稱〉17.58	〈戰〉71.1 〈戰〉194.21	左右改左下圍 形體一： 「遠近之稽」（〈十〉45.64） 「□道不遠」（〈稱〉17.58） 形體二： 「楚、越遠」（〈戰〉71.1） 「父母愛子則為之計深遠」（〈戰〉194.21）
道	〈養〉34.6 〈周〉66.58	〈戰〉155.9 〈周〉84.18	左右改左下圍 形體一： 「平陵呂樂道」（〈養〉34.6） 「有復（孚）在道」（〈周〉66.58） 形體二： 「道涉谷」（〈戰〉155.9） 「復自道」（〈周〉84.18）
屎		〈氣〉10.243	小篆作包圍結構，即「木」置於「尸」內，使「尸」包圍「木」的左側與上側；而馬王堆簡帛則作左右結構，「木」在左「尸」在右 形體二： 「屎在所，利」（〈氣〉10.243）
鬃		〈遣一〉172.1 〈遣二〉260.1	左右改左上圍 形體二： 「鬃（漆）畫枋（鈁）二」（〈遣一〉172.1） 「鬃（漆）畫卑虒」（〈遣三〉260.1）
暇		〈去〉3.11 〈去〉5.8	左右改左上圍（對於「日」而言） 形體二： 「和以朝暇」（〈去〉3.11） 「・朝暇者」（〈去〉5.8）

幭		〈遣一〉256.6 〈遣三〉337.5	左右改右上圍 形體二： 「素信期繡襝（奩）幭」（〈遣一〉256.6） 「連絑合（袷）衣幭」（〈遣三〉337.5）
表	〈談〉54.15 〈稱〉2.30	〈老甲〉122.8	「衣」偏旁多將「亠」與下半分開，中間夾入「毛」偏旁，或可改作上下結構，「毛」在上「衣」在下 形體一： 「凡牡之屬靡（摩）表」（〈談〉54.15） 「侍（恃）表而望（望）則不惑」（〈稱〉2.30） 形體二： 「守情（靜）表也」（〈老甲〉122.8）
裹	〈老乙〉36.21	〈老甲〉75.11	「衣」偏旁多將「亠」與下半分開，中間夾入「眔」偏旁，或可改作左右結構，「衣」在左「眔」在右 形體一： 「是以聖人被褐而裹（懷）玉」（〈老乙〉36.21） 形體二： 「是以聖人被褐而裹（懷）玉」（〈老甲〉75.11）
髮	〈方〉8.8 〈方〉11.7	〈遣三〉393.1 〈周·殘上〉10.2	左右改左上圍 形體一： 「燔白毛雞及人髮」（〈方〉8.8） 「燔髮」（〈方〉11.7） 形體二： 「髮」（〈遣三〉393.1） 「公（？）髮聖」（〈周·殘上〉10.2）

忽	〈繆〉43.11	〈老甲〉117.11 〈老甲〉133.8	上下改左下圍 形體一： 「是以盛盈使祭服忽」（〈繆〉43.11） 形體二： 「其下不忽」（〈老甲〉117.11） 「望（恍）呵忽（惚）呵」（〈老甲〉133.8）
賊	〈春〉91.22 〈稱〉14.34	〈陰甲‧殘〉5.17	右上圍改上下 形體一： 「共中（仲）使卜奇賊閔公子武諱」（〈春〉91.22） 「‧無籍（藉）賊兵」（〈稱〉14.34） 形體二： 「丙☐癸亥七日有☐賊☐」（〈陰甲‧殘〉5.17）

表中除了「屎」、「裏」、「賊」屬包圍結構改作非包圍結構外，其餘皆為非包圍結構改作包圍結構；其中「賊」改作上下結構後，為上「則」下「戈」，亦為聲符在上，同屬先寫聲符之理。致於「髟」於馬王堆簡帛多作「長」，而髟部字改作包圍結構時，多將聲符寫在「長」的右下角，使「長」包圍聲符的左側與上側，成左上圍結構。

另由上表可知，改為包圍結構之字大多帶有「止」偏旁，且「止」多在該字的左下角，當中尤以「辵」部字常見此情況。因「辵」在馬王堆簡帛中可作上「彳」下「止」，或將二者快寫連筆作「辶」（但末筆不拉長），亦可將末筆拉長，成為後世將「辵」偏旁寫作「辶」的早期樣貌。至於「忽」字，本應為上下結構改作左右結構，但因其「心」的中間筆畫引曳延長，包圍「勿」的左側與下側，作左下圍結構；而「幟」亦因筆畫引曳延長而致包為結構，其「戈」對應到今日楷書形體的「㇏」筆畫延長，將「巾」右側包圍，使得本來可能為上下結構的「幟」改作右上圍結構。是而由辵部字、「忽」、「幟」等字可知，改作包圍結構，大多或與該字某個筆畫拉長所致。

六、改變穿插結構

僅「夜」字1例，馬王堆簡帛之「夜」字多與小篆相似，「亦」省去右側的「乀」，並將「夕」夾在右側，然或將「夕」移至「亦」下方，且「亦」不省形，成上下結構，如下表（三－9）：

表（三－9）

字　例	形體一	形體二	詞例與說明
夜	 〈足〉25.15 〈星〉73.13	 〈陰甲・神上〉20.1 〈陰甲・宜忌〉5.11	穿插結構改作上下結構 形體一： 「出夜（腋）內兼（廉）」（〈足〉25.15） 「日夜分」（〈星〉73.13） 形體二： 「☐夜☐☐☐吉日甲☐角堲（亢）靤（氐）必（畢）有三得」（〈陰甲・神上〉20.1） 「不☐☐夜分不可以有鑿」（〈陰甲・宜忌〉5.11）

且「夜」本身亦為形聲字，從「亦」聲，改成上下結構則作上「亦」下「夕」，同屬先寫聲符之例。

　　藉由以上分析，可知馬王堆簡帛在改變偏旁位置時，最常以「左右改作上下」方式，雖左右位置互換、上下改作左右亦不少見，但「左右改作上下」仍明顯較多。細究其理，可能受書寫材料、行款版面的影響而來。在紙發明以前，古代書寫材料有龜甲、獸骨、金、石、陶、竹、木、紡織品等；秦漢以後，龜甲、獸骨罕用，金、石則常用於紀念性質，如金、銀、青銅器上的銘文或石刻碑碣，但此類材料因取得不易、書寫費工，故皆非日常記錄文書的書寫材料，相比之下竹、木、紡織品則較為方便，是而文字多記錄在簡牘、帛書上。當中就簡牘而言，因簡寬有限，遇到偏旁較多，且為左右排列的合體字，書寫較為不易，故而有可能將此改作上下結構的合體字；若以寬度較足的帛書而言，雖可有足夠的空間書寫偏旁較多、左右排列的合體字，但容易使該段文字版面不整齊，如下二圖：

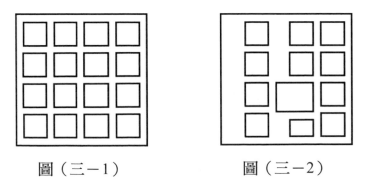

圖（三－1）　　　　　圖（三－2）

（直式書寫，以小的「□」表示文字）

由圖（三－1）可知，每個文字寬度較為整齊，行距也較為一致；而圖（三－2）

中，第二行的第三字的寬度較大，使得下一行需距離第二行較遠，方能使該行文字不影響到第二行的第三字所佔的空間，如此也導致行距不一，版面較為零亂，且也造成浪費原本可書寫的空間。

與限制文字左右寬度相反，亦有少數為限制文字上下長度，如「警」、「警」、「謹」、「梟」、「摩」、「繁」等字，因此等字的偏旁已屬長形，再以上下結構則導致該字的長寬比例過於狹長，故改作左右結構。然此情況相較左右結構改作上下結構少，或因對於直式書寫而言，單一文字對行距影響較大的，大抵還是文字的左右寬度。

另外，本節所論字例中，約有一半的形聲字字例在改易位置後，聲符在左或在上，使書寫時可先寫聲符，或為書手在記錄時，以語言聲音為主，故先寫聲符，再以形符標示意義。

至於改作包圍結構者，以該字左下帶有「止」偏旁最常見，尤以辵部字為是；亦有心部的「忽」、包含「戈」的「懺」，這些文字改作包圍結構的關鍵，在於某個筆畫引曳延長，使另一偏旁的一側被該筆畫包圍；若細察這些筆畫，大多帶有漸粗的情況，而延長、加粗，皆可使該筆畫在形貌上與其他筆畫更為突出，產生強烈對比，營造視覺張力。由此可知當時書手在書寫時，已加入審美意識，使文字不僅有語言記錄的實用性，亦有藝術表現在其中。

第三節　改變形體方向

改變形體方向者，係將整個文字上下顛倒或左右相反，類似成鏡像文字，又或為形體之豎立與橫臥之別。此現象常見於商周文字，甚至《說文解字》亦收錄某些形體上有顛倒或相反關係的字，如「𠃬」（子）與「𠫓」（去，從倒子）、「止」（止）與「屮」（少，從反止）等；或如目部字所從之「目」，多為豎立形，即與「目」小篆相同，作「目」；但亦有呈橫臥狀者，如「罘」（罘）。本節則論馬王堆簡帛中，改變形體方向者；然因簡帛文字常因書手之書寫習慣，或將文字整體略為傾斜，為免有受此因素而誤判，故以下僅針對三種方向討論：形體上下顛倒、形體左右相反、豎立橫臥之變。

一、形體上下顛倒

若將文字視作一個矩形，上下與左右各對摺一次，可形成十字形的摺線；

而形體上下顛倒者，即以水平摺線為軸並翻轉 180°，使其與原來文字成上下顛倒關係。正如《說文解字》之「ㄓ」（子）與「ㄊ」（㐬，從倒子）、「ㄓ」（首）與「ㄗ」（県，從倒首）。然此處並不講究上下顛倒後的形體，回轉 180° 後必須與原來文字一樣，筆畫或線條上有些微差異仍可接受，如「ㄥ」（七）為「ㄔ」（人）的倒字，但「ㄥ」還原回原方向後，不能完全符合「ㄔ」（人）的形體，但《說文》云：「七，變也。從到人。」〔註27〕故仍將二者視為上下顛倒關係的字。

表（三－10）

字　例	形體一	形體二	說　明
虍		〈遣一〉60.6 〈遣一〉214.4	「厂」上下顛倒作近似「L」

「虍」的秦簡作「」（《睡甲》163 正），小篆作「」，但於馬王堆簡帛中，其「厂」上下顛倒作「」（〈遣一〉60.6）、「」（〈遣一〉214.4）。

二、形體左右相反

　　承上一小節，形體上下顛倒者，即以垂直摺線為軸並翻轉 180°，使其與原來文字成左右相反關係。正如《說文解字》之「ㄔ」（人）與「ㄈ」（匕，從反人）、「ㄓ」（止）與「ㄓ」（少，從反止）。然此處亦不講究左右相反後的形體，回轉 180° 後必須與原來文字一樣，筆畫或線條上有些微差異仍可接受。

表（三－11）

字　例	形體一	形體二	說　明
少	〈房〉42.28	〈陰甲·徙〉4.30	末筆的「丿」左右相反

〔註27〕〔漢〕許慎撰，〔清〕段玉裁注，李添富總校訂：《新添古音說文解字注》，頁 388。

	〈陰乙・天一〉20.2	〈陰甲・雜六〉4.4
彌	〈戰〉190.6	左邊部件左右相反作「弓」形
卑	〈遣一〉214.3　　〈星〉57.39	才改作又

「少」的末筆大多作「ノ」，但於馬王堆簡帛中亦有作「乀」，如「」（〈陰甲・徙〉4.30）、「」（〈陰甲・雜六〉4.4）。「彌」的左右兩側為「⟨⟨」，象烹飪食物時的蒸氣。馬王堆簡帛中，其左邊部件推測受右邊部件的影響而將形體左右相反，寫作與右邊部件相同，使得形體與「弜」（從二弓）相混。「卑」字右下本從「才」（反又），但觀馬王堆簡帛之「卑」字，其「才」方向或與「又」同，如「」（〈遣一〉214.3）、「」（〈星〉57.39），故亦屬形體左右相反。至於其他若有「才」偏旁之字，或可作「又」，如「」（隨，〈春〉64.13）、「」（隨，〈刑甲〉24.12）。

三、豎立橫臥之變

　　豎立橫臥之變者，係將形體逆時鐘方向或順時鐘方向旋轉〔註28〕，使其與原來文字成正立、倒臥或傾斜的關係，如前述之「目」本多為豎立形，作「目」，亦有如「罒」（罒）呈橫臥者；或如「水」（水）多為豎立形，而「益」（益）所從的「水」為橫臥形。

〔註28〕此處不言「往左旋」或「往右旋」，是因此表示方式或因個人立場而有差異，如以下表（三－12）之「比」字為例，若認為「⌒」方向旋轉，則可云「往左旋」，若認為「∪」方向旋轉，則可說「往右旋」。為免誤解，故以「順時鐘方向」、「逆時鐘方向」說明形體旋轉的方向。

表（三－12）

字 例	形體一	形體二	說　明
比	〈陰甲·室〉9.20	〈周〉23.23 〈相〉2.15	「匕」略往逆時鐘方向旋轉
北	〈阜〉	〈星〉14.5 〈刑乙〉90.28	「人」順時鐘方向旋轉，「匕」逆時鐘方向旋轉
女	〈陰甲·祭一〉A16L.30 〈方〉105.20	〈五〉83.27 〈周〉86.3	「女」逆時鐘方向旋轉
受	〈戰〉40.32 〈十〉41.48	〈戰〉30.9 〈合〉27.15	「爫」逆時鐘方向旋轉
罪	〈罪〉	〈戰〉98.31 〈刑乙·小游〉1.146	「目」改作豎立

利	〈陰甲・天一〉6.19	〈衷〉40.28	「刀」順時鐘方向旋轉
	〈去〉1.46	〈相〉52.12	
犬	〈方〉41.12	〈房〉22.3	「犬」上半部逆時鐘方向旋轉
	〈方〉336.12	〈遣一〉302.2	
參	〈戰〉50.22	〈衷〉20.9	「參」逆時鐘方向旋轉
	〈周〉15.13	〈昭〉7.74	
以		〈方〉2.12	「以」改作橫臥
		〈養〉163.12	

　「比」從二匕，而「匕」本從反人，故相對「人」的小篆而言，「匕」為其左右相反而來，但皆為豎立形；然馬王堆簡帛中，常將「匕」改作橫臥狀，如上表之「比」或「皆」（皆，〈經〉60.37）、「皆」（皆，〈十〉46.43）等。至於「北」為象二人相背，故左半邊為「人」，右半邊為「匕」；但馬王堆簡帛中，除前述之「匕」常作橫臥狀外，「北」的「人」亦常作橫臥狀，如「北」（〈星〉14.5）、「北」（〈刑乙〉90.28）。另外，正因「匕」常轉作橫臥狀，而「北」的左旁「人」常作橫臥狀，可知今日楷書之「匕」、「北」形體之由。

　「女」的甲骨文作「君」（《合》13867賓組）、「壴」（《合》28240何組），

金文作「〔圖〕」（大盂鼎）、「〔圖〕」（兔簋），本象女性端坐之形，後將形體轉作橫臥狀，並拉直筆畫，寫作「女」（〈五〉83.27）、「〔圖〕」（〈周〉86.3），與今日楷書形體相近，馬王堆簡帛中，有「女」旁之字亦可作此，如「〔圖〕」（要，〈遣三〉115.1）、「〔圖〕」（要，〈繆〉48.40）等。

馬王堆簡帛中，從「〔爪〕（爪）」之「受」字，其「〔爪〕」本多作橫臥狀，如「〔圖〕」（〈戰〉40.32）、「〔圖〕」（〈十〉41.48），但亦有作豎立狀者，如「〔圖〕」（〈戰〉30.9）、「〔圖〕」（〈合〉27.15）。

「目」字如前所述多作豎立狀，而《說文》中部分文字作橫臥狀，如「〔圖〕」、「〔圖〕」，但馬王堆簡帛或將其改作豎立狀，如「〔圖〕」（〈戰〉98.31）、「〔圖〕」（〈刑乙·小游〉1.146）等。「刀」字亦同，馬王堆簡帛「刀」字本作「〔圖〕」（〈陰甲·室〉2.21）、「〔圖〕」（〈遣一〉234.2），若用於右側偏旁時，則改作橫臥狀，如「〔圖〕」（利，〈衷〉40.28）、「〔圖〕」（利，〈相〉52.12）等。

「犬」字較為特別，其甲骨文作「〔圖〕」（《合》15092 賓組）、「〔圖〕」（《合》378 賓組），金文作「〔圖〕」（史犬觶）、「〔圖〕」（員方鼎），楚簡作「〔圖〕」（《包》62）、「〔圖〕」（《包》210），秦簡作「〔圖〕」（《睡乙》74 壹）、「〔圖〕」（《睡甲》23 背伍），小篆為「〔圖〕」，多為豎立狀，但馬王堆簡帛則將其上半逆時鐘方向旋轉，作「〔圖〕」（〈房〉22.3）、「〔圖〕」（〈遣一〉302.2），幾乎馬王堆簡帛中帶有「犬」旁的字皆作此，如「〔圖〕」（獨，〈談〉3.19）、「〔圖〕」（獨，〈二〉10.31）、「〔圖〕」（犯，〈出〉15.26）、「〔圖〕」（犯，〈星〉66.46）。

「參」小篆作「〔圖〕」，馬王堆簡帛從「參」之字，如「參」的「參」或作橫臥形，「〔圖〕」（〈衷〉20.9）、「〔圖〕」（〈昭〉7.74），「瘳」作「〔圖〕」（〈刑甲·刑日〉7.4）、「〔圖〕」（〈經〉45.19）。又後世文字「參」作「𠔃」（非「爾」字），如「參」作「糸」、「珍」作「珍」等，或與此有關；甚如朱熹指出《詩經·陳風·月出》之「勞心慘兮」[註29]句，其「慘」應為「懆」之誤。[註30]如前所述，「參」可作「糸」，然「喿」可寫作「糸」之由，或因隸楷文字常將「口」（未必為表示{嘴}的「口」）、「厶」相混，如「弘」隸書或作「〔圖〕」[註31]、「〔圖〕」[註32]，楷書

〔註29〕 〔漢〕毛亨傳，鄭玄箋，〔唐〕孔穎達正義：《毛詩注疏》（臺北：藝文印書館，1997年，嘉慶二十年江西南昌府學雕本），頁 255。
〔註30〕 〔宋〕朱熹：《詩集傳》（臺北：臺灣學生書局，1970 年），第一冊，頁 326。
〔註31〕 范韌庵等編著：《中國隸書大字典》（上海：上海書畫出版社，1991 年），頁 265。
〔註32〕 范韌庵等編著：《中國隸書大字典》，頁 265。

或作「」〔註33〕、「」〔註34〕，故「枭」的「品」或作「厽」，與「參」上半訛混；而馬王堆簡帛有「参」之字，其「参」轉向後或與「木」寫法相近，因「木」旁或可作如「操」之「」（〈十〉46.63）、「柜」之「」（〈要〉15.58）。是以「枭」作「桼」，係因文字形體訛混而來，以致《詩經》之文傳抄有所謬誤。

「以」字於馬王堆簡帛皆作「」（〈方〉2.12）、「」（〈養〉163.12），觀其甲骨文作「」（《合》33191 歷組）、「」（《合》28011 何組），金文作「」（弔矢方鼎）、「」（師旅鼎），楚簡作「」（《包》4）、「」（《包》199），秦簡作「」（《睡效》1 正）、「」（《睡雜》1），小篆為「」，可知僅秦簡、馬王堆簡帛作橫臥狀外，商周文字皆為豎立狀。推測秦簡、馬王堆簡帛乃至今日之「以」字，應將原來豎立狀的「」順時鐘方向轉作橫臥狀後，割裂形體所致，而其左邊的「○」或作「口」，而隸楷文字常將「口」、「厶」相混，故為「以」的左旁為「厶」之由。

古文字中，形體的倒形、反形大多不影響字義，多與書寫者的習慣、書寫的情況有關；但亦有部分文字係從另一文字的倒形、反書而來，而字義上也與原來文字相反，如「又」、「ナ」。〔註35〕在馬王堆簡帛文字中，雖仍有改變形體方向的情況，但與古文字相比，情況明顯較少，或可知在早期隸書時期，當時書手已有將文字形體的方向固定的趨勢。

另觀「豎立橫臥之變」，由字例可知許多偏旁在改變方向後，能使文字趨於四邊形，如「比」、「北」、「受」、「利」、「犬」、「參」。若將文字形體輪廓化作幾何圖形，更可清楚觀察此現象：

表（三－13）

字　例	形體一	形體二
比	 〈陰甲・室〉9.20	 〈相〉2.15

〔註33〕李志賢等編著：《中國正書大字典》（上海，上海書畫出版社：2009 年），頁 228。
〔註34〕李志賢等編著：《中國正書大字典》，頁 228。
〔註35〕陳煒湛：《甲骨文簡論》，頁 69。

北		〈星〉14.5
受	〈戰〉40.32	〈戰〉30.9
利	〈陰甲·天一〉6.19	〈相〉52.12
犬	〈方〉41.12	〈遣一〉302.2
參	〈戰〉50.22	〈昭〉7.74

　　由上表可知，在轉變方向後，文字的外圍輪廓或趨於四方形，或使該字上、下、左、右側的邊線更加平直，或不使夾角處在上、下、左、右側上，在視覺上可讓文字更接近四邊形。對於漢字的特徵，常有「方塊字」的說法，如蔣善國《漢字學》：「漢字的字形基本是方塊的……方塊漢字的第一個特點是一字占一格。」〔註36〕其後更指出漢字的方塊、一字占一格的特徵奠定於西周。若察部分西周青銅器銘文，如圖（三－3）的瘤簋，文字的行列對齊，版面工整；圖（三－4）的小克鼎更畫上界格，雖仍有文字超出方格，但既特意畫上界格，反映當時已有將文字寫入方格的意識。

　　至於如圖（三－5）、圖（三－6）、圖（三－7）的馬王堆簡帛，雖簡帛未特意標上界格，且文字僅於行中對齊，橫列的文字未對齊；但圖（三－5）、圖（三－6）的文字外輪廓多趨向四邊形，字與字的間距較大，而圖（三－7）則否。

　　相比之下可知圖（三－5）、圖（三－6）在版面上較為疏朗整齊。是而可

〔註36〕蔣善國：《漢字學》，頁65。

知文字外輪廓調整作趨向四邊形，配合字距的調整，書寫時可提升版面的齊整度。

圖（三-3）〔註37〕　　　　圖（三-4）〔註38〕

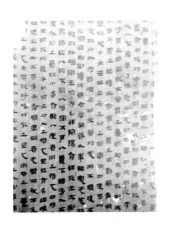 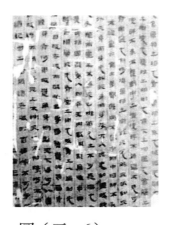 

圖（三-5）〔註39〕　　圖（三-6）〔註40〕　　圖（三-7）〔註41〕

第四節　替換文字偏旁

替換文字偏旁者，係將文字所用偏旁替換成其他偏旁，且彼此之間有一定關係，或為聲音相關，或為意義相關。在分析馬王堆簡帛文字之替換偏旁之

〔註37〕吳鎮烽編著：《商周青銅器銘文暨圖像集成》（上海：上海古籍出版社，2012 年），第十一卷，頁 193。

〔註38〕吳鎮烽編著：《商周青銅器銘文暨圖像集成》，第五卷，頁 301。

〔註39〕湖南省博物館、復旦大學出土文獻與古文字研究中心編纂，裘錫圭主編：《長沙馬王堆漢墓簡帛集成》（北京：中華書局，2014 年），第壹冊，頁 124。

〔註40〕湖南省博物館、復旦大學出土文獻與古文字研究中心編纂，裘錫圭主編：《長沙馬王堆漢墓簡帛集成》，第壹冊，頁 146。

〔註41〕湖南省博物館、復旦大學出土文獻與古文字研究中心編纂，裘錫圭主編：《長沙馬王堆漢墓簡帛集成》，第壹冊，頁 85。

前，需先了解文字偏旁的類型，依據裘錫圭《文字學概要》所言，漢字所用的「字符」（即文字本身所使用的符號）有意符、音符、記號，意符係指文字所用的字符與該字表示的詞在意義上有所聯繫，音符即文字所用的字符在該字的語音上有所相關，而與意義、語音都無關的字符即為記號；其中意符可再依其意義是否以本身形體表達，分作形符、義符，形符即依靠自身形體表達意義者，而義符是指以現有的字當表意偏旁時，以其自身所指的詞義作為某字的意符所用的意義。〔註42〕

觀裘錫圭之說，與本節直接相關者應為意符、音符。然觀當前對形聲字的偏旁分析，多以「聲符」指稱裘錫圭所謂「音符」，故本文對此仍以「聲符」指稱形聲字之表音偏旁；至於「意符」一詞，若用於指稱不兼聲的會意字或無疑義，但用於分析形聲字則有待討論。觀蔡信發《六書釋例・形聲釋例》整理北宋王子韶、南宋張世南、清代段玉裁，及近人章炳麟、魯實先等對形聲字的研究，最後指出形聲字的聲符除「識音之字」外，皆有示義功能；所謂「識音」即記音、標音，識音之字即在現有的字增添聲符，表示讀音，如「网」增添「亡」而作「罔」，「亡」僅用作標音而與「网」意義無關；除此之外的聲符類型包含示本義、示引申義、示比擬義、示假借義。〔註43〕是以可知大多形聲字的聲符應有表意功能，若以「意符」分析形聲字，則恐將聲符包含在內，對此本文將形聲字除聲符之外，單純示義的偏旁則稱作「形符」，與裘錫圭之「形符」所指不同。

因此以下就替換聲符、替換形符兩部分，討論馬王堆簡帛文字之偏旁替換的情況；其中「替換形符」包含形聲字之形符替換、會意字的偏旁替換。

一、替換聲符

所謂替換聲符，即該字為形聲字，因其表音偏旁替換為其他音同或音近的偏旁，使該字有其他的形體寫法。依其聲符之間的關係，可分作「同聲符的形聲字互替」、「聲符彼此的聲紐有關」、「聲符彼此的韻部有關」、「聲符聲紐韻部

〔註42〕至於義符通常出現在合體字，如裘錫圭於此節舉「歪」字為例，此字以「不」、「正」組成，且以二字所指詞義，即取「不」之否定義、「正」之端正、正直義，合而表達「歪」字之「不正」義的意符，故「不」、「正」皆為「歪」的義符。裘錫圭：《文字學概要》，頁 15。

〔註43〕蔡信發：《六書釋例》（桃園：臺灣學生書局有限公司，2006 年），頁 197～231。

皆有關」四類。另外，若該字的聲符與《說文解字》小篆不同，即便該字於馬王堆簡帛中無替換其他聲符，亦視為替換聲符，以便觀察在秦漢時期聲符替換時，彼此的聲韻關係，如「諸」在《說文解字》從「諸」聲，而馬王堆簡帛則皆從「者」聲，亦於本節討論「諸」、「者」之間的聲音關係。

（一）同聲符的形聲字互替

有些形聲字在替換聲符時，替換後的聲符與原來使用的聲符之間，或有相同聲符的關係，如「薟」為「僉」聲，馬王堆簡帛或從「斂」聲、「劍」聲，而「斂」、「劍」皆從「僉」聲；或有以對方為聲符的關係，如「彊」字從「畺」聲，馬王堆簡帛亦有從「畺」聲者，而「畺」亦為「彊」的聲符。以下將馬王堆簡帛中，同聲符的形聲字互替之字例，整理作表（三－14）：

表（三－14）

字　例	形體一	形體二	形體一聲　符	形體二聲　符	聲韻關係
彊	〈方〉262.15	〈房〉9.6 〈胎〉5.8	彊	畺	「彊」為從弓畺聲，群紐陽部；「畺」見紐陽部
茅	〈星〉96.2 〈星〉130.5	〈明〉20.23	矛	柔	「矛」明紐幽部；「柔」為從木矛聲，日紐幽部
諸		〈方〉264.1	諸	者	「諸」為從言者聲，「諸」、「者」皆為章紐魚部
薟	〈方〉284.5	〈方〉288.4	僉	斂、劍	「僉」清紐談部；「斂」為從攴僉聲，來紐談部；「劍」為從刀僉聲，見紐談部

	〈方〉284.29	〈方〉304.7		
耆	〈方〉284.8 〈繫〉25.16	〈方〉288.6	耆	旨	「旨」章紐脂部；「耆」為從老省，旨聲，群紐脂部
茮	〈方〉284.17 〈養〉113.17	〈方〉192.11 〈方〉306.12	卡	叔	「卡」書紐覺部；「叔」為從又卡聲，書紐覺部
葉	〈射〉23.6 〈相〉70.64	〈戰〉230.31	枼	世	「枼」為從木世聲，餘紐葉部；「世」書紐月部，葉部、月部常通假〔註44〕
蒅		〈老乙〉64.65 〈刑乙〉54.19	票	剽	「剽」為從刀票聲，滂紐宵部；「票」滂紐宵部
藉	〈方〉102.7	〈繆〉43.15	耤	昔	「耤」為從耒昔聲，從紐鐸部；「昔」心紐鐸部

〔註44〕有些從「世」聲之字可作從「枼」聲，如「丗」、「枼」（《大系》，頁784），「紲」、「緤」（《會典》，頁635），「泄」、「渫」（《會典》，頁636）等。

藩	〈周〉33.37 〈刑乙〉70.57	〈周〉33.49	潘	璠	「潘」為從水番聲，滂紐元部；「璠」為從玉番聲，並母元部；「番」滂紐元部、並紐元部
薨		〈周〉17.15 〈周〉17.40	每	母	「每」為從屮母聲，明紐之部；「母」明紐之部
藜		〈周〉62.59 〈繆〉9.7	黎	利	「黎」為從黍利省聲（「利」為古文「利」），來紐脂部；「利」來紐質部，脂、質陰入對轉
喋		〈十〉28.23	集	雜	替換聲符應為「雜」省形，「雜」為從衣集聲，從紐緝部；「集」從紐緝部
咢		〈相〉42.38	屰	庶	「屰」疑紐鐸部；「庶」為從广屰聲，昌紐鐸部
踊	〈星〉54.6	〈相〉51.40	甬	用	「甬」為從𠃚用聲，餘紐東部；「用」餘紐東部
暉		〈談〉10.9 〈談〉38.3	重	童	「重」為從壬東聲，定紐東部；「童」為從辛重省聲，定紐東部

適	〈九〉3.19 〈繆〉25.33	〈九〉4.7 〈繆〉6.23	啻	帝	「啻」為從口帝聲，書紐錫部；「帝」端紐錫部
速	〈戰〉88.20	〈戰〉88.20 〈星〉36.4	束	欶	「束」書紐屋部；「欶」從欠束聲，且從「欶」聲之「漱」為山紐屋部
通	〈戰〉36.33 〈二〉17.60	〈相〉39.27	甬	用	「甬」為從马用聲，餘紐東部；「用」餘紐東部
踵	〈合〉19.15 〈合〉21.11	〈老甲〉106.16 〈談〉42.2	重	童	「重」為從壬東聲，定紐東部；「童」為從辛重省聲，定紐東部
誨	〈養〉12.5 〈要〉11.7	〈衷〉5.60 〈衷〉10.14 〈陰甲·殘〉27.3	每	母、毋	「每」為從屮母聲，明紐之部；「母」明紐之部；「毋」明紐魚部，母、毋常通假

譖	〈問〉91.13	〈二〉18.32	朁	簪	「朁」清紐侵部；「簪」為從竹朁聲，精紐侵部
誰	〈陰甲・徙〉1.18　〈老乙〉47.50	〈衷〉7.38　〈十〉58.27	隹	隼	「隹」章紐微部；「隼」為「雒」或體，心紐文部，「雒」為從鳥隹聲，「隼」的「隹」或為兼聲，文、微陰陽對轉
簪	〈方〉5.13　〈養〉66.14	〈方〉181.14　〈遣三〉87.20	扰	朁	「簪」為從竹朁聲；「朁」為從曰扰聲，清紐侵部；「扰」精紐侵部
殤	𤼣	〈陰甲・神上〉25.1	傷	易	「傷」從人𧗵省聲，「𧗵」從矢傷省聲（大徐本為從矢易聲），「易」書紐陽部
臂	〈足〉26.6　〈老乙〉1.57	〈老甲〉72.22	辟	璧	「辟」幫紐錫部；「璧」為從玉辟聲，幫紐錫部
脽	雕	〈足〉3.12	隹	隼	「隹」章紐微部；「隼」為「雒」或體，心紐文部，「雒」為從鳥隹聲，「隼」的「隹」或為兼聲，文、微陰陽對轉
腫	膧	〈衷〉5.33　〈衷〉5.48	重	童	「重」為從壬東聲，定紐東部；「童」為從辛重省聲，定紐東部

脯	〈遣三〉197.9 〈牌三〉50.3	〈陰甲・雜四〉2.15 〈周〉10.63	甫	父	「甫」從用父，父亦聲，幫紐魚部；「父」幫紐魚部
脘		〈遣一〉86.1 〈遣三〉139.1	完	元	「完」從宀元聲，匣紐元部；「元」疑紐元部
盎	〈陰乙・大游〉3.193 〈陰乙・大游〉3.199	〈談〉12.32	央	英	「央」影紐陽部；「英」為從艸央聲，影紐陽部
盅		〈老甲〉17.26	中	沖	「中」端紐冬部；「沖」為從水中聲，定紐冬部
腐	〈十〉18.12 〈道〉1.78	〈候〉2.8 〈方〉369.13	府	付	「府」從广付聲，幫紐侯部；「付」幫紐侯部
柚		〈遣一〉135.1 〈牌三〉25.1	由	胄	「由」餘紐幽部；「胄」為從冃由聲，定紐幽部

梅	 〈遣一〉136.2 〈周〉61.14		每	母	「每」為從屮母聲,明紐之部;「母」明紐之部
櫛	 〈方〉474.1	 〈陰甲・神上〉 3.14	節	即	「節」從竹即聲,精紐質部;「即」精紐質部
栢		 〈養〉76.17 〈遣一〉196.4	否	音、不	「否」為從口不聲,幫紐之部;「不」幫紐之部;「丕」為從一不聲,滂紐之部;「掊」、「剖」所從之「音」聲為之部,亦為唇音
椎	 〈方〉213.17	 〈養〉129.19	隹	隼	「隹」章紐微部;「隼」為「雂」或體,心紐文部,「雂」為從鳥隹聲,「隼」的「隹」或為兼聲,文、微陰陽對轉
圈	 〈方〉282.16 〈繫〉9.69	 〈遣一〉309.2	卷	券	「卷」為從卩弅聲,見紐元部、群紐元部;「券」為從刀弅聲,溪紐元部
賞	 〈繆〉45.69 〈昭〉4.6	 〈陰甲・雜三〉 4.29	尚	當	「當」為從田尚聲,端紐陽部;「尚」禪紐陽部

暨	〈九〉14.12 〈氣〉9.135	〈刑甲〉7.5	既	溉	「既」見紐物部;「溉」為從水既聲,見紐物部
旌	〈氣〉6.86 〈遣三〉9.5	〈十〉27.60	生	青	「生」山紐耕部;「青」為從丹生聲,清紐耕部
函	〈繆〉58.52 〈十〉27.30	〈遣三〉198.3	今	含	「今」見紐侵部;「含」為從口今聲,匣紐侵部
稈	〈相〉17.7 〈相〉68.19	〈氣〉6.210 〈氣〉6.218	旱	干	「旱」為從日干聲,匣紐元部;「干」見紐元部
糈		〈木〉20.24 〈木〉67.4	胥	疋	「胥」為從肉疋聲,心紐魚部;「疋」山紐魚部
察	〈繫〉37.57	〈二〉3.6	祭	蔡	「蔡」為從艸祭聲,清紐月部;「祭」精紐月部

	〈要〉21.3	〈二〉3.33			
寶	〈老乙〉32.63　〈老乙〉32.66	〈老甲〉51.10　〈老乙〉24.13	保	葆	「保」幫紐幽部；「葆」為從艸保聲，幫紐幽部
佰		〈經〉40.7　〈十〉18.22	丕	不	「丕」為從一不聲，滂紐之部；「不」幫紐之部
佛		〈經〉62.27　〈經〉63.2	弗	費	「弗」幫紐物部；「費」為從貝弗聲，滂紐物部
傷	〈出〉32.36　〈稱〉1.50	〈問〉54.11	錫	易	「傷」從人煬省聲，「煬」從矢傷省聲（大徐本為從矢易聲），「易」書紐陽部
領		〈陽甲〉15.15　〈陽乙〉6.20	含	今	「今」見紐侵部；「含」為從口今聲，匣紐侵部

匈	⽥	〈養〉144.7	凶	兇	「兇」為從人在凶下，「凶」、「兇」皆為曉紐東部，推測「兇」亦為凶聲
崔	崔	〈五〉57.26	隹	唯	「唯」為從口隹聲，餘紐微部；「隹」章紐微部
雁	雇	〈戰〉34.8　〈戰〉38.34	隹	隼	「隹」章紐微部；「隼」為「雕」或體，心紐文部，「雕」為從鳥隹聲，「隼」的「隹」或為兼聲，文、微陰陽對轉
䈥	䈥	〈遣三〉202.1	旨	佶	「旨」章紐脂部
爛	爛	〈方〉298.2	蘭	闌	「蘭」為從艸闌聲，來紐元部；「闌」來紐元部
愨	愨	〈十〉29.37	殼	㲉	「㲉」為從子殼聲，見紐屋部；「殼」溪紐屋部
恕	恕	〈陰甲〉2.8　〈陰甲〉3.8	如	女	「如」為從女從口，日紐魚部；「女」泥紐魚部、日紐魚部，「女」、「如」有諧聲關係
怠	怠〈春〉89.4　怠〈稱〉20.20	怠〈老甲〉124.4　怠〈陰甲·殘〉40.2	台	以、治	「台」餘紐之部、透紐之部；「台」從「以」聲，「以」餘紐之部；「治」為從水台聲，定紐之部

悔	〈戰〉208.9 〈戰〉269.7	〈春〉91.5 〈周〉20.49	每	母	「每」為從屮母聲，明紐之部；「母」明紐之部；「毋」明紐魚部，母、毋常通假
悶	〈老甲〉30.23 〈老甲〉38.18	〈老甲〉126.13 〈老乙〉61.56	門	問	「門」明紐文部；「問」為從口門聲，明紐文部
惴	〈椯〉	〈合〉24.7	耑	椯	「椯」為從木耑聲，端紐歌部；「耑」端紐元部，歌、元陰陽對轉
愓	〈傷〉	〈陽甲〉11.4	昜	傷	「傷」從人昜省聲，「昜」從矢傷省聲（大徐本為從矢昜聲），「昜」書紐陽部
溉	〈養〉207.17 〈養〉208.5	〈方〉113.7	既	暨	「既」見紐物部；「暨」為從旦既聲，群紐物部
海	〈十〉46.14 〈道〉1.68	〈九〉4.24 〈明〉17.5	每	母	「每」為從屮母聲，明紐之部；「母」明紐之部；「毋」明紐魚部，母、毋常通假
汎	〈沨〉	〈老乙〉75.26	凡	風	「風」為從虫凡聲，幫紐冬部；「凡」並紐侵部

洶		〈戰〉100.4	匈	兇	「匈」為從勹凶聲，曉紐東部；「兇」為從人在凶下，「凶」、「兇」皆為曉紐東部，推測「兇」亦為凶聲
沸	〈養〉109.19 〈五〉16.21	〈方〉44.20 〈養〉4.5	弗	費	「弗」幫紐物部；「費」為從貝弗聲，滂紐物部
汽	〈方〉357.27	〈談〉47.11	气	氣	「气」溪紐物部；「氣」為從米气聲，溪紐物部
涼	〈合〉28.10 〈相〉20.46	〈談〉46.3	京	景	「京」見紐陽部；「景」為從日京聲，見紐陽部
潛	〈問〉32.25	〈問〉33.22	敄	矛	「敄」為從攴矛聲，「瞀」、「鍪」等從「敄」聲者，多為明紐侯部，「矛」為明紐幽部，幽、侯常通假
鱓		〈胎〉6.26	單	彈	「單」端紐元部；「彈」為從弓單聲，定紐元部
魦		〈遣三〉83.2	少	小	「少」於《說文解字》以為從小丿聲，但「少」為書紐宵部，「小」為心紐宵部，推測「小」亦與「少」有諧聲關係
闕	〈談〉9.8	〈五〉7.7	欮	厥	「厥」為從厂欮聲，見紐月部；「厥」、「闕」從「欮」聲者，多為月部

	〈十〉58.45			
挈	〈相〉48.44 〈相〉61.11	〈老甲〉31.24	紉	絜	從「紉」聲之「挈」為溪紐月部;「絜」見紐月部
搏	〈老甲〉36.19 〈星〉65.44	〈問〉5.24	專	尃	「專」滂紐魚部;「尃」應為專聲,推測亦為魚部
賊	〈稱〉14.41 〈老乙〉60.9	〈陰乙・文武〉12.39	則	側	「則」精紐職部,「側」莊紐職部
戲	〈養〉61.31 〈談〉22.37	〈繫〉32.50 〈卜〉26.55	盧	虛	「盧」曉紐歌部,「虛」曉紐魚部,「盧」「虛」皆從「虍」聲,二者常通假
穀	〈明〉22.1	〈遣一〉251.5	殼	毃	「毃」為從子殼聲,見紐屋部;「殼」溪紐屋部
條		〈遣一〉266.10	攸	脩	「脩」為從肉攸聲,心紐幽部;「攸」餘紐幽部

		〈遣一〉268.12			
縷	〈刑甲〉56.17	〈談〉49.5	婁	數	「數」為從攴婁聲，山紐屋部、山紐侯部、清紐屋部；「婁」來紐侯部，侯、屋陰入對轉
縫	〈戰〉224.8		逢	夆	「逢」為從辵夆聲，並紐東部；「夆」並紐東部
絮	〈方〉37.13 〈房〉14.8	〈遣一〉162.1	如	茹	「茹」為從艸如聲，日紐魚部；「如」日紐魚部
蠭	〈射〉12.9 〈射〉13.23	〈老乙〉16.63 〈養〉32.4	逢	夆	「逢」為從辵夆聲，並紐東部；「夆」並紐東部
飄		〈老甲〉138.13	票	剽	「剽」為從刀票聲，滂紐宵部；「票」滂紐宵部
塗	〈昭〉13.68 〈稱〉7.15	〈雜〉1.9 〈衷〉10.28	涂	余	「涂」為從水余聲，定紐魚部；「余」餘紐魚部
動	〈五〉62.31	〈繫〉30.45	重	童	「重」為從壬東聲，定紐東部；「童」為從辛重省聲，定紐東部

		〈要〉11.50			
勇	〈老甲〉77.13	〈十〉61.36 〈老乙〉33.41	甬	用	「甬」為從马用聲，餘紐東部；「用」餘紐東部
飤	〈明〉19.15 〈相〉61.26	〈遣一〉267.11 〈二〉32.23	飤	食	「飤」為從人食，邪紐之部；「食」船紐職部，之職陰入對轉，推測「飤」或為食聲
錐	錐	〈遣三〉277.5 〈遣三〉278.1	隹	隼	「隹」章紐微部；「隼」為「雋」或體，心紐文部，「雋」為從鳥隹聲，「隼」的「隹」或為兼聲，文、微陰陽對轉
陽	〈十〉12.11 〈星〉66.26	〈問〉21.2 〈星〉69.46	易	傷	「傷」從人㿃省聲，「㿃」從矢傷省聲（大徐本為從矢易聲），「易」書紐陽部
隊	隊	〈方〉192.21	豕	遂	「遂」為從辵㒸聲，邪紐物部；「豕」邪紐物部

形聲字替換之聲符，與原聲符之間正好為同聲符，或以對方為聲符者，聲音上必有關聯，如段玉裁〈六書音均表〉云：「一聲可諧萬字，萬字而必同部，同聲

必同部」〔註45〕、「同諧聲者必同部也」〔註46〕，所謂「同諧聲」即使用相同聲符者。雖表中原聲符與替換後的聲符之上古音未必相同，但聲紐可能為同組，或發音部位相同的關係；而韻部則大多相同，或有陰陽入對轉的關係，僅有少數為韻部通假。由此可見，馬王堆簡帛文字在替換聲符時，其以相同聲符的形聲字互替，彼此聲韻關係大致與段玉裁「同諧聲必同部」之說相近。

（二）聲符之間的聲紐有關

有些形聲字替換聲符後，其原來的聲符與替換後的聲符彼此的聲紐有關聯，或為同聲紐，或為同組聲紐（即發音部位相同之聲紐，如同為唇音、同為舌音等關係）。以下將馬王堆簡帛中，聲符之間的聲紐有關之形聲字字例，整理作表（三－15）：

表（三－15）

字　例	形體一	形體二	形體一聲　符	形體二聲　符	聲韻關係
莖	〈方〉109.6 〈方〉263.23	〈方〉468.8	巠	工	「巠」見紐耕部，「工」見紐東部
雉	〈遣三〉72.1 〈周〉73.50	〈明〉22.24	矢	失	「矢」書紐之部，「失」書紐質部

「莖」的聲符為「巠」，「巠」為見紐耕部；而「莖」在馬王堆簡帛或省作從艸工聲，雖可視為「巠」的省形，但察「工」之上古音為見紐東部，可知「巠」、「工」的聲紐相同，故可作為諧聲偏旁。「雉」的聲符為「矢」，「矢」為書紐之部；而馬王堆簡帛中「雉」或作從隹失聲，「失」為書紐質部，與「矢」的

〔註45〕〔漢〕許慎撰，〔清〕段玉裁注，李添富總校訂：《新添古音說文解字注》，頁825。
〔註46〕〔漢〕許慎撰，〔清〕段玉裁注，李添富總校訂：《新添古音說文解字注》，頁827。

聲紐相同，故可作為諧聲偏旁。

（三）聲符之間的韻部有關

有些形聲字在替換聲符時，將聲符改作韻部相同的其他偏旁，且彼此非諧聲關係；至於韻部的關聯，有同韻部者、對轉者、旁轉者、無直接關聯但可通假者。下表（三-16）為馬王堆簡帛中，聲符之間的韻部有關之形聲字字例：

表（三-16）

字　例	形體一	形體二	形體一聲　符	形體二聲　符	聲韻關係
茝	〈養〉180.5	〈周〉29.3 〈周〉29.6	臣	叵	「臣」為餘紐之部；「叵」應從「巳」聲，「巳」邪紐之部
薟	〈方〉284.5 〈方〉284.29	〈方〉297.6	僉	欽	「僉」為清紐談部，「欽」為曉紐緝部，談、緝有通假情況
荊	〈刑甲〉59.2	〈春〉78.2 〈春〉78.14	刑	荊	「开」為匣紐耕部；《漢字古音手冊》無「荊」，僅從其字形從刀井聲，其聲符「井」為精紐耕部，與「开」韻部相同
蔥	〈繫〉22.45 〈相〉18.53	〈遣一〉150.1 〈遣三〉112.2	悤	兇	「悤」清紐東部，「兇」曉紐東部

趯	〈星〉54.7	〈相〉51.41	翟	龠	「翟」定紐藥部，「龠」餘紐藥部
微	徽	〈老甲〉85.27 〈十〉32.34	散	敳	「散」明紐微部，因未查得「敳」之上古音，故僅推測其聲符應為「耳」，「耳」日紐之部，微、之或可通假
鍚	鍚	〈方〉80.9	易	它	「鍚」為從舌易聲，餘紐錫部；「它」透紐歌部
闛	〈明〉9.10 〈稱〉19.41	〈陰甲·刑日〉6.9	斲	鼓	「斲」端紐屋部，「鼓」見紐魚部，魚、屋有通假情況
赦	赦	〈戰〉40.29 〈經〉17.1	赤	亦	「赤」昌紐鐸部，「亦」餘紐鐸部
臚	〈合〉27.2 〈談〉45.7	〈遣一〉30.2 〈遣一〉33.4	盧	夫	「盧」來紐魚部，「夫」幫紐魚部
劓	劓	〈問〉88.23	臬	鼻	「臬」疑紐月部，「鼻」並紐質部，臬、鼻常通假

刺		〈氣〉9.182 〈相〉57.46	束	亦	「束」清紐錫部， 「亦」餘紐鐸部， 錫、鐸旁轉
筍	〈遣一〉12.5 〈遣三〉109.1	〈遣三〉55.8 〈遣三〉66.4	旬	尹	「旬」見紐真部， 「尹」餘紐文部， 真、文旁轉
衄		〈足〉4.8 〈足〉11.24	丑	肉	「丑」透紐幽部， 「肉」日紐覺部， 幽、覺陰入對轉
飢	〈十〉50.34 〈相〉18.23	〈二〉9.65 〈二〉9.83	几	卂	「几」見紐脂部， 「卂」心紐真部， 真、脂陰陽對轉
夆		〈老乙〉16.27	丰	工	「夆」並紐東部， 「丰」滂紐東部， 「工」見紐東部
枯	〈周〉25.4 〈相〉36.6	〈老甲〉84.23 〈老乙〉40.21	古	車	「古」見紐魚部， 「車」昌紐魚部

杝	杝 〈遣一〉190.3 〈遣一〉191.11		也	它	「它」透紐歌部， 「也」餘紐歌部
肔	肔 〈五〉57.7 〈五〉57.19		也	它	「它」透紐歌部， 「也」餘紐歌部
睅	睅 〈出〉24.44		施	它	「它」透紐歌部， 「也」餘紐歌部
晦	晦 〈出〉24.28 晦 〈經〉49.58	晦 〈陰甲・徙〉6.41 〈陰甲・徙〉6.41	每	黑	「每」明紐之部， 「黑」曉紐職部， 之、職陰入對轉
羑	羑 〈九〉14.1 〈衷〉4.6		羑	秀	「羑」餘紐之部， 「秀」心紐幽部， 之、幽可通假
厲	厲 〈周〉33.33 厲 〈衷〉26.20	厲 〈老乙〉16.64	萬	薑	「萬」明紐元部， 「薑」透紐月部， 元、月陽入對轉

馳		〈二〉16.43 〈相〉15.33	也	它	「它」透紐歌部，「也」餘紐歌部
炧	〈陽乙〉12.33	〈陽甲〉30.7	也	它	「它」透紐歌部，「也」餘紐歌部
熱	〈房〉43.14 〈談〉2.26	〈老甲〉18.16 〈老甲〉151.23	埶	日	「埶」疑紐月部，「日」日紐質部
惰		〈物〉3.28	隋	左	「隋」透紐歌部，「左」精紐歌部
池		〈周〉23.34 〈相〉58.67	也	它	「它」透紐歌部，「也」餘紐歌部
鱠	〈衷〉33.35 〈衷〉33.51	〈周〉1.44	翟	侖	「翟」定紐藥部，「侖」餘紐藥部
閭	〈養〉48.19	〈陰甲・雜四〉2.1	呂	膚	「呂」來紐魚部，「膚」幫紐魚部

	〈繆〉59.50				
闕	〈星〉1.39	〈星〉1.39	於	旅	「於」影紐魚部，「旅」來紐魚部
攘	〈戰〉176.31 〈老乙〉35.7	〈春〉81.5 〈明〉45.14	襄	羑	「襄」心紐陽部，「羑（養）」餘紐陽部
捪	〈方〉55.6 〈老乙〉55.3	〈養〉89.20 〈房〉6.7	昏	民	「昏」曉紐文部，「民」明紐文部
拯	〈方〉97.11 〈十〉38.27	〈周〉51.43 〈周〉90.18	丞	登	「丞」禪紐蒸部，「登」端紐蒸部
擣	〈養〉75.6	〈方〉68.27 〈九〉51.17	壽	鳥	「壽」禪紐幽部，「鳥」端紐幽部
螫		〈老甲〉36.13	赤	亦	「赤」昌紐鐸部，「亦」餘紐鐸部

地		 〈方〉279.26  〈氣〉3.73	也	它	「它」透紐歌部，「也」餘紐歌部

彼此韻部相同者，有「莖」、「荊」、「蔥」、「趯」、「踼」、「赦」、「臚」、「夆」、「枯」、「杝」、「貤」、「暆」、「馳」、「灺」、「惰」、「池」、「鸙」、「閭」、「閟」、「攘」、「揞」、「拚」、「擣」、「蝥」、「地」；韻部之間關係為對轉者，有「岨」（幽、覺陰入對轉）、「飢」（真、脂陰陽對轉）、「晦」（之、職陰入對轉）、「癘」（元、月陽入對轉）、「厲」（元、月陽入對轉）；韻部之間為旁轉關係者，有「刺」（錫、鐸旁轉）、「筍」（真、文旁轉）。

韻部之間雖非相同、對轉、旁轉，但文獻中可通假者，有「薟」、「微」、「鬭」、「劓」、「牖」、「羑」、「熱」。「薟」的聲符為「僉」（清紐談部），馬王堆簡帛或易為「欲」（曉紐緝部），談部、緝部有通假情況，如談部的「掩」寫作緝部的「翕」（《會典》，頁250），又如談部的「厭」寫作緝部的「揖」（《會典》，頁254）。「微」的聲符為「敚」（明紐微部），馬王堆簡帛中或換作從「耳」聲（日紐之部）的「散」，微部與之部偶有通假關係，如從「耳」聲（之部）的「恥」可作從「鬼」聲（微部）的「瑰」（《會典》，頁399）。「鬭」的聲符為「斲」（端紐屋部），馬王堆簡帛或換作「鼓」（見紐魚部），魚部、屋部有通假情況，如魚部的「楚」可與屋部的「速」通假（《大系》，頁322）。「劓」的聲符為「臬」（疑紐月部），馬王堆簡帛或換作「鼻」（並紐質部），劓、劓二字可互通（《會典》，頁628）。「羑」的聲符為「羑」（餘紐之部），馬王堆簡帛或替換作「秀」（心紐幽部），之部、幽部可通假，如「羑」、「誘」（《會典》，頁724）。「熱」的聲符為「埶」（疑紐月部），馬王堆簡帛或替換作「日」（日紐質部），月部、質部有通假情況，如「埶」、「馹」（《大系》，頁808）。

（四）聲符聲紐韻部皆有關

有些形聲字在替換聲符後，替換的聲符與原來聲符之聲紐與韻部皆有關聯。聲紐的關聯或為同聲紐，或為同組聲紐，或同為唇音、舌音、牙音、齒音、喉音；韻部的關聯或為同韻部，或為陰陽入之間對轉，或為旁轉。以下將

馬王堆簡帛中，聲符聲紐韻部皆有關之形聲字字例，整理作表（三－17）：

表（三－17）

字 例	形體一	形體二	形體一聲 符	形體二聲 符	聲韻關係
茝	〈養〉180.5	〈春〉54.25	臣	配	「臣」為餘紐之部；「配」為從臣巳聲，餘紐之部
蔗	蔗	〈方〉264.2	庶	石	「庶」為章紐鐸部、書紐鐸部，「石」為禪紐鐸部
蕪	〈方〉76.8　〈二〉10.13	〈老乙〉15.22	無	无	「无」為「無」的奇字，皆為明紐魚部
蔥	〈繫〉22.45　〈相〉18.53	〈談〉15.3	悤	忩	「悤」清紐東部，「忩」應為從心公聲，「公」見紐東部
過	〈十〉34.35　〈稱〉2.28	〈陰甲·堪法〉13.22	咼	七	「過」為從辵咼聲，溪紐歌部；「七」曉紐歌部
速	〈戰〉88.20　〈衷〉12.15	〈陰甲·堪法〉13.19	束	朱	「束」書紐屋部，「朱」章紐侯部，屋、侯陰入對轉

遮	遮	⟨老甲⟩115.16	庶	石	「庶」章紐鐸部、書紐鐸部,「石」禪紐鐸部
詬	⟨周⟩32.25	⟨老甲⟩90.14 ⟨老乙⟩42.42	后	句	「后」匣紐侯部,「句」見紐侯部
戴	⟨稱⟩9.47 ⟨老乙⟩50.61	⟨陰甲・堪法⟩10.24 ⟨陰甲・殘⟩2.17	才	之	「才」從紐之部,「之」章紐之部
關	⟨明⟩9.10 ⟨稱⟩19.41	⟨陰甲・刑日⟩6.9	斲	鼓	「斲」端紐屋部;「鼓」或為「鼓」之訛,「鼓」為從支從壴,壴亦聲;「壴」端紐侯部,與「斲」為同紐,屋、侯陰入對轉
睞	⟨養⟩216.18	⟨相⟩38.7 ⟨相⟩55.5	夾	疌	「夾」書紐談部,「疌」從紐葉部,「睞」、「睫」皆為精紐葉部
鼽	鼽	⟨足⟩4.7 ⟨足⟩11.23	九	牛	「九」見紐幽部,「牛」疑紐之部,之、幽可通假

鶴	〈周〉88.25 〈二〉29.11	〈遣三〉65.1 〈遣三〉294.3	寉	高	「寉」匣紐藥部，「高」見紐宵部，宵、藥陰入對轉
策	〈養〉93.24 〈問〉98.6	〈老甲〉145.12	束	析	「束」清紐錫部，「析」心紐錫部
餈		〈遣一〉123.2 〈遣三〉159.1	次	齊	「次」精紐脂部、清紐脂部，「齊」從紐脂部
梅		〈遣三〉91.2	每	某	「每」明紐之部，「某」明紐之部
柉	〈陽甲〉31.2	〈繫〉35.65	庶	尺	「庶」昌紐鐸部，「尺」昌紐鐸部
槃		〈戰〉232.29	般	反	「般」並紐元部，「反」滂紐元部
簋	〈談〉18.13	〈候〉3.28	咎	九	「咎」見紐幽部，「九」見紐幽部
貨	〈繫〉34.17	〈老甲〉112.4	化	咼	「化」為從人七聲，曉紐歌部；「咼」溪紐歌部

	〈老乙〉28.7			
窮	〈袁〉46.28　〈相〉43.45	〈老甲〉17.30	窮	窘	「窮」群紐冬部，「窘」群紐文部，同紐，冬、文或有通假關係
齎		〈遣一〉129.2　〈周〉60.22	齊	次	「齊」從紐脂部，「次」精紐脂部、清紐脂部
糂		〈方〉304.3	甚	朁	「甚」禪紐侵部，「朁」清紐侵部
窺		〈周〉85.25　〈老乙〉9.40	規	圭	「規」、「圭」皆為見紐支部
俛		〈導〉3.13	免	萬	「免」、「萬」皆為明紐元部
髮	〈繆〉62.20	〈周〉59.62　〈稱〉18.17	差	左	「差」初紐歌部，「左」精紐歌部

密	〈周〉84.5 〈相〉60.56	〈遣一〉114.1 〈遣一〉117.2	必	米	「必」幫紐質部， 「米」明紐脂部， 脂、質陰入對轉
驕	〈二〉5.71 〈十〉57.53	〈老甲〉107.23 〈老甲〉153.21	喬	高	「喬」群紐宵部， 「高」見紐宵部
驪	〈繆〉32.57 〈繆〉32.63	〈繆〉37.5	瞿	隹	「瞿」見紐元部， 「隹」匣紐元部
熬	〈方〉61.23 〈遣三〉189.1	〈方〉25.12 〈方〉31.25	敖	嚻	「敖」疑紐宵部， 「嚻」疑紐宵部
漬	〈養〉52.8 〈射〉22.8	〈方〉254.11	責	脊	「責」莊紐錫部， 「脊」精紐錫部
關	〈戰〉254.22	〈老甲〉145.7	絲	串 （毌）	「絲」、「串（毌）」 皆為見紐元部

	〈經〉16.30				
蠹		〈周〉56.16	橐	浮	「橐」滂紐幽部，「浮」並紐幽部
斲	〈氣〉4.100 〈星〉65.38	〈雜〉4.6	豎	豆	「豎」、「豆」皆為定紐侯部
醢		〈十〉28.19 〈十〉28.50	盇	有	「盇」為「盇」或體，匣紐之部；「有」匣紐之部

上表可知，原聲符與替換後的聲符關係中，聲紐與韻部皆相同者，有「苴」、「蕪」、「梅」、「柝」、「囊」、「窺」、「俛」、「熬」、「關」、「斲」、「醢」。聲紐相同而韻部相近者，有「關」、「窺」，「關」的聲符為「斲」（端紐屋部），馬王堆簡帛可替作「鼓」（端紐侯部）〔註47〕，二者同紐，韻部關係為屋、侯陰入對轉；「窺」的聲符為「窮」省形（群紐冬部），馬王堆簡帛或換作「窘」（群紐文部），二者同紐，冬部、文部或有通假關係，如「窮」、「窘」可通假（《大系》，頁1350）。

聲紐相近而韻部相同者，有「蔗」、「蔥」、「過」、「遮」、「詬」、「戴」、「策」、「餐」、「槃」、「貨」、「竊」、「糟」、「髦」、「驕」、「驪」、「漬」、「紗」、「蠹」、「醢」。「蔗」、「遮」的聲符皆為「庶」（章紐鐸部、書紐鐸部），可替換成「石」

〔註47〕雖馬王堆簡帛替換的聲符為「鼓」，「鼓」為見紐魚部，與「斲」（端紐屋部）的聲音雖有關聯，但未若與「鼓」的關係相近（陰入對轉）；又《說文解字》有「鼓」、「鼓」二字，二字形體相近，因此推測「關」所替換的聲符「鼓」，可能為「鼓」之訛。然「鼓」、「鼓」皆與「斲」有聲音關係，故皆納入討論。

・171・

（禪紐鐸部），二者韻部相同，而聲紐分別為章紐（或書紐）、禪紐，皆屬章組。「蔥」的聲符為「悤」（清紐東部），可替換為「兇」（曉紐東部）、「公」（公聲，見紐東部），三者韻部相同，「悤」的聲紐雖與「兇」、「公」不同，但「兇」、「公」同為見組，故聲紐仍有關聯。「過」的聲符為「咼」，可換作「化」；「貨」的聲符為「化」，可換作「咼」，「咼」（溪紐歌部）、「化」（七聲，曉紐歌部）韻部相同，聲紐皆為見組。「詬」的聲符為「后」（匣紐侯部），可換成「句」（見紐侯部），二者韻部相同，而匣紐、曉紐為清濁音關係，曉紐屬見組，故匣紐、見紐亦可視為同組聲紐。「戴」的聲符為「才」（從紐之部），可換為「之」（章紐之部），二者韻部相同，而從紐、章紐雖不同組，但皆為齒音，故聲紐仍有關聯。「策」的聲符為「朿」（清紐錫部），可換成「析」（心紐錫部），二者韻部相同，而清紐、心紐同屬精組。「齎」的聲符皆為「齊」（從紐脂部），可替作「次」（精紐脂部、清紐脂部），「齊」、「次」韻部相同，而精紐、清紐、從紐皆屬精組。「槃」聲符為「般」（並紐元部），可換成「反」（滂紐元部），二者韻部相同，聲紐皆為幫組。「糂」的聲符為「甚」（禪紐侵部），可易為「朁」（清紐侵部），二者韻部相同，聲紐雖不同組，但皆為齒音。「鹺」的聲符為「差」（初紐歌部），可替為「左」（精紐歌部），二者韻部相同，聲紐皆為齒音。「驕」的聲符為「喬」（群紐宵部），或替成「高」（見紐宵部），二者韻部相同且聲紐皆為見組。「驩」的聲符為「萑」（見紐元部），或換作「隺」（匣紐元部），二者韻部相同，匣紐為曉紐的濁音，曉紐為見組，故見紐、匣紐可視為同組聲紐。「漬」的聲符為「責」（莊紐錫部），可易為「脊」（精紐錫部），二者韻部相同，聲紐皆為齒音。「蠹」的聲符為「橐」（滂紐幽部），可替為「浮」（並紐幽部），二者韻部相同而聲紐同為幫組。

聲紐相近而韻部相近者，有「速」、「睞」、「𪠡」、「鶴」、「密」。「速」的聲符為「朿」（書紐屋部），可換作「朱」（章紐侯部），二者聲紐同為章組，韻部為屋、侯陰入對轉。「睞」的聲符為「夾」（書紐談部），或替作「疌」（從紐葉部），二者聲紐皆為齒音，韻部為談、葉陽入對轉。「𪠡」的聲符為「九」（見紐幽部），或換成「牛」（疑紐之部），二者聲紐皆為見組，而之部、幽部有通假關係，如支部的「侮」可通假為幽部的「牟」（《大系》，頁141）。「鶴」的聲符為「隺」（匣紐藥部），可易為「高」（見紐宵部），二者聲紐為見組，韻部

為宵、藥陰入對轉；「密」的聲符為「必」（幫紐質部），馬王堆簡帛或換成「米」
（明紐脂部），二者關係為同紐，韻部為脂、質陰入對轉。

　　總上所述，若統計馬王堆簡帛文字之替換聲符之例，以同聲符的形聲字互
替有 92 例，聲符之間的聲紐有關有 2 例，聲符之間的韻部有關有 37 例，聲符
聲紐韻部皆有關有 35 例，可知馬王堆簡帛文字在替換聲符時，以聲紐韻部皆有
關聯者為大宗（包含同聲符的形聲字互替、聲符聲紐韻部皆有關），或可反映當
時在替聲符時，盡量以聲紐、韻部皆相同或相近為優先，可能是因形聲字的特
點在標示該字讀音，故而僅有聲紐相同或韻部相同，對於表示該字之讀音仍有
差距，在標音功能上較不全面。

　　此外，原聲符與替換聲符的關係中，與聲紐有關者最少，僅有 2 例，可知
在替換聲符時，相較聲紐而言，彼此的韻部關係應為主要考量。若覽唐蘭《中
國文字學》：

> 中國人對語音的感覺，是元音占優勢，輔音比較疏忽，和含、閃語
> 系正相反。一個中國字的聲音，由中國人的說法，是聲和韻的結
> 合……聲韻雖然並列，韻的部分總占優勢。我們可以看見：一、形
> 聲系統裏，韻母大體相同，而聲母不大固定。〔註48〕

雖漢字語音「元音佔優勢」的論點需大量文獻的分析，但就馬王堆簡帛文字而
言，原聲符與替換聲符在韻部上有關係者共 164 例（含同聲符的形聲字互替、
聲符之間的韻部有關、聲符聲紐韻部皆有關），此現象可與唐蘭之說呼應。

二、替換形符

　　所謂替換形符，即該字之形符替換為其他偏旁以表意，使該字有其他的形
體寫法，因本文主要討論馬王堆簡帛之文字形體，故依形符之間的形體關係，
分作「形體有相同部分」、「形體無相同部分」，再討論箇中細節。

（一）形體有相同部分

　　形體有相同部分者，係指原形符與替換形符的字形中，彼此形體皆有相同
部分，如「寸」、「攴」、「殳」，雖意義有所不同，但此三字皆有「又」的形體。
屬此類型的例子有「又—攴」、「又—寸」、「攴—殳」、「中—艸」、「禾—木」、

〔註48〕唐蘭：《中國文字學》，頁 11。

「止─辵」、「辵─彳」、「又─辵」、「舌─口」、「崔─蕉」、「萑─隹」、「虫─蚰」、「麤─鹿」、「酉─酒」、「刀─刃」、「戈─戔」、「火─炭」、「里─田」、「宀─穴」、「厂─广」、「髟─長」21 組。

「又」、「寸」、「攴」、「殳」的字形，如下表（三─18）：

表（三─18）

	甲骨文	金 文	楚 簡	秦 簡	小 篆
又	《合》16434 賓組 《合》33921 歷組	保員簋 戎生編鐘	《郭·老丙》2 《郭·太》14	《睡甲》34 正 《睡甲》36 正	
寸			《郭·成》3	《睡答》6 《睡雜》9	
攴	《合》22536 子組 《合》1330 類組不確定	效，毛公鼎 效，蔡簋	攻，《包》106 攻，《包》248	攻，《睡乙》18壹 攻，《睡律》130	
殳	《合》6 賓組 《合》21868 子組	十五年趞曹鼎 柞伯鼎	枎，《曾》62 枎，《曾》68	《睡效》45 《睡為》23 參	

由表可知，「寸」、「攴」、「殳」三字皆包含「又」的形體，是而四字在形體上

有相同部分，或為能彼此替換的可能原因。「又—攴」組者，可見於「祭」、「變」、「散」。「祭」的「又」可替作「攴」，而「變」、「散」的「攴」可替作「又」，如「祭」作「[圖]」（〈陰甲・祭一〉A09L.22）、「[圖]」（〈周〉26.70），「變」作「[圖]」（〈養〉206.21）、「[圖]」（〈稱〉14.54），「散」作「[圖]」（〈繆〉22.17）、「[圖]」（〈相〉51.42）。

　　至於「又—寸」組者，可見於「叔」、「辱」。「叔」的「又」可換作「寸」，作「[圖]」（〈方〉272.26）、「[圖]」（〈遣三〉157.2）；「辱」的「寸」可換作「又」，作「[圖]」（〈陰甲・天一〉13.14）、「[圖]」（〈陰甲・室〉8.44）。

　　「攴—殳」組者，可見於「役」、「毄」、「毆」、「穀」、「殺」、「敝」、「毀」。「役」、「毄」、「毆」、「穀」、「殺」、「毀」的「殳」皆可易為「攴」，如「役」作「[圖]」（〈五〉10.14），「毄」作「[圖]」（〈陽乙〉1.26）、「[圖]」（〈戰〉116.17），「毆」作「[圖]」（〈陽甲〉27.18）、「[圖]」（〈五〉36.21），「穀」作「[圖]」（〈方〉348.10）、「[圖]」（〈養〉53.7），「殺」作「[圖]」（〈戰〉34.6）、「[圖]」（〈五〉85.11），「毀」作「[圖]」（〈繆〉42.24）、「[圖]」（〈稱〉11.64）；而「敝」的「攴」可易為「殳」，作「[圖]」（〈經〉13.11）、「[圖]」（〈經〉13.41）。

　　「屮—艸」組者，可見於「芬」、「薑」、「蕭」、「藁」、「茀」、「藥」、「草」。觀「屮」甲骨文作「[圖]」（《合》18661賓組）、「[圖]」（《合》18938賓組），金文作「[圖]」（中作從彝簋）、「[圖]」（作父戊簋），楚簡作「[圖]」（《郭・六》12），小篆作「[圖]」，《說文》：「屮木初生也。象丨出形有枝莖也。」〔註49〕知其本象草之形；「艸」的甲骨文作「[圖]」（《合》6690賓組）、「[圖]」（《合》11513賓組），從「艸」的「苑」秦簡作「[圖]」（《睡效》55）、「[圖]」（《睡律》5），小篆作「[圖]」，《說文》：「百芔也。从二屮。」〔註50〕故知「艸」亦為草之意，秦簡、小篆形體為二「屮」，是而「屮」、「艸」形體上有相同部分且意義也相關。馬王堆簡帛則有「屮」、「艸」替換的現象，如小篆從「屮」的「芬」作「[圖]」，改作從「艸」作「[圖]」（〈老乙〉47.34）；從「艸」的「薑」、「蕭」、「藁」、「茀」、「藥」、「草」，皆可改作「屮」，如「薑」作「[圖]」（〈遣一〉96.1）、「[圖]」（〈遣三〉106.1），「蕭」作「[圖]」（〈問〉86.2），「藁」作「[圖]」（〈方〉280.5），「茀」作「[圖]」（〈養〉90.2）、「[圖]」（〈養〉90.27），「藥」作「[圖]」（〈談〉1.32）、

〔註49〕〔漢〕許慎撰，〔清〕段玉裁注，李添富總校訂：《新添古音說文解字注》，頁22。
〔註50〕〔漢〕許慎撰，〔清〕段玉裁注，李添富總校訂：《新添古音說文解字注》，頁22。

「樂」（〈周〉8.64），「草」作「草」（〈養〉207.15）。

「禾─木」組者，可見於「秫」。觀「禾」甲骨文作「⚹」（《合》33241 歷組）、「⚹」（《屯》3571 歷組），金文作「⚹」（智鼎）、「⚹」（季姬尊），秦簡作「禾」（《睡效》27）、「禾」（《睡答》153），小篆作「禾」，本象穀物之形，而《說文》訓其為「嘉穀也。……禾，木也。……从木，象其穗。」〔註51〕；「木」甲骨文作「⚹」（《合》33915 歷組）、「⚹」（《合》27817 何組），金文作「⚹」（木父丙簋）、「⚹」（佣生簋），秦簡作「木」（《睡乙》192 壹）、「木」（《睡律》10），小篆作「木」，象樹木之形，上半象樹枝、枝枒，下半象樹根，故知「禾」、「木」照理應各為獨體象形，非如《說文》謂「禾」從「木」之說。然以文字形體而言，「禾」、「木」有同形部分，且二者皆為植物，或為「禾」改作「木」之由。馬王堆簡帛作「秫」（〈問〉98.9）、「秫」（〈遣三〉174.4），其「禾」可換成「木」，如「秫」（〈方〉25.18）、「秫」（〈方〉29.4）。

「止」、「彳」、「辵」、「夊」的字形如下表（三─19）：

表（三─19）

	甲骨文	金　文	楚　簡	秦　簡	小　篆
止	《合》33193 歷組 / 《合》35242 歷組	五年琱生簋 / 蔡簋	《郭·語一》105 / 《郭·語三》53	《睡語》5 / 《嶽為》40 正貳	
彳	律，《屯》119 歷組 / 律，《懷》827 無名組	德，德方鼎 / 德，史牆盤	徛，《包》137 背	徐，《睡甲》70 背 / 徐，《睡乙》32 壹	

〔註51〕〔漢〕許慎撰，〔清〕段玉裁注，李添富總校訂：《新添古音說文解字注》，頁 323。

辵	通，《合》20523自歷間	邁，弔多父簋	進，《郭·五》466	追，《睡為》31伍	辵
	通，《屯》3569自歷間	邁，小克鼎	進，《郭·尊》16	追，《睡答》66	
廴				廷，《睡答》38	廴
				廷，《睡律》10	

「辵」為從彳從止，故從「辵」部者或可省其一，改從「彳」或「止」；「廴」為「彳」的變形，而「辵」可改作「彳」，或許為「廴」改作「辵」的由來。「止─辵」組者，可見於「歸」、「逃」。「歸」為從「止」，馬王堆簡帛或改從「辵」，如「德」（〈陰甲·天一〉6.9）；「逃」所從得「辵」，馬王堆簡帛可作「止」，如「䢱」（〈周〉29.53）。「辵─彳」組者，可見於「遠」、「退」。「遠」本從「辵」，馬王堆簡帛或改從「彳」，如「㒸」（〈老乙〉9.49）；「復」馬王堆簡帛或作「退」，如「䢯」（〈周〉85.37）、「退」（〈星〉74.18），或將「退」改從「彳」，如「㐬」（〈繆〉26.21）、「㖟」（〈相〉39.43）。「廴─辵」組者，可見於「延」，「延」小篆從「廴」，馬王堆簡帛或改從「辵」，如「㳀」（〈戰〉50.38）。

「舌─口」組者，可見於「舓（䑛）」，馬王堆簡帛作「䑛」（〈方〉80.9）。「舌」為從「口」，故形體上包含「口」形，而「舓」為從「舌」，而「舌」本為口腔器官，故可改作從「口」。

「隹─藋」組者，可見於「雟」，馬王堆簡帛作「雟」（〈遣一〉47.3）、「雟」（〈遣三〉89.3）。「雟」於《說文》云：「从隹，山象其冠也，冏聲。」〔註52〕可知「雟」為一種鳥類；而「藋」於《說文》云：「藋，爵也。从隹吅聲。」〔註53〕

〔註52〕〔漢〕許慎撰，〔清〕段玉裁注，李添富總校訂：《新添古音說文解字注》，頁143。
〔註53〕〔漢〕許慎撰，〔清〕段玉裁注，李添富總校訂：《新添古音說文解字注》，頁146。

「巂」皆有「隹」的形體，且二字皆與鳥類有關，故可替換。在馬王堆簡帛文字中，「巂」作其他文字的聲符時，有替換作「雚」的現象，如「觿」作「」（〈陰甲‧祭一〉A14L.3）、「鑴」（〈陰甲‧堪法〉5.5）。

「萑─雚」組者，可見於「權」、「穫」、「驩」、「獲」、「潅」、「勸」。《說文》云：「萑，鴟屬。从隹从丫，有毛角。」〔註54〕可知其為一種鳥類，而「雚」字字形及字義已述於前，其包含「萑」的形體，二字字義皆為一種鳥類，形義有相同之處，故可替換。是以在馬王堆簡帛文字中，「權」可作「」（〈衷〉47.16）、「」（〈昭〉6.19），「穫」可作「」（〈地〉11.1）、「」（〈周〉8.29），「驩」可作「」（〈繆〉37.5），「獲」可作「」（〈九〉44.22）、「」（〈周〉66.52），「潅」可作「」（〈陰甲‧宜忌〉5.6）、「」（〈周〉10.6），「勸」可作「」（〈繆〉46.2）、「」（〈經〉17.50）。

「萑─隹」組者，可見於「舊」，馬王堆簡帛作「」（〈周〉5.55）。「萑」於《說文》訓解可見於前，其形體包含「隹」字，故「萑」可替換為「隹」；又《說文》云：「舊，鴟舊，舊畱也。从萑臼聲。」〔註55〕知其亦為一種鳥類，故而將「萑」改作「隹」亦有理可據。

「虫─蚰」組者，可見於「蟬」、「蠶」。「虫」小篆作「」，《說文》訓其義為「一名蝮，博三寸，首大如擘指，象其臥形。物之㣙細，或行或飛，或介或鱗，已虫爲象。」〔註56〕「蚰」小篆作「」，其義為「蟲之總名也。从二虫。」〔註57〕依《說文》之言，「虫」本指「蝮」，但其後指出凡小型動物之名，無論為爬、為飛，或有甲殼、鱗片，其字皆帶有「虫」，此正與「蚰」為蟲的總名之意相類，足見「虫」、「蚰」二字形體有相同部分而意義相近，故可互替。馬王堆簡帛中，本從「虫」的「蟬」或改從「蚰」，如「」（〈戰〉146.20）；本從「蚰」的「蠶」或改從「虫」，如「」（〈戰〉135.32）。

「麤─鹿」組者，可見於「麤」。「麤」甲骨文作「」（《合》1339賓組）、「」（《合》9013正賓組），金文作「」（裘衛簋）、「」（三年癲壺），秦簡作「」（《嶽為》22正參）、「」（《龍簡》33），馬王堆簡帛作「」（〈方〉

〔註54〕〔漢〕許慎撰，〔清〕段玉裁注，李添富總校訂：《新添古音說文解字注》，頁145。
〔註55〕〔漢〕許慎撰，〔清〕段玉裁注，李添富總校訂：《新添古音說文解字注》，頁146。
〔註56〕〔漢〕許慎撰，〔清〕段玉裁注，李添富總校訂：《新添古音說文解字注》，頁669。
〔註57〕〔漢〕許慎撰，〔清〕段玉裁注，李添富總校訂：《新添古音說文解字注》，頁681。

370.10）、「」（〈養〉202.12）；「鹿」甲骨文作「」（《合》10320 正賓組）、「」（《英》1826 賓組），金文作「」（命簋）、「」（貉子卣），楚簡作「」（《包》190）、「」（《包》246），秦簡作「」（《睡甲》75 背）、「」（《龍簡》33），馬王堆簡帛作「」（〈養〉53.5）、「」（〈相〉4.22）。二字在古文字形體應無相同之處，然《說文》解「麤」字形為：「从𠃌，从二匕，矢聲；麤足與鹿足同。」〔註58〕而「鹿」的字形說解為：「鳥鹿足相比，从比。」〔註59〕知二者皆有「比」的共同部分，甚至「麤」在字形說解直指麤足與鹿足相同，雖不論在動物學上是否合理，但至少可知「麤」將「𠃌」、「比」替換作「鹿」或與此有關。

「酉—酒」組者，可見於「䤒」，馬王堆簡帛作「」（〈養〉47.21）、「」（〈養〉86.8）。「䤒」於《說文》為：「酢漿也。从酉戈聲。」〔註60〕於「酉」則曰：「就也，八月黍成，可為酎酒。」〔註61〕於「酒」則云：「就也，所㠯就人性之善惡。从水酉，酉亦聲。」〔註62〕知「酉」即「酒」之意；而「䤒」為酢（即醋），與酒皆為發酵釀造的液體，故「䤒」的「酉」可替作「酒」。

「刀—刃」組者，可見於「刊」、「劍」、「荊」。「刃」本從「刀」，意指刀的刀刃處，二者在字形有相同部分，而意義上亦有關聯，故「刊」的「刀」或可作「刃」，如「」（〈繆〉43.18）；「劍」的「刃」或可作「刀」，如「」（〈遣三〉232.1）、「」（〈遣三〉234.2）；「荊」的「刀」或可作「刃」，如「」（〈陰甲・刑日〉5.2）、「」（〈談〉36.15）。

「戈—戔」組者，可見於「戰」。「戔」本從二戈，故「戈」可替作「戔」，如「」（〈戰〉132.21）。

「火—炭」組者，可見於「炧」，馬王堆簡帛作「」（〈陽甲〉30.7）。「炧」於《說文》解作「燭㶳也。」〔註63〕「㶳」訓作「火之餘木也。」〔註64〕即燭火燒盡後的殘餘物；「炭」於《說文》解作：「燒木未灰也。」〔註65〕為木頭經

〔註58〕〔漢〕許慎撰，〔清〕段玉裁注，李添富總校訂：《新添古音說文解字注》，頁 461。
〔註59〕〔漢〕許慎撰，〔清〕段玉裁注，李添富總校訂：《新添古音說文解字注》，頁 474。
〔註60〕〔漢〕許慎撰，〔清〕段玉裁注，李添富總校訂：《新添古音說文解字注》，頁 758。
〔註61〕〔漢〕許慎撰，〔清〕段玉裁注，李添富總校訂：《新添古音說文解字注》，頁 754。
〔註62〕〔漢〕許慎撰，〔清〕段玉裁注，李添富總校訂：《新添古音說文解字注》，頁 754。
〔註63〕〔漢〕許慎撰，〔清〕段玉裁注，李添富總校訂：《新添古音說文解字注》，頁 488。
〔註64〕〔漢〕許慎撰，〔清〕段玉裁注，李添富總校訂：《新添古音說文解字注》，頁 488。
〔註65〕〔漢〕許慎撰，〔清〕段玉裁注，李添富總校訂：《新添古音說文解字注》，頁 486。

火燒後而未成灰的物品。「炧」、「炭」二者共同點在於形體上皆從火，且意義上皆為被火燒過的殘餘物，故「炧」的「火」可替作「炭」，顯著其「餘燼」之意。

「里—田」組者，可見於「野」，馬王堆簡帛作「野」（〈衷〉42.50）。「里」於《說文》作：「凥也。从田从土。」〔註66〕段〈注〉：「有田有土而可居矣。」〔註67〕可知「里」、「田」二者於字形、意義之關聯，故「野」所從之「里」可替為「田」。

「宀—穴」組者，可見於「婁」、「竅」、「窬」、「窖」。「穴」於《說文》作：「土室也。从宀八聲。」〔註68〕而「宀」於《說文》作：「交覆突屋也。象形。」〔註69〕可知「穴」形體應包含「宀」；又於「宀」字下段〈注〉：「有堂有室是爲深屋」〔註70〕，「土室」義的「穴」雖與「深屋」義的「宀」不同，但皆屬人為建造的空間，二者意義有相似部分，故「宀」、「穴」或可互替。馬王堆簡帛文字之「婁」，其「宀」可替作「穴」，如「婁」（〈足〉13.9）；「竅」、「窬」、「窖」的「穴」，則可替作「宀」，如「竅」作「竅」（〈戰〉19.13），「窬」作「窬」（〈遣一〉87.2）、「窬」（〈遣一〉88.10），「窖」作「窖」（〈經〉40.10）、「窖」（〈十〉23.53）。

「厂—广」組者，可見於「厚」、「厥」、「厝」、「厭」、「原」，五字所從之「厂」或可替作「广」。「厂」於《說文》訓作「山石之厓巖，人可凥。」〔註71〕而「广」為「因厂爲屋也。从厂，象對刺高屋之形。」〔註72〕可知「广」有包含「厂」的形體，且二者在字義上皆與房屋居住有關，故可易「厂」作「广」。例如馬王堆簡帛「厚」作「厚」（〈繆〉39.52）、「厚」（〈經〉58.49），「厥」作「厥」（〈五〉72.7）、「厥」（〈二〉28.48），「厝」作「厝」（〈衷〉21.65），「厭」作「厭」（〈相〉19.34）、「厭」（〈相〉72.43），「原」作「原」（〈周〉23.4）、「原」（〈十〉56.41），皆將「厂」替作「广」。

〔註66〕〔漢〕許慎撰，〔清〕段玉裁注，李添富總校訂：《新添古音說文解字注》，頁701。
〔註67〕〔漢〕許慎撰，〔清〕段玉裁注，李添富總校訂：《新添古音說文解字注》，頁701。
〔註68〕〔漢〕許慎撰，〔清〕段玉裁注，李添富總校訂：《新添古音說文解字注》，頁347。
〔註69〕〔漢〕許慎撰，〔清〕段玉裁注，李添富總校訂：《新添古音說文解字注》，頁341。
〔註70〕〔漢〕許慎撰，〔清〕段玉裁注，李添富總校訂：《新添古音說文解字注》，頁341。
〔註71〕〔漢〕許慎撰，〔清〕段玉裁注，李添富總校訂：《新添古音說文解字注》，頁450。
〔註72〕〔漢〕許慎撰，〔清〕段玉裁注，李添富總校訂：《新添古音說文解字注》，頁447。

「髟─長」組者，可見於「髮」、「鬘」、「鬈」、「髯」、「鬢」。《說文》對「髟」的字形說解為「从長彡」[註73]，可知「髟」的形體包含「長」。馬王堆簡帛中，從「髟」部之字皆作「長」，「髟」本為「長」，係因形體分裂而來，如「髮」作「」（〈方〉8.8）、「」（〈方〉11.7），「鬘」作「」（〈五〉87.22）、「」（〈周〉59.62），「鬈」作「」（〈周〉71.6），「髯」作「」（〈木〉59.6），「鬢」作「」（〈方〉352.6）。秦簡牘亦多將「髟」部字寫作「長」，如「」（髮，《睡封》86）、「」（髮，《睡甲》13背）、「」（髡，《睡答》103）、「」（髡，《睡答》72）等，此見二者關係。

以下將上述所論 21 組替換形體有相同部分之形符，及所舉之馬王堆簡帛字例整例作下表（三－20）：

表（三－20）

	字　例	形體一	形體二	說　明
又　寸	叔		 〈方〉272.26 〈遣三〉157.2	又改作寸
	辱	 〈老乙〉69.20 〈刑乙〉45.16	 〈陰甲・天一〉13.14 〈陰甲・室〉8.44	寸改作又
攴─殳	殺		 〈五〉10.14	殳改作攴
	毄	 〈繫〉25.65	 〈陽乙〉1.26	殳改作攴

[註73] 〔漢〕許慎撰，〔清〕段玉裁注，李添富總校訂：《新添古音說文解字注》，頁 430。

	〈要〉9.47	〈戰〉116.17	
殹	〈出〉14.26	〈陽甲〉27.18	殳改作攴
	〈經〉1.6	〈五〉36.21	
殼		〈方〉348.10	殳改作攴
		〈養〉53.7	
殺	〈經〉65.9	〈戰〉34.6	殳改作攴
	〈星〉14.15	〈五〉85.11	
毀	〈方〉117.16	〈繆〉42.24	殳改作攴
	〈陰乙・文武〉14.8	〈稱〉11.64	
敊	〈戰〉18.4	〈經〉13.11	攴改作殳
	〈老甲〉136.1	〈經〉13.41	

中—艸	芬		〈老乙〉47.34	中改作艸
	薑	〈方〉262.15	〈遣一〉96.1 〈遣三〉106.1	艸改作中
	蕭	〈十〉11.29 〈老乙〉65.60	〈問〉86.2	艸改作中
	薵	〈方〉279.6 〈方〉280.12	〈方〉280.5	艸改作中
	茀	〈十〉41.58	〈養〉90.2 〈養〉90.27	艸改作中
	藥	〈方〉251.11 〈方〉384.20	〈談〉1.32 〈周〉8.64	艸改作中

	草	〈胎〉28.11 〈相〉58.74	〈養〉207.15	艸改作屮
禾—木	秔	〈問〉98.9 〈遣三〉174.4	〈方〉25.18 〈方〉29.4	禾改作木
止—辵	歸	〈衷〉5.5 〈繆〉37.7	〈陰甲・天一〉6.9	止改作辵
	泄	〈五〉68.12 〈五〉88.17	〈周〉29.53	辵改作止
辵—彳	遠	〈戰〉194.21 〈十〉45.64	〈老乙〉9.49	辵改作彳
	退	〈周〉85.37	〈繆〉26.21	辵改作彳

		 〈星〉74.18	 〈相〉39.43	
辵—辵	延	 〈九〉7.13 〈十〉41.55	 〈戰〉50.38	辵改作辵
舌—口	舓 (酏)		 〈方〉80.9	舌改作口
隹—萑	雟		 〈遣一〉47.3 〈遣三〉89.3	隹改作萑
	鵻		 〈陰甲・祭一〉A14L.3 〈陰甲・堪法〉5.5	隹改作萑
萑—隹	權	 〈春〉55.26 〈九〉44.18	 〈衰〉47.16 〈眧〉6.19	萑改作隹
	穫		 〈地〉11.1 〈周〉8.29	萑改作隹

	驪	〈繆〉32.57 〈繆〉32.63	〈繆〉37.5	蓳改作萑
	獲	〈周〉51.73 〈二〉33.34	〈九〉44.22 〈周〉66.52	萑改作蓳
	濩	〈陰甲·宜忌〉5.6 〈周〉10.6		萑改作蓳
	勸	〈戰〉122.9 〈道〉6.23	〈繆〉46.2 〈經〉17.50	蓳改作萑
萑—隹	舊	〈周〉29.35 〈繆〉52.12	〈周〉5.55	萑改作隹
虫—蚰	蟬	〈養〉202.12	〈戰〉146.20	虫改作蚰

		〈談〉31.8		
	蠶	〈方〉228.20 〈胎〉6.3	〈戰〉135.32	蚰改作虫
麀—鹿	麀	〈方〉27.24 〈方〉37.22	〈方〉370.10 〈養〉202.12	麀改作鹿
酉—酒	截	〈方〉359.9 〈養〉90.10	〈養〉47.21 〈養〉86.8	酉改作酒
刀 刃	刊		〈繆〉43.18	刀改作刃
	劍		〈遣三〉232.1 〈遣三〉234.2	刀改作刀
	荊		〈陰甲·刑日〉5.2	刀改作刃

			〈談〉36.15	
戈—戔	戰	〈氣〉2.287 〈二〉6.28	〈戰〉132.21	戈改作戔
火—炭	炧	〈陽乙〉12.33	〈陽甲〉30.7	火改作炭
里—田	野	〈周〉45.13 〈衷〉28.4	〈衷〉42.50	里改作田
宀—穴	婁	〈足〉1.9	〈足〉13.9	宀改作穴
	窾	〈方〉259.6 〈方〉262.28	〈戰〉19.13	穴改作宀
	窬		〈遣一〉87.2 〈遣一〉88.10	穴改作宀 （俞訛作侖）

厂—广	窨	窨	〈經〉40.10 窨 〈十〉23.53	穴改作宀
	厚	厚	厚 〈繆〉39.52 厚 〈經〉58.49	厂改作广
	廠	廠	廠 〈五〉72.7 廠 〈二〉28.48	厂改作广
	厝	厝	厝 〈袠〉21.65	厂改作广
	厭	厭	厭 〈相〉19.34 厭 〈相〉72.43	厂改作广
	原	原	原 〈周〉23.4 原 〈十〉56.41	厂改作广

髟─長	髮	![髮篆體]	![方8.8字形] 〈方〉8.8 ![方11.7字形] 〈方〉11.7	髟改作長
	鬘	![鬘篆體]	![五87.22字形] 〈五〉87.22 ![周59.62字形] 〈周〉59.62	髟改作長
	鬄	![鬄篆體]	![周71.6字形] 〈周〉71.6	髟改作長
	髯	![髯篆體]	![木59.6字形] 〈木〉59.6	髟改作長
	鬐	![鬐篆體]	![方352.6字形] 〈方〉352.6	髟改作長

（二）形體無相同部分

形體無相同部分者，即原形符與替換形符的字形中，彼此形體皆無相同部分，如「攴」、「戈」意義不同，且彼此形體皆無相同部分，但於馬王堆簡帛中卻出現替換情況。屬此類型的例子有「攴─戈」、「寸─戈」、「手─攴」、「手─力」、「手─廾」、「艸─木」、「竹─艸」、「口─肉」、「足─肉」、「骨─肉」、「頁─肉」、「疒─肉」、「口─水」、「口─欠」、「皮─面」、「人─立」、「鬼─示」、「隹─鳥」、「虫─它」、「虫─雨」、「黽─虫」、「犬─豸」、「肉─食」、「水─食」、「肉─甘」、「肰─羽」、「刀─金」、「皿─土」、「缶─土」、「木─缶」、「瓦─缶」、「木─土」、「田─土」、「𣆟─土」、「山─高」、「谷─水」36組。

「攴─戈」組者，可見於「敵」、「救」、「攻」、「敷」。「攴」於《說文》為

「小擊也。」〔註74〕而「戈」本為兵器，二者意義不相同，但觀《左傳・襄公十八年》：「齊侯伐我北鄙，中行獻子將伐齊，夢與厲公訟，弗勝，公以戈擊之」〔註75〕可知持戈攻擊的動作為「擊」，與「攴」義相關，故「敵」、「救」、「攻」、「斁」四字之「攴」或可易為「戈」，如「敵」作「」（〈明〉15.13），「救」作「」（〈衷〉24.11）、「」（〈稱〉19.65），「攻」作「」（〈陰甲・刑日〉8.1）、「」（〈氣〉4.159），「斁」作「」（〈周〉69.81）。另「敵」於《說文》為「仇也。」〔註76〕即仇敵之意，敵對雙方或有衝突，於國家而言則有戰爭，而戈為兵器，攴指擊的動作，參之前引《左傳》之句，或可知「敵」的「攴」改作「攴」之由。「救」於《說文》為「止也。」〔註77〕《左傳・宣公十二年》更有「止戈為武」〔註78〕句，或可將「救」之「止」義與「戈」聯繫。「攻」於《說文》為「擊也。」〔註79〕正與「攴」之「小擊」義相關，也與「以戈擊之」的持戈攻擊的動作有關。

「斁」於《說文》為「棄也。……〈周書〉已為討。」〔註80〕然段〈注〉指出〈周書〉無「討」字，〈虞書〉則有「天討有罪」之句。〔註81〕觀《尚書・虞書》：「天討有罪，五刑五用哉！」〔註82〕孔〈傳〉：「言天以五刑討五罪，用五刑宜必當。」〔註83〕是以「討」應為「討罪」之意。《說文》云：「討，治也。」〔註84〕段〈注〉：「發其紛糾而治之曰討。」〔註85〕故討罪即治罪之意；另察《左傳・文公十四年》：「邾人來討，伐我南鄙。」〔註86〕此處「討」、「伐」雖處不同句，但使用關係相當緊密；再如《國語・周語上》：「有攻伐之兵，有征討之

〔註74〕〔漢〕許慎撰，〔清〕段玉裁注，李添富總校訂：《新添古音說文解字注》，頁123。

〔註75〕〔周〕左丘明傳，〔晉〕杜預注，〔唐〕孔穎達正義：《春秋左傳注疏》（臺北：藝文印書館，1997年，嘉慶二十年江西南昌府學雕本），頁576～577。

〔註76〕〔漢〕許慎撰，〔清〕段玉裁注，李添富總校訂：《新添古音說文解字注》，頁125。

〔註77〕〔漢〕許慎撰，〔清〕段玉裁注，李添富總校訂：《新添古音說文解字注》，頁125。

〔註78〕〔周〕左丘明傳，〔晉〕杜預注，〔唐〕孔穎達正義：《春秋左傳注疏》，頁397。

〔註79〕〔漢〕許慎撰，〔清〕段玉裁注，李添富總校訂：《新添古音說文解字注》，頁126。

〔註80〕〔漢〕許慎撰，〔清〕段玉裁注，李添富總校訂：《新添古音說文解字注》，頁127。

〔註81〕〔漢〕許慎撰，〔清〕段玉裁注，李添富總校訂：《新添古音說文解字注》，頁127。

〔註82〕〔漢〕孔安國傳，〔唐〕孔穎達正義：《尚書注疏》（臺北：藝文印書館，1997年，嘉慶二十年江西南昌府學雕本），頁62。

〔註83〕〔漢〕孔安國傳，〔唐〕孔穎達正義：《尚書注疏》，頁62。

〔註84〕〔漢〕許慎撰，〔清〕段玉裁注，李添富總校訂：《新添古音說文解字注》，頁101。

〔註85〕〔漢〕許慎撰，〔清〕段玉裁注，李添富總校訂：《新添古音說文解字注》，頁101。

〔註86〕〔周〕左丘明傳，〔晉〕杜預注，〔唐〕孔穎達正義：《春秋左傳注疏》，頁335。

備」〔註87〕，其「攻伐」、「征討」對文，甚至意義應相近，二句可合解作「有征討攻伐的士兵及軍備」；或如《史記‧十二諸侯年表》：「然挾王室之義，以討伐為會盟主」〔註88〕中，已將「討伐」合為一詞使用；又《左傳‧文公十五年》：「晉侯、宋公、衛侯、蔡侯、鄭伯、許男、曹伯盟於扈，尋新城之盟，且謀伐齊也。齊人賂晉侯，故不克而還。」〔註89〕杜預〈注〉云：「惡其受賂，不能討齊。」〔註90〕傳文之「伐齊」即〈注〉之「討齊」，其將「討」、「伐」視為同義詞互訓。總上，若「斀」為「討」，且用於「討罪征伐」、「討伐」之意，便與「戈」之兵器義、「攴」之小擊義有所關聯，是而「斀」所從之「攴」可換作「戈」。

「寸─戈」組者，可見於「辱」，馬王堆簡帛作「辱」（〈陰甲‧天地〉1.42）。因如前一小節所述，「攴」、「寸」皆有共同形體「又」，雖「攴」為手部動作，「寸」應為手腕，但皆與「手」相關，「寸」替作「戈」，應從「寸」與「攴」的形體關係，再由「攴」與「戈」的動作關係而來。

「手─攴」組者，可見於「損」，馬王簡帛作「損」（〈老甲〉13.25）、「損」（〈老甲〉86.15），《說文》云：「又，手也。」〔註91〕而前述已提及「又」、「寸」、「攴」因皆有「又」形體，意義雖有別，但皆與「手」相關，故「攴」與「又」有替換關係；而如上引《說文》可知「又」即「手」，故「又」、「攴」、「手」之間的替換關係便可串聯。是而「損」字將所從之「手」改作從「攴」，應由此而來。

「手─力」組者，可見於「攘」，馬王堆簡帛作「攘」（〈春〉81.5）、「攘」（〈明〉45.14），其或將「攘」改作從力㐮聲，形符為「力」。《說文》云：「攘，推也。」〔註92〕即手部動作；「力」甲骨文作「力」（《合》22322 子組）、「力」（《合》22268 子組），本為農具，因使用農具需出力，故引申為力氣之意。「攘」即「推」之意，為手部需出力的動作，故以「力」替「手」。

〔註87〕〔周〕左丘明：《國語》（臺北：九思出版有限公司，1978 年），頁 4。

〔註88〕〔漢〕司馬遷，〔南朝宋〕裴駰集解，〔唐〕司馬貞索隱，〔唐〕張守節正義，〔日本〕瀧川龜太郎考證：《史記會注考證》（臺北：洪氏出版社，1986 年），頁 235。

〔註89〕〔周〕左丘明傳，〔晉〕杜預注，〔唐〕孔穎達正義：《春秋左傳注疏》，頁 339～340。

〔註90〕〔周〕左丘明傳，〔晉〕杜預注，〔唐〕孔穎達正義：《春秋左傳注疏》，頁 340。

〔註91〕〔漢〕許慎撰，〔清〕段玉裁注，李添富總校訂：《新添古音說文解字注》，頁 115。

〔註92〕〔漢〕許慎撰，〔清〕段玉裁注，李添富總校訂：《新添古音說文解字注》，頁 601。

　　「手—廾」組者，可見於「擣」，馬王堆簡帛作「」（〈方〉255.14）、「」（〈方〉466.18）。「擣」於《說文》訓為「手椎也。」〔註93〕段〈注〉：「以手為椎而椎之。」〔註94〕而《說文》釋「椎」為「所㠯擊也。」〔註95〕可知「擣」意為以手作椎而擊打某物。至於從「廾」的字多與「舂」有關，《說文》釋「舂」為「擣粟也。」〔註96〕正與「擣」之意有所相關，故馬王堆簡帛或將「擣」所從之「手」改作「廾」。

　　「艸—木」組者，可見於「茱」，馬王堆簡帛作「」（〈方〉360.15）、「」（〈周〉30.2）。《說文》云：「茱，茱萸也。」〔註97〕又云：「萸，榝茱實裏如裘也。」〔註98〕而《爾雅・釋木》云：「椒樧，醜莍。」〔註99〕可知「茱」、「萸」彼此或有關聯，又「茱」在《爾雅》歸為「木」而非「草」，是而可知「茱」改「艸」為「木」之由。

　　「竹—艸」組者，可見於「符」、「筒」、「笠」、「笑」，四字之「竹」或可替為「艸」，如「符」作「」（〈養〉127.4），「筒」作「」（〈牌一〉22.3）、「」（〈牌一〉30.3），「笠」作「」（〈氣〉9.245），「笑」作「」（〈周〉7.59）、「」（〈周〉73.69）。《說文》云：「竹，冬生艸也。」〔註100〕可知其將竹視為艸的一種，故而「竹」或可替換為「艸」。

　　「口—肉」組者，可見於「喉」、「嗌」，馬王堆簡帛「喉」作「」（〈方〉400.4），「嗌」作「」（〈足〉10.24）。《說文》云：「喉，咽也。」〔註101〕「咽，嗌也。」〔註102〕「嗌，咽也。」〔註103〕故「喉」、「咽」、「嗌」皆同義，指咽喉部位；而身體部位或可從「肉」，如「背」、「脅」、「脾」、「肺」等，因此「喉」、「嗌」的「口」可換成「肉」。推測從「口」係因咽喉在口腔之後，為口腔、鼻

〔註93〕　〔漢〕許慎撰，〔清〕段玉裁注，李添富總校訂：《新添古音說文解字注》，頁611。
〔註94〕　〔漢〕許慎撰，〔清〕段玉裁注，李添富總校訂：《新添古音說文解字注》，頁611。
〔註95〕　〔漢〕許慎撰，〔清〕段玉裁注，李添富總校訂：《新添古音說文解字注》，頁266。
〔註96〕　〔漢〕許慎撰，〔清〕段玉裁注，李添富總校訂：《新添古音說文解字注》，頁337。
〔註97〕　〔漢〕許慎撰，〔清〕段玉裁注，李添富總校訂：《新添古音說文解字注》，頁37。
〔註98〕　〔漢〕許慎撰，〔清〕段玉裁注，李添富總校訂：《新添古音說文解字注》，頁37。
〔註99〕　〔晉〕郭璞注，〔宋〕邢昺疏：《爾雅注疏》（臺北：藝文印書館，1997年，嘉慶二十年江西南昌府學雕本），頁161。
〔註100〕　〔漢〕許慎撰，〔清〕段玉裁注，李添富總校訂：《新添古音說文解字注》，頁191。
〔註101〕　〔漢〕許慎撰，〔清〕段玉裁注，李添富總校訂：《新添古音說文解字注》，頁54。
〔註102〕　〔漢〕許慎撰，〔清〕段玉裁注，李添富總校訂：《新添古音說文解字注》，頁55。
〔註103〕　〔漢〕許慎撰，〔清〕段玉裁注，李添富總校訂：《新添古音說文解字注》，頁55。

腔、氣管連接的部位，故而從口；又或因其為身體部位，故而從「肉」。

「足—肉」組者，可見於「踝」，馬王堆簡帛作「」（〈陽甲〉28.7）、「」（〈陽乙〉3.6）。《說文》：「踝，足踝也。」〔註104〕即腳踝之意，此為身體部位，故可從「肉」。

「骨—肉」組者，可見於「髕」、「體」，馬王堆簡帛「髕」作「」（〈陽甲〉9.15），「體」作「」（〈合〉4.16）、「」（〈十〉61.24）。《說文》云：「髕，厀耑也。」〔註105〕指膝蓋部位；《說文》云：「體，緫十二屬也。」〔註106〕段〈注〉：「首之屬有三，曰頂、曰面、曰頤；身之屬三，曰肩、曰脊、曰尻；手之屬三，曰厷、曰臂、曰手；足之屬三，曰股、曰脛、曰足。」〔註107〕知「體」即人體之意。

「頁—肉」組者，可見於「頓」，馬王堆簡帛作「」（〈陽甲〉19.6）。《說文》云：「頔，頭頡頔也。」〔註108〕段〈注〉：「若『高祖隆準』，服虔：『準，音拙。』應劭曰：『頰權，準也。』」〔註109〕即所謂顴骨。以上「踝」、「髕」、「體」、「頓」四字，皆指人體部位，故可改從「肉」。

「疒—肉」組者，可見於「痔」、「痹」，馬王堆簡帛「痔」作「」（〈方〉277.2），「痹」作「」（〈導〉4.17）。「痔」於《說文》云：「後病也。」〔註110〕段氏僅注反切，察《莊子·列禦寇》有「破癰潰痤者得車一乘，舐痔者得車五乘」〔註111〕句，知「痔」為痔瘡，而痔瘡為肛門或直腸因靜脈曲張導致的腫塊，而《說文》有云：「腫，癰也。」〔註112〕「痤，小腫也。」〔註113〕故前引《莊子》之文將「癰」、「痤」、「痔」連用，三者皆與身體皮膚或肌肉長出的腫塊有關，故「痔」亦可改「疒」為「肉」。「痹」於《說文》云：「溼病也。」〔註114〕

〔註104〕〔漢〕許慎撰，〔清〕段玉裁注，李添富總校訂：《新添古音說文解字注》，頁81。
〔註105〕〔漢〕許慎撰，〔清〕段玉裁注，李添富總校訂：《新添古音說文解字注》，頁167。
〔註106〕〔漢〕許慎撰，〔清〕段玉裁注，李添富總校訂：《新添古音說文解字注》，頁168。
〔註107〕〔漢〕許慎撰，〔清〕段玉裁注，李添富總校訂：《新添古音說文解字注》，頁168。
〔註108〕〔漢〕許慎撰，〔清〕段玉裁注，李添富總校訂：《新添古音說文解字注》，頁424。
〔註109〕〔漢〕許慎撰，〔清〕段玉裁注，李添富總校訂：《新添古音說文解字注》，頁424。
〔註110〕〔漢〕許慎撰，〔清〕段玉裁注，李添富總校訂：《新添古音說文解字注》，頁354。
〔註111〕〔周〕莊周，〔晉〕郭象注，〔唐〕成玄英疏，〔清〕郭慶藩集釋：《莊子集釋》（臺北：河洛圖書出版社，1974年），頁1050。
〔註112〕〔漢〕許慎撰，〔清〕段玉裁注，李添富總校訂：《新添古音說文解字注》，頁174。
〔註113〕〔漢〕許慎撰，〔清〕段玉裁注，李添富總校訂：《新添古音說文解字注》，頁353。
〔註114〕〔漢〕許慎撰，〔清〕段玉裁注，李添富總校訂：《新添古音說文解字注》，頁354。

《黃帝內經・素問・痹論》：

> 黃帝問曰：「痹之安生？」岐伯對曰：「風寒濕三氣雜至，合而為痹
> 也。其風氣勝者為行痹，寒氣勝者為痛痹，濕氣勝者為著痹也。」
> 帝曰：「其有五者，何也？」岐伯曰：「以冬遇此者為骨痹，以春遇
> 此者為筋痹，以夏遇此者為脈痹，以至陰遇此者為肌痹，以秋遇此
> 者為皮痹。」〔註115〕

由此可知，風、寒、濕三氣雜至身體後，會導致「痹」的病症；在不同情況下
症狀表現在身體的部位也不同，可能為骨、筋、脈、肌、皮；或因症狀表現的
部位為筋骨肌皮，故而「痹」或可改從「肉」。

「口—水」組者，可見於「唾」，馬王簡帛作「■」（〈方〉318.22）、「■」
（〈方〉381.7）。《說文》云：「唾，口液也。」〔註116〕即口水、唾液之意。因其
與口腔有關，故從「口」；又因其為液體，故可改從「水」。

「口—欠」組者，可見於「唾」、「欨」。「唾」的「口」或改作「欠」，如
「■」（〈養〉87.17）；「欨」的「欠」或易為「口」，如「■」（〈合〉5.9）、
「■」（〈合〉5.25）。《說文》云：「欠，張口气悟也。」〔註117〕段〈注〉：「〈口
部〉『噱』下曰：『悟，解气也。』」〔註118〕故「欠」即張口吐氣、呵氣之意，
為口部動作。「唾」本為唾液，若當動詞用則為「吐口水」，如《禮記・曲禮》：
「讓食不唾」〔註119〕，便與「欠」的動作相似，此或為「唾」的「口」改作
「欠」之由。「欨」於《說文》釋作：「吹也。」〔註120〕為口部的動作，故「欨」
的「欠」可易為「口」。

「皮—面」組者，可見於「皰」，馬王堆簡帛作「■」（〈方〉465.14）。《說
文》云：「皰，面生气也。」〔註121〕可知「皰」與「面」有關，故可改「皮」

〔註115〕〔唐〕王冰編注，〔宋〕高保衡、林億、孫奇校正：〈素問・痹論〉，《黃帝內經素問
靈樞》（臺南：大孚書局有限公司，1992 年），卷十二，頁 10。該書係影印古籍，
出版社於書本頁尾無另外編排頁碼，故本文以其所影印之古籍版心頁碼標示。

〔註116〕〔漢〕許慎撰，〔清〕段玉裁注，李添富總校訂：《新添古音說文解字注》，頁 56。

〔註117〕〔漢〕許慎撰，〔清〕段玉裁注，李添富總校訂：《新添古音說文解字注》，頁 414。

〔註118〕〔漢〕許慎撰，〔清〕段玉裁注，李添富總校訂：《新添古音說文解字注》，頁 414。

〔註119〕〔漢〕鄭玄注，〔唐〕孔穎達正義：《禮記注疏》（臺北：藝文印書館，1997 年，嘉
慶二十年江西南昌府學雕本），頁 35。

〔註120〕〔漢〕許慎撰，〔清〕段玉裁注，李添富總校訂：《新添古音說文解字注》，頁 415。

〔註121〕〔漢〕許慎撰，〔清〕段玉裁注，李添富總校訂：《新添古音說文解字注》，頁 123。

從「面」。

「人—立」組者，可見於「仞」，馬王堆簡帛作「⬚」（〈刑甲〉37.2）、「⬚」（〈刑甲〉37.17）。「立」於《說文》的字形說解為「从大在一之上。」〔註122〕而「大」本身形體為「象人形」〔註123〕，可知「立」本為人站立之意，與人有關；又《說文》云：「仞，伸臂一尋，八尺。」〔註124〕「夫，……人長八尺」〔註125〕，而「尋」甲骨文作「⬚」（《合》33286 歷組）、「⬚」（《合》34200 歷組），金文作「⬚」（五年琱生尊乙）、「⬚」（尋伯匜），即雙手伸開之間的長度，此長度依前述引《說文》可知約為人體身高，而身高通常指人站立時的身體高度，故而「仞」之「人」或可替作「立」。

「鬼—示」組者，可見於「魂」、「魄」，馬王堆簡帛「魂」作「⬚」（〈老乙〉58.1），「魄」作「⬚」（〈老乙〉50.63）。《說文》載「鬼」字古文為從「示」，作「⬚」，故「魂」、「魄」二字之「鬼」或可從「示」。

「隹—鳥」組者，可見於「雕」、「雞」、「堆」、「鶼」、「鳾」。「隹」甲骨文作「⬚」（《合》5045 賓組）、「⬚」（《合》33273 歷組），金文作「⬚」（小臣宅簋）、「⬚」（小克鼎），楚簡作「⬚」（《郭·語三》53）、「⬚」（《帛乙》10.13），秦簡作「⬚」（離，《睡編》26 壹）、「⬚」（離，《關簡》51 貳）；「鳥」甲骨文作「⬚」（《合》17864 賓組）、「⬚」（《合》28424 何組），金文作「⬚」（鳥壬俯鼎），楚簡作「⬚」（《郭·老甲》33），秦簡作「⬚」（《睡甲》31 背貳）、「⬚」（《睡甲》49 背參），「隹」即「鳥」，只是形體繁簡而已，故二者可互替，《說文》以尾之長短區別，應非此二字之別。是以「雕」作「⬚」（〈氣〉7.10），「雞」作「⬚」（〈遣一〉77.4）、「⬚」（〈遣三〉122.3），「堆」作「⬚」（〈氣〉9.52）、「⬚」（〈周〉86.25），「鶼」作「⬚」（〈衷〉18.20）、「⬚」（〈相〉5.5），「鳾」作「⬚」（〈方〉297.3）、「⬚」（〈戰〉54.34）。

「虫—它」組者，可見於「蠱」，馬王堆簡帛作「⬚」（〈陰甲·衍〉5.7）。《說文》：「它，虫也。」〔註126〕知「它」與「虫」義近；又「虹」字下段〈注〉

〔註122〕〔漢〕許慎撰，〔清〕段玉裁注，李添富總校訂：《新添古音說文解字注》，頁 504。
〔註123〕〔漢〕許慎撰，〔清〕段玉裁注，李添富總校訂：《新添古音說文解字注》，頁 496。
〔註124〕〔漢〕許慎撰，〔清〕段玉裁注，李添富總校訂：《新添古音說文解字注》，頁 369。
〔註125〕〔漢〕許慎撰，〔清〕段玉裁注，李添富總校訂：《新添古音說文解字注》，頁 504。
〔註126〕〔漢〕許慎撰，〔清〕段玉裁注，李添富總校訂：《新添古音說文解字注》，頁 684。

云：「虫者，它也。」〔註127〕可知「它」、「虫」二字可互訓。「它」甲骨文作「🐍」（《合》4813 賓組）、「🐍」（《合》10065 賓組），秦簡作「它」（《睡答》194）、「它」（《睡雜》41）；「虫」甲骨文作「🐛」（《合》17051 賓組）、「🐛」（《合》21972 子組），楚簡作「虫」（蜀，《郭‧性》7）、「虫」（蜀，《郭‧性》7），秦簡作「虫」（《睡乙》116）、「虫」（《睡甲》39 背貳），二者皆象爬蟲類動物，意義上有共同處，故可互替。

　　「虫─雨」組者，可見於「虹」，馬王堆簡帛作「」（〈氣〉2.289）。《說文》：「虹，螮蝀也，狀侶虫。」〔註128〕《爾雅‧釋天》：「螮蝀，虹也。」〔註129〕〈疏〉云：「若雲薄漏日，日照雨滴則虹生。」〔註130〕可知「虹」、「螮蝀」皆指彩虹，因其形狀似虫，故從虫。因彩虹為雨後的自然現象，故可從「雨」部。

　　「黽─虫」組者，可見於「鼈」，馬王堆簡帛作「」（〈射〉21.5）、「」（〈問〉86.7）。《說文》：「鼈，甲蟲也。從黽敝聲。」〔註131〕可知「鼈」為甲蟲，而《說文》「虫」字云：「物之散細，或行或飛，或毛或蠃，或介或鱗，已虫爲象。」〔註132〕甲蟲應屬虫的範疇，故可從「虫」。

　　「犬─豸」組者，可見於「狐」，馬王堆簡帛作「」（〈周〉77.6）、「」（〈相〉50.66）。《說文》「犬」字：「狗之有縣蹏者也。象形。」〔註133〕「豸」字：「獸長脊行豸豸然，欲有所司殺形。」〔註134〕二者難有相同之處，僅於「豺」下云：「豺，狼屬，狗聲。」〔註135〕而「狼」下云：「侣犬，銳頭白頰，高耆廣後。從犬良聲。」〔註136〕可知「狼」似犬故而從犬部，而「豺」為狼屬，亦可從犬，此或可作「犬」、「豸」替換之相關說明。若覽《爾雅‧釋獸》：「貔，白狐。」〔註137〕其將從豸的「貔」視作「白狐」，而「貍、狐、貒、貈醜，其足蹯，

〔註127〕〔漢〕許慎撰，〔清〕段玉裁注，李添富總校訂：《新添古音說文解字注》，頁 680。
〔註128〕〔漢〕許慎撰，〔清〕段玉裁注，李添富總校訂：《新添古音說文解字注》，頁 680。
〔註129〕〔晉〕郭璞注，〔宋〕邢昺疏：《爾雅注疏》，頁 97。
〔註130〕〔晉〕郭璞注，〔宋〕邢昺疏：《爾雅注疏》，頁 97。
〔註131〕〔漢〕許慎撰，〔清〕段玉裁注，李添富總校訂：《新添古音說文解字注》，頁 686。
〔註132〕〔漢〕許慎撰，〔清〕段玉裁注，李添富總校訂：《新添古音說文解字注》，頁 670。
〔註133〕〔漢〕許慎撰，〔清〕段玉裁注，李添富總校訂：《新添古音說文解字注》，頁 477。
〔註134〕〔漢〕許慎撰，〔清〕段玉裁注，李添富總校訂：《新添古音說文解字注》，頁 461。
〔註135〕〔漢〕許慎撰，〔清〕段玉裁注，李添富總校訂：《新添古音說文解字注》，頁 462。
〔註136〕〔漢〕許慎撰，〔清〕段玉裁注，李添富總校訂：《新添古音說文解字注》，頁 482。
〔註137〕〔晉〕郭璞注，〔宋〕邢昺疏：《爾雅注疏》，頁 189。

其跡厹，蒙頌，猱狀。」〔註138〕則將從犬的「狐」與其他三個從豸的「貍」、「貒」、「貉」一同論之，可知或於古人而言，「狐」與「豸」類的動物有相似之處，此或可證明「狐」改從「豸」之由。

「肉—食」組者，可見於「膳」，馬王堆簡帛作「▢」（〈方〉351.21）、「▢」（〈方〉370.12）。《說文》云：「具食也。」〔註139〕可知「膳」與飲食有關，故可從「食」。

「水—食」組者，可見於「滫」，馬王堆簡帛作「▢」（〈養〉177.18）。《說文》云：「滫，久泔也。」〔註140〕又云：「泔，周謂潘曰泔。」〔註141〕亦云：「潘，淅米汁也。」〔註142〕由此推測「滫」應為放久的淅米水，久置可能導致變質腐敗而產生惡臭，如《荀子・勸學》有「蘭槐之根是為芷，其漸之滫，君子不近，庶人不服。」〔註143〕因浸泡在「滫」而受人摒棄，故推測「滫」應有髒臭的特徵，又與「米」有關，「米」為主食之一，故「滫」或可從「食」。

「肉—甘」組者，可見於「脂」，馬王堆簡帛作「▢」（〈遣一〉96.1）、「▢」（〈遣一〉106.2）。《說文》云：「脂，戴角者脂，無角者膏。」〔註144〕又云：「旨，美也。」〔註145〕亦云：「甘，美也。」〔註146〕推測「脂」即脂肪、肥肉部分，故「脂」從「肉」。「美」字段〈注〉：「羊大則肥美。」〔註147〕可知古人以肥肉或帶脂肪的肉為美，如「甘」之段〈注〉云：「甘爲五味之一，而五味之可口皆曰甘。」〔註148〕凡美味可口者，皆可稱作「甘」，故「脂」所從之「肉」可改作「甘」。

「㫃—羽」組者，可見於「旌」，馬王堆簡帛作「▢」（〈十〉27.60），其或將「旌」改作從羽青聲，替換聲符已論於上一小節，此論其從「羽」之意。《說

〔註138〕〔晉〕郭璞注，〔宋〕邢昺疏：《爾雅注疏》，頁191。

〔註139〕〔漢〕許慎撰，〔清〕段玉裁注，李添富總校訂：《新添古音說文解字注》，頁174。

〔註140〕〔漢〕許慎撰，〔清〕段玉裁注，李添富總校訂：《新添古音說文解字注》，頁567。

〔註141〕〔漢〕許慎撰，〔清〕段玉裁注，李添富總校訂：《新添古音說文解字注》，頁567。

〔註142〕〔漢〕許慎撰，〔清〕段玉裁注，李添富總校訂：《新添古音說文解字注》，頁566。

〔註143〕〔周〕荀況，〔唐〕楊倞注，〔清〕王先謙集解：《荀子集解》（臺北：藝文印書館，1967年），頁15。

〔註144〕〔漢〕許慎撰，〔清〕段玉裁注，李添富總校訂：《新添古音說文解字注》，頁177。

〔註145〕〔漢〕許慎撰，〔清〕段玉裁注，李添富總校訂：《新添古音說文解字注》，頁204。

〔註146〕〔漢〕許慎撰，〔清〕段玉裁注，李添富總校訂：《新添古音說文解字注》，頁204。

〔註147〕〔漢〕許慎撰，〔清〕段玉裁注，李添富總校訂：《新添古音說文解字注》，頁148。

〔註148〕〔漢〕許慎撰，〔清〕段玉裁注，李添富總校訂：《新添古音說文解字注》，頁204。

文》「旌」字云：「遊車載旌，析羽注旄首也」〔註149〕，《周禮・春官宗伯》曰：
「司常，掌九旗之物名……日月為常，交龍為旂，通帛為旃，雜帛為物，熊虎
為旗，鳥隼為旟，龜蛇為旐，全羽為旞，析羽為旌。」〔註150〕可知不同形制的
旗幟有不同名稱，而「旌」是「析羽」所飾的旗幟，可知「旌」與鳥類羽毛有
關，故可將「旌」所從之「扒」改作「羽」。

「刀─金」組者，可見於「劒」，馬王堆簡帛作「劒」（〈明〉27.13）。劒
為古代兵器，亦為男性貴族身上佩飾之一，以金屬鑄造而成，如《管子・地數
篇》：「葛盧之山，發而出水，金從之，蚩尤受而制之以為劒鎧矛戟。」〔註151〕
故「劒」改從「金」，或以其材質而言。

「皿─土」組者，可見於「盂」，馬王堆簡帛作「盂」（〈遣一〉201.4）、「盂」
（〈遣三〉261.4）。《說文》：「皿，飯食之用器也。」〔註152〕「盂，飲器也。」
〔註153〕「皿」與「盂」分別為食器與飲器之稱，飲食之器材質多樣，或用木質，
或用金屬，或用土製等，從「土」或指其質為土燒而成。

「缶─土」組者，可見於「缾」，馬王堆簡帛作「缾」（〈周〉29.26）。《說
文》：「缾，甕也」〔註154〕「甕，汲缾也。」〔註155〕知「缾」與「甕」皆為盛水
器具；又《說文》：「缶，瓦器所已盛酒漿。」〔註156〕「瓦，土器已燒之總名。」
〔註157〕可知「缶」、「瓦」皆為土器，差別在於「瓦」是泛指土器，「缶」是指盛
液體的土器，故而「缾」所從之「缶」可改作「土」。

「木─缶」組者，可見於「槃」，馬王堆簡帛作「槃」（〈戰〉232.29）。《說
文》：「槃，承槃也。」〔註158〕段〈注〉：「承槃者，承水器也。」〔註159〕可知「槃」

〔註149〕〔漢〕許慎撰，〔清〕段玉裁注，李添富總校訂：《新添古音說文解字注》，頁 312。
〔註150〕〔漢〕鄭玄注，〔唐〕賈公彥疏：《周禮注疏》（臺北：藝文印書館，1997 年，嘉慶
　　　　二十年江西南昌府學雕本），頁 420。
〔註151〕〔唐〕尹知章注，〔清〕戴望校正：《管子校正》（臺北：世界書局，1966 年），頁
　　　　382。
〔註152〕〔漢〕許慎撰，〔清〕段玉裁注，李添富總校訂：《新添古音說文解字注》，頁 213。
〔註153〕〔漢〕許慎撰，〔清〕段玉裁注，李添富總校訂：《新添古音說文解字注》，頁 213。
〔註154〕〔漢〕許慎撰，〔清〕段玉裁注，李添富總校訂：《新添古音說文解字注》，頁 227。
〔註155〕〔漢〕許慎撰，〔清〕段玉裁注，李添富總校訂：《新添古音說文解字注》，頁 227。
〔註156〕〔漢〕許慎撰，〔清〕段玉裁注，李添富總校訂：《新添古音說文解字注》，頁 227。
〔註157〕〔漢〕許慎撰，〔清〕段玉裁注，李添富總校訂：《新添古音說文解字注》，頁 644。
〔註158〕〔漢〕許慎撰，〔清〕段玉裁注，李添富總校訂：《新添古音說文解字注》，頁 263。
〔註159〕〔漢〕許慎撰，〔清〕段玉裁注，李添富總校訂：《新添古音說文解字注》，頁 263。

為水器，從木、從缶之別，大抵為器物材質。「瓦—缶」組者，可見於「甌」，《說文》：「甌，侣小瓵，大口而卑，用食。」〔註160〕如前所述，瓦、缶皆為土器，但前者為泛稱，後者專稱盛水之土器，此處或將二者視作土器之意，故將「瓦」替作「缶」。

「木—土」組者，可見於「築」，馬王堆簡帛作「」（〈陰甲・築二〉1.5）、「」（〈陰甲・築二〉5.5）。《說文》：「築，所已擣也。」〔註161〕並錄此字古文「」，古文從「土」，或為「築」字可從「土」的佐證。《孟子・告子下》有「傅說舉於版築之間」〔註162〕，而《周禮・地官司徒・鄉師》有「大軍旅、會同，正治其徒役與其輂輦，戮其犯命者。」〔註163〕〈注〉引《司馬法》曰：「周輦加二版二築」〔註164〕，〈疏〉云：「築者，築杵也，謂須築軍壘壁。」〔註165〕可知版築即修築城牆。古代築牆為二版中間填土，並以杵擣實，故知「築」與土木工程有關，其從土、從木皆有其據。

「田—土」組者，可見於「畛」，馬王堆簡帛作「」（〈問〉66.18）。《說文》：「畛，井田閒佰也。」〔註166〕亦即田間道路；「田」於《說文》為：「陳也，樹穀曰田。」〔註167〕即田地之意，其甲骨文作「」（《合》10560 賓組）、「」（《合》10148 賓組），金文作「」（田農鼎）、「」（令鼎），象田地之形，可證《說文》；「土」於《說文》為：「地之吐生萬物者也。二象地之上、地之中；｜，物出形也。」〔註168〕但其甲骨文作「」（《合》33049 歷組）、「」（《合》14403 賓組），金文作「」（大保鼎）、「」（旂方彝），應為象土塊之形，後因形體省簡而將土塊之形的「◇」省作一道直線，或在其上畫一圓點，而圓點再演變作橫線，故《說文》的字形說解與甲金文有所出入。然「田」本身即為土地，故「畛」所從之「田」可易作「土」。

〔註160〕〔漢〕許慎撰，〔清〕段玉裁注，李添富總校訂：《新添古音說文解字注》，頁 645。

〔註161〕〔漢〕許慎撰，〔清〕段玉裁注，李添富總校訂：《新添古音說文解字注》，頁 255。

〔註162〕〔漢〕趙岐注，〔宋〕孫奭疏：《孟子注疏》（臺北：藝文印書館，1997 年，嘉慶二十年江西南昌府學雕本），頁 223。

〔註163〕〔漢〕鄭玄注，〔唐〕賈公彥疏：《周禮注疏》，頁 175。

〔註164〕〔漢〕鄭玄注，〔唐〕賈公彥疏：《周禮注疏》，頁 175。

〔註165〕〔漢〕鄭玄注，〔唐〕賈公彥疏：《周禮注疏》，頁 175。

〔註166〕〔漢〕許慎撰，〔清〕段玉裁注，李添富總校訂：《新添古音說文解字注》，頁 703。

〔註167〕〔漢〕許慎撰，〔清〕段玉裁注，李添富總校訂：《新添古音說文解字注》，頁 701。

〔註168〕〔漢〕許慎撰，〔清〕段玉裁注，李添富總校訂：《新添古音說文解字注》，頁 688。

「𨸏—土」組者，可見於「阪」，馬王堆簡帛作「」（〈周〉86.28）。《說文》：「阪，坡者曰阪。」〔註169〕「坡，阪也。」〔註170〕知「阪」、「坡」即山坡之意；又云：「𨸏，大陸也，山無石者。」〔註171〕亦與山有關，故而從「𨸏」之「阪」可改從「土」。另，「坡」上古音為滂紐歌部，「阪」為並紐元部，聲紐同組，韻部為陰陽對轉，二字意義與聲韻上皆有關係。

「山—高」組者，可見於「崇」，馬王堆簡帛作「」（〈春〉65.5）、「」（〈五〉75.14）。《說文》：「崇，山大而高也。」〔註172〕即形容山勢高大之貌，故從「山」；《說文》亦云：「高，崇也。」〔註173〕以「崇」訓「高」，而「高」甲骨文作「」（《合》32313 歷組）、「」（《合》27499 無名組），金文作「」（陸婦簋）、「」（史牆盤），本象高臺、高樓，引申為高大、崇高之意。此處「崇」的形符「山」改作「高」，應取「高」之引申義，指高大、崇高之意。

「谷—水」組者，可見於「谿」，馬王堆簡帛作「」（〈陰甲‧神下〉38.8）。《說文》：「谿，山瀆無所通者。」〔註174〕「谷，泉出通川爲谷。」〔註175〕推測「谿」應為山間溪流，因為溪流，故可從「水」，因此「谿」所從之「谷」易為「水」。

以下將上述所論 36 組替換形體無相同部分之形符，及所舉之馬王堆簡帛字例整例作下表（三－21）：

表（三－21）

字　例		形體一			形體二	說　明
戈—戈 敵	敵	 〈十〉21.23	 〈稱〉12.30	 〈明〉15.13		攴改作戈

〔註169〕〔漢〕許慎撰，〔清〕段玉裁注，李添富總校訂：《新添古音說文解字注》，頁 738。
〔註170〕〔漢〕許慎撰，〔清〕段玉裁注，李添富總校訂：《新添古音說文解字注》，頁 689。
〔註171〕〔漢〕許慎撰，〔清〕段玉裁注，李添富總校訂：《新添古音說文解字注》，頁 738。
〔註172〕〔漢〕許慎撰，〔清〕段玉裁注，李添富總校訂：《新添古音說文解字注》，頁 444。
〔註173〕〔漢〕許慎撰，〔清〕段玉裁注，李添富總校訂：《新添古音說文解字注》，頁 230。
〔註174〕〔漢〕許慎撰，〔清〕段玉裁注，李添富總校訂：《新添古音說文解字注》，頁 575～576。
〔註175〕〔漢〕許慎撰，〔清〕段玉裁注，李添富總校訂：《新添古音說文解字注》，頁 575。

	救	〈經〉61.11	〈十〉24.5	〈衷〉24.11	〈稱〉19.65	攴改作戈
	攻	〈周〉7.48	〈星〉30.35	〈陰甲·刑日〉8.1	〈氣〉4.159	攴改作戈
	敫	〈周〉69.81				攴改作戈
寸—戈	辱	〈老乙〉69.20	〈刑乙〉45.16	〈陰甲·天地〉1.42		寸改作戈
手—攴	損	〈要〉19.5	〈相〉5.24	〈老甲〉13.25	〈老甲〉86.15	手改作攴
手—力	攘	〈戰〉176.31	〈老乙〉35.7	〈春〉81.5	〈明〉45.14	手改作力
手—廾	擣	〈方〉484.9	〈養〉75.6	〈方〉255.14	〈方〉466.18	手改作廾
艸—木	茱			〈方〉360.15	〈周〉30.2	艸改作木
竹—艸	符	〈九〉5.10	〈經〉73.57	〈養〉127.4		竹改作艸
	笱	〈遣一〉38.4	〈遣三〉121.4	〈牌一〉22.3	〈牌一〉30.3	竹改作艸
	笠			〈氣〉9.245		竹改作艸

	笑	笑		茉 〈周〉7.59	茉 〈周〉73.69	竹改作艸
口—肉	喉	喉		喉 〈方〉400.4		口改作肉
	嗌	嗌 〈陽甲〉31.3	嗌 〈合〉7.4	嗌 〈足〉10.24		口改作肉
足—肉	踝	踝 〈足〉5.8	踝 〈陽甲〉5.7	踝 〈陽甲〉28.7	踝 〈陽乙〉3.6	足改作肉
骨—肉	髋	髋		髋 〈陽甲〉9.15		骨改作肉
	體	體 〈方〉386.4		體 〈合〉4.16	體 〈十〉61.24	骨改作肉
頁—肉	頏	頏		頏 〈陽甲〉19.6		頁改作肉
疒—肉	痔	痔 〈方〉255.17	痔 〈方〉263.1	痔 〈方〉277.2		疒改作肉
	痹	痹		痹 〈導〉4.17		疒改作肉
口—水	唾	唾 〈方〉391.17	唾 〈問〉50.9	唾 〈方〉318.22	唾 〈方〉381.7	口改作水
口—欠	唾	唾 〈方〉391.17	唾 〈問〉50.9	唾 〈養〉87.17		口改作欠

	欿			⟨合⟩5.9	⟨合⟩5.25	口改作欠
皮一面	皰			⟨方⟩465.14		皮改作面
人一立	仞	⟨戰⟩141.35	⟨老甲⟩84.7	⟨刑甲⟩37.2	⟨刑甲⟩37.17	人改作立
鬼一示	魂	⟨繫⟩6.61		⟨老乙⟩58.1		鬼改作示
	魄			⟨老乙⟩50.63		鬼改作示
隹一鳥	雕			⟨氣⟩7.10		隹改作鳥
	雛			⟨遣一⟩77.4	⟨遣三⟩122.3	隹改作鳥
	堆			⟨氣⟩9.52	⟨周⟩86.25	隹改作鳥
	鶼			⟨衷⟩18.20	⟨相⟩5.5	鳥改作隹
	鵙			⟨方⟩297.3	⟨戰⟩54.34	鳥改作隹
虫一它	蠱	⟨問⟩99.14	⟨衷⟩3.17	⟨陰甲·術⟩5.7		虫改作它

虫—雨	虹	〈氣〉6.9	〈氣〉6.19	〈氣〉2.289		虫改作雨
黽—虫	鼄	〈繆〉58.55		〈射〉21.5	〈問〉86.7	黽改作虫
犬—豸	狐	〈方〉217.30	〈方〉223.28	〈周〉77.6	〈相〉50.66	犬改作豸
肉—食	膳			〈方〉351.21	〈方〉370.12	肉改作食
水—食	潃	〈方〉371.16		〈養〉177.18		水改作食
肉—甘	脂	〈胎〉4.7	〈合〉29.18	〈遣一〉96.1	〈遣一〉106.2	肉改作甘
瓜—羽	旌	〈春〉70.2	〈氣〉6.86	〈十〉27.60		瓜改作羽
刀—金	劍	〈遣三〉232.1	〈相〉64.2	〈明〉27.13		刀改作金
皿—土	盂	〈方〉95.11		〈遣一〉201.4	〈遣三〉261.4	皿改作土
缶—土	缾			〈周〉29.26		缶改作土
木—缶	槃			〈戰〉232.29		木改作缶

木一土	築	〈方〉220.22	〈五〉84.19	〈陰甲・築二〉1.5	〈陰甲・築二〉5.5	木改作土
田一土	畛	〈繆〉35.34	〈星〉37.17	〈問〉66.18		田改作土
𨸏一土	阪	〈氣〉6.268		〈周〉86.28		𨸏改作土
山一高	崇			〈春〉65.5	〈五〉75.14	山改作高
谷一水	谿	〈胎〉34.8	〈相〉16.59	〈陰甲・神下〉38.8		谷改作水

　　總上所述，替換形符可分兩大類，一為形體有相同部分，二為形體無相同部分。若書寫時不論字形所示的本義，而將形體有共同部分的偏旁視為同一組，為替換提供一定的條件，甚至擁有共同部分形體的偏旁，在意義上或有一定程度的聯繫。如「又」、「寸」、「攴」皆有「又」，雖個別字義不同，但都與「手」相關；「殳」為一種武器，使用時為手持敲擊，如《韓非子・外儲說》：「廷理舉殳而擊其馬」〔註176〕，故與手也有關聯。或如「辵」、「止」、「彳」、「夂」，「辵」的形體與「止」、「彳」有關，而「彳」、「夂」彼此亦有關聯，《說文》：「辵，乍行乍止也。」〔註177〕「彳，小步也。」〔註178〕「夂，長行也。」〔註179〕皆與行走有關。

　　至於形體無共同部分的偏旁，只能透過字義，推測原形符、替換形符與所用之字，彼此在意義上的關聯。如與手部動作相關者，有「攴一戈」、「寸一戈」、「手一攴」、「手一力」、「手一廾」；與植物相關者，有「艸一木」、「竹一

〔註176〕〔周〕韓非，〔清〕王先慎注：《韓非子集解》（臺北：華正書局，1975年），頁291。
〔註177〕〔漢〕許慎撰，〔清〕段玉裁注，李添富總校訂：《新添古音說文解字注》，頁70。
〔註178〕〔漢〕許慎撰，〔清〕段玉裁注，李添富總校訂：《新添古音說文解字注》，頁76。
〔註179〕〔漢〕許慎撰，〔清〕段玉裁注，李添富總校訂：《新添古音說文解字注》，頁78。

艸」，與人體、部位器官相關者，有「口—肉」、「足—肉」、「骨—肉」、「頁—肉」、「疒—肉」、「口—水」、「口—欠」、「皮—面」、「人—立」；與鬼神有關者，即「鬼—示」；與動物相關者，有鳥類之「隹—鳥」，蟲類之「虫—它」、「虫—雨」、「黽—虫」，貓狗科之「犬—豸」；與飲食相關者，有「肉—食」、「水—食」、「肉—甘」；與器物相關者，有旗幟之「㫃—羽」，兵器之「刀—金」，生活器具之「皿—土」、「缶—土」、「木—缶」、「瓦—缶」；與土木工程有關者，即「木—土」；與山川土地相關者，有「田—土」、「𠂤—土」、「山—高」、「谷—水」。由此可知，對同一事物的概念，若以不同角度理解，便造成其字所從形符有所改易。

第五節　改變造字方式

漢字造字方式，廣為人知者莫過於六書之說。「六書」始見於《周禮・地官司徒・保氏》：「保氏掌諫王惡，而養國子以道，乃教之六藝……五曰六書」〔註180〕，但具體六種為何則未多言。至於對六書有具體定義、舉例者，當推許慎《說文解字・敘》：

> 一曰指事；指事者，視而可識，察而見意，上下是也。二曰象形；象形者，畫成其物，隨體詰詘，日月是也。三曰形聲；形聲者，以事為名，取譬相成，江河是也。四曰會意；會意者，比類合誼，以見指撝，武信是也。五曰轉注；轉注者，建類一首，同意相受，考老是也。六曰假借；假借者，本無其字，依聲託事，令長是也。〔註181〕

然今日對「轉注」解說未有定論，甚如裘錫圭以為「在今天研究漢字，根本不用去管轉注這個術語」〔註182〕因此六書說有其未盡之處。至於近代學者對於漢字造字方式或有其他見解，如唐蘭《古文字學導論》提出「三書說」，即象形文字、象意文字、形聲文字〔註183〕；或如裘錫圭《文字學概要》提出表意字、形聲字、假借〔註184〕，學者們或因甲骨文、金文的問世，得見商周時期的文字形

〔註180〕〔漢〕鄭玄注，〔唐〕賈公彥疏：《周禮注疏》，頁212。
〔註181〕〔漢〕許慎撰，〔清〕段玉裁注，李添富總校訂：《新添古音說文解字注》，頁762～764。
〔註182〕裘錫圭：《文字學概要》，頁125。
〔註183〕唐蘭：《古文字學導論（增訂本）》（濟南：齊魯出版社，1981年），頁92～124。
〔註184〕裘錫圭：《文字學概要》，頁132。

體，傳統之六書或難以用於甲骨文，因此提出其他說法，以期更適用於討論甲骨文、金文。

　　無論六書說、唐蘭之三書說，抑或裘錫圭之說，其中「假借」大多指借用已有文字，表示其他無法造出專字的詞或代替同音（或音近）詞，而真正為語言之詞語，依其意義或聲音而造字的方式，可如裘錫圭之說，分作表意字（包含六書之象形、指事、會意）及形聲字。本節所論「改變造字方式」，示針對該字形體與本義之間的關係而論，故不包含假借情況；至於所謂「改變造字方式」，即將表意字改作形聲字，或將形聲字改作表意字。

一、表意字改作形聲字

　　所謂表意字改作形聲字者，即該字字符本為呈現該字字義（如象形字、指事字或會意字等），而將其中偏旁改為表音偏旁，使該字成為形聲字，但本節所論「表意字改作形聲字」範圍，不包含因「增添聲符」而來的形聲字，亦不包含因「增添形符」而使原字既為形符又兼聲符的情況（如「原」作「源」），因此二類應歸於「增繁」。馬王堆簡帛文字中，表意字改作形聲字約有 7 例，即「鬲—䰛」、「舄—誰」、「呂—膂」、「冰—凝」、「靁—䨺」、「飛—翡」、「脊—膌」，其中部分字例可見於《說文解字》所收小篆與或體之間的關係，以下分別說明。

　　「鬲」甲骨文作「䰛」（《屯》20317 歷組）、「䰛」（《合》31030 無名組），金文作「䰛」（微伯鬲）、「䰛」（伯姜鬲），本象蒸食之器；改作從瓦䯧聲的「䰛」，如「䰛」（〈胎〉15.22），從瓦推測應為該器可以土燒製，而《說文》有「瓦，土器已燒之總名。」[註185] 故土製器具亦可從瓦，而「鬲」、「䯧」皆為來紐錫部，故可作表「鬲」讀音的聲符。此字可見《說文》之「鬲」的或體「䰛」。

　　「舄」《說文》訓作「誰也。」[註186] 本象一種鳥類；改作從隹昔聲的「誰」，如「誰」（〈方〉204.14），因「隹」本可用作鳥名字的偏旁，而「舄」、「誰」皆為清紐鐸部，「昔」為心紐鐸部，聲紐皆屬精組，故「昔」可作表示「舄」讀音的聲符。此字可見《說文》之「舄」的篆文「誰」。

　　「呂」甲骨文作「呂」（《合》811 正賓組）、「呂」（《合》29341 無名組），

[註185] 〔漢〕許慎撰，〔清〕段玉裁注，李添富總校訂：《新添古音說文解字注》，頁 644。
[註186] 〔漢〕許慎撰，〔清〕段玉裁注，李添富總校訂：《新添古音說文解字注》，頁 158。

金文作「⬛」（呂姜作簋）、「⬛」（呂方鼎），可能為金屬塊之形，而《說文》以為「脊骨也。」〔註187〕；改作從肉旅聲的「膂」，如「⬛」（〈養〉127.35），因脊骨與身體器官部位有關而從肉，「旅」、「呂」皆為來紐魚部，故「旅」可作表示「呂」讀音的聲符。此字可見《說文》之「呂」的篆文「⬛」。

「冰」金文作「⬛」（陳逆簋），從仌從水，表示水凝結成冰之義；改作從仌疑聲的「凝」，如「⬛」（〈房〉26.18），「冰」為幫紐蒸部，「疑」為疑紐之部，之蒸陰陽對轉，故「疑」可作表示「冰」讀音的聲符。此字亦可見《說文》之「冰」的俗字「⬛」。

「𡏋」即今日「塵」字，《說文》解其字形為「從麤、土」〔註188〕，故應為會意字；而馬王堆簡帛或作從土軫聲之「垫」，如「⬛」（〈老甲〉33.26）。「𡏋」為定紐真部，「軫」為章紐文部，韻部關係為真文旁轉，聲紐關係若參「照三歸端」〔註189〕之說，將「軫」歸在端組，如此便與「𡏋」的聲紐同為端組，故知「軫」可作表示「𡏋」字讀音的聲符。

「飛」於《說文》解作「鳥翥也。象形。」〔註190〕其象雙翅震動之形；馬王堆簡帛或作從鳥非聲之「鴘」，如「⬛」（〈二〉2.52）。因鳥類為常見的飛行動物，而「飛」、「非」皆為幫紐微部，故「非」可作表示「飛」讀音的聲符。

「脊」金文作「⬛」（子脊鼎）、「⬛」（子脊觚），象魚脊骨之形，《說文》作從㐄從肉的會意字；馬王堆簡帛或作從肉責聲的「膌」，如「⬛」（〈相〉51.21）、「⬛」（〈相〉73.42）。漢字中人體部位或器官之字可從肉，而「脊」為精紐錫部，「責」為莊紐錫部，二字韻部相同，聲紐皆為齒音，若參「照二歸精」〔註191〕，則可將「責」、「脊」視為同音字，故「責」可作表示「脊」讀音的聲符。

二、形聲字改作表意字

所謂形聲字改作表意字者，即該字本為帶有表音偏旁之形聲字，改作偏旁皆為表意功能，使該字成為表意字。馬王堆簡帛中此類字例約 4 例，即「〈—

〔註187〕〔漢〕許慎撰，〔清〕段玉裁注，李添富總校訂：《新添古音說文解字注》，頁 346。
〔註188〕〔漢〕許慎撰，〔清〕段玉裁注，李添富總校訂：《新添古音說文解字注》，頁 476。
〔註189〕黃侃：〈聲韻略說〉，《黃侃論學雜著》（臺北：學藝出版社，1969 年），頁 100。
〔註190〕〔漢〕許慎撰，〔清〕段玉裁注，李添富總校訂：《新添古音說文解字注》，頁 588。
〔註191〕黃侃：〈聲韻略說〉，《黃侃論學雜著》，頁 100。

「狀」、「絕—𢇍」、「脈—肌」、「刈—荊、芀」，其中亦有見於《說文解字》所收小篆與或體之間的關係，以下分別說明。

「く」本象水流之形，《說文》收其篆文「𤰝」，字形為從田犬聲；馬王堆簡帛有從土犬聲之「狀」，如「狀」（〈二〉30.38）。因「く」意為田間溝渠，此或從《說文》所收古文「𤰧」之形可知，故「𤰝」從田；「く」為見紐元部，「犬」為溪紐元部，二者韻部相同，聲紐同為見組，故「犬」可作「く」讀音之聲符；另「田」、「土」作形符時或有替換現象，故馬王堆簡帛「く」作「狀」。

「絕」字形於《說文》解作「从刀糸，卩聲。」〔註192〕可知其有聲符「卩」；此字甲骨文作「𢇍」（《合》4248 賓組）、「𢇍」（《合》36508 黃組），金文作「𢇍」（儕生簋）、「𢇍」（儕生簋），《說文》收其古文「𢇍」（「𢇍」），此形可見中山王𧊒壺「𢇍」，馬王堆簡帛則有作「𢇍」者，如「𢇍」（〈陰甲・室〉9.13）、「𢇍」（〈陰甲・室〉9.31）。「𢇍」為從刀從絲，為刀截斷絲線之意。

「脈」於《說文》中以為「衇」的或體，段〈注〉解「衇」字形「從辰從血」為「會意……辰亦聲。」〔註193〕「辰」為滂紐錫部，「衇（脈）」為明紐錫部，二者聲紐同為幫組，韻部相同，故亦可將「辰」視為聲符；馬王堆簡帛或將「脈」改作從肉從川的「肌」形體，如「肌」（〈陽乙〉16.22）、「肌」（〈陽乙〉17.21），而「川」為昌紐文部，與「衇（脈）」聲韻無涉，推測或與「衇（脈）」的「血理分衺行體中」意義有關。「衇（脈）」字義應為血液運行的血管，而血管中的血液如同河川於身體內流通，如《黃帝八十一難經・經脈診候》云：「經脈者，行血氣，通陰陽，以榮於身者也。」〔註194〕可知經脈即氣血運行的管道，而《黃帝內經・經水》記載：

> 黃帝問於岐伯曰：「經脈十二者，外合於十二經水，而內屬於五藏六府。……」岐伯答曰：「此人之所以參天地而應陰陽也，不可不察。足太陽外合清水，內屬膀胱，而通水道焉。足少陽外合於渭水，內屬于膽。足陽明外合于海水，內屬于胃。足太陰外合于湖水，內屬于脾。足少陰外合于汝水，內屬于腎。足厥陰外合于澠水，內屬于

〔註192〕〔漢〕許慎撰，〔清〕段玉裁注，李添富總校訂：《新添古音說文解字注》，頁 652。
〔註193〕〔漢〕許慎撰，〔清〕段玉裁注，李添富總校訂：《新添古音說文解字注》，頁 575。
〔註194〕〔周〕秦越人，〔明〕王九思：《難經集註》，收錄於臺灣商務印書館編審委員會主編：《宛委別藏》（臺北：臺灣商務印書館，1981 年），頁 176。

肝。手太陽外合淮水，內屬小腸，而水道出焉。手少陽外合于漯水，
內屬于三焦。手陽明外合于江水，內屬于大腸。手太陰外合于河水，
內屬于肺。手少陰外合于濟水，內屬于心。手心主外合于漳水，內
屬于心包。」〔註195〕

其將身體的十二經脈（足太陽、足少陽等）合於十二條河流（清水、渭水等）。
由此可見「衇（脈）」改作「朋」，其從「川」之由係取流通之意。

「刈」於《說文》中以為「乂」或體，「乂」意為「芟艸也。」〔註196〕即
割草之意，或體的「刈」應為增添形符「刀」，使「乂」作表義又兼聲的偏旁；
馬王堆簡帛或作從刀、卉的「刜」或從刀、艸的「芀」形體，如「丂」（〈稱〉
16.46）、「丂」（〈陰甲‧殘〉260.4）。「刀」旁表示割草的工具，「卉」意為「艸
之總名也。」〔註197〕「艸」意為「百卉也。」〔註198〕可知「艸」、「卉」字義
皆可為草之意。

總上分析，馬王堆簡帛文字之改變造字方式的情況較少，察許慎《說文解
字‧敘》云：

其後諸侯力政，不統於王，惡禮樂之害己，而皆去其典籍。分為七
國，田疇異畝，車涂異軌，律令異灋，衣冠異制，言語異聲，文字
異形。秦始皇帝初兼天下，丞相李斯乃奏同之，罷其不與秦文合者。
斯作〈倉頡篇〉，中車府令趙高作〈爰歷篇〉，大史令胡毋敬作〈博
學篇〉，皆取〈史籀〉大篆，或頗省改，所謂小篆也。〔註199〕

秦始皇兼併六國後，推行書同文政策，文字準以秦篆。馬王堆簡帛為西漢初
年材料，文字屬早期隸書，雖有部分文獻書寫年代為戰國，但大抵與秦系文
字相同，而隸書又承襲秦系文字而來；因此馬王堆簡帛中，改變造字方式的
形體寫法較少，推測應與書同文後，字形有所統一有關。另亦可說明改變造
字方式後的形體，近半的字例可徵於《說文》所收重文的原因，如「鬲—歷」、

〔註195〕〔唐〕王冰編注，〔宋〕高保衡、林億、孫奇校正：〈靈樞‧經水〉，《黃帝內經素問
　　　　靈樞》，卷三，頁13～14。該書係影印古籍，出版社於書本頁尾無另外編排頁碼，
　　　　故本文以其所影印之古籍版心頁碼標示。
〔註196〕〔漢〕許慎撰，〔清〕段玉裁注，李添富總校訂：《新添古音說文解字注》，頁633。
〔註197〕〔漢〕許慎撰，〔清〕段玉裁注，李添富總校訂：《新添古音說文解字注》，頁45。
〔註198〕〔漢〕許慎撰，〔清〕段玉裁注，李添富總校訂：《新添古音說文解字注》，頁22。
〔註199〕〔漢〕許慎撰，〔清〕段玉裁注，李添富總校訂：《新添古音說文解字注》，頁765。

「烏—雈」、「呂—脊」、「冰—凝」、「く—状」、「絕—繈」。

第六節　結　語

　　本文專論馬王堆簡帛文字之形體結構改易的情況，「形體結構改易」雖與學者所謂「異體字」有關，但本文細究異體字相關討論，發現學者所論或有可商之處，為免疑義故以「結構改易」指稱本文所論之改變偏旁位置、改變形體方向、替換文字偏旁、改變造字方式等情況。

　　討論改變偏旁位置前，需先了解漢字合體字的組合方式，本文參考王寧《漢字構形學導論》，將合體字的偏旁組合分作左右、上下、包圍、穿插、複合等五種；而馬王堆簡帛文字中，改變偏旁位置有左右位置互換、上下位置互換、左右改作上下、上下改作左右、改變包圍結構、改變穿插結構等六種，其中以「左右改作上下」數量為最。雖「改變包圍結構」數量不少，但大多因筆畫的引曳延長所致；「左右改作上下」則為避免文字過寬，以致破壞行距而作此調整；反之亦有為避免文字過於狹長而改變結構，如「上下改作左右」，但數量較「左右改作上下」少。另外「左右位置互換」與「上下位置互換」之字例中，改變偏旁位置後的形體，大多先寫聲符後寫形符，因語言係以聲音傳達，而文字為記錄語言的工具，故而形聲字的結構改作先寫聲符後寫形符，其目的可能為先記錄聲音，再記錄意義相關的偏旁。

　　改變形體方向者，有形體上下顛倒、形體左右相反、豎立橫臥之變三種。若與易位、替換偏旁比較，改變形體方向的種類與字例較少，大抵與文字發展過程中，形體方向逐漸穩定有關。另觀「豎立橫臥之變」字例，發現可能為書寫者欲使文字趨於四邊形所致，因文字趨於四邊形，容易掌握版面的齊整度。

　　替換文字偏旁者，有替換聲符與替換形符兩類。其中替換聲符以諧聲關係或聲紐、韻部關係，分作同聲符的形聲字互替、聲符之間的聲紐有關、聲符之間的韻部有關、聲符聲紐韻部皆有關四種，當中以 92 例的「同聲符的形聲字互替」為最，而 37 例的「聲符之間的韻部有關」、35 例的「聲符聲紐韻部皆有關」分別居次，最少的為 2 例的「聲符之間的聲紐有關」，此或反映當時書寫者在替換聲符時，以相同聲符的形聲字為主，其次則以韻部相同或相近的字替換；同時也顯示古人對語音的感受中，韻部、元音影響較聲紐更具優勢，與

唐蘭《中國文字學》所論呼應。至於替換形符者，依文字形體是否有相同部分，分作形體有相同部分、形體無相同部分兩種。「形體有相同部分」的 21 組形符中，因形體有共同部分，為替換提供條件，甚或形體有共同部分的偏旁，在意義上亦有一定程度的聯繫；「形體無相同部分」的 36 組形符中，形體雖無相同之處，故而透過字義，推測原形符、替換形符與所用之字，彼此在意義上的關聯。由此可知，若對同一事物的概念，以不同角度理解，便可能造成所從形符改易的情況。

　　改變造字方式可分兩類，一為表意字改作形聲字，二為形聲字改作表意字。若審秦統一後書同文，文字形體準以秦篆，而隸書又從秦篆演變而來；加之改變造字方式的字例，半數可徵於《說文》所收重文，是而推測改變造字方式的類別與字例，較前述其他方式少的原因，應與秦統一文字有關。